어둠의 양보

어둠의 양보

정민 장편소설

나무옆의자

차 례

1

"병신 되기 딱 좋은 날이군."

"그렇지. 병신 되고 싶은 놈들이 환장할 날이야."

"어디로 가는지 전혀 알지 못하는 놈투성이군. 너랑 나랑 빼고."

"분열적이고 나태하며 악랄한 공기가 주위에 꽉 찼어. 빌어먹을."

양희석이 축 늘어난 하얀색 반팔 셔츠를 가다듬었다. 한정수가 가느다란 손가락으로 검정색 뿔테 안경을 고쳐 썼다. 서울 강남의 한복판에 위치한 주식회사 미래피아 빌딩 7층, 김도술 회장실 앞의 소파에서였다. 미니멀리즘과 아방가르드가 엉뚱하게 뒤섞인 예술 작품 같은 빨강색의 소파였다. 다이아몬드처럼 빛나는 유리 테이블 위에는 앙증맞은 크기의 크리스털 재떨이가 놓여 있었다. 싸구려 안경을 똑바로 쓴 한정수가 재떨이에 하얀 침을 뱉더니 검정색 스커트에 하얀 블라우스를 입은 단발머리의 여비서를 흘끔거렸다. 여비서는 고개를 살짝 숙이고 뭔가를 들여다보고 있느라 바빴다. 자칭 '**여성 평론가**' 한정수가 예의 품평을 불쑥 내뱉었다.

"홍안다수(紅顔多水)! 물이 아주 많은 스타일이야."

"퍼내고 퍼내도 마르지 않는 샘물? 그런데 홍안다수라는 말도 있냐? 흑안다즙, 백안무미겠지? 너는 어떻게 된 놈이 한 글자씩 틀리게 말하는 재주가 있냐? 미셸 쿠퍼, 회색만연 등등. 그리고 인마, 저 아가씨 말이지, 그렇게 보이지는 않아. 메마른 사막 같아. 뻑뻑해서 기스 크게 날 것 같은데?"

"아무것도 모르면서 지껄이기는. 너는 지식인 고급 유머를 모르는 놈이니까, 내가 뭐 할 말이 있겠냐? 그나저나 프레젠테이션 준비는 잘 한 거냐? 내가 너를 믿어도 될까?"

"프레젠테이션? 아, 생각해보니 오늘이 우리의 운명을 결정하는 날이었군. 걱정하지 마. 네가 있는데 무슨 준비가 필요하겠니? 우리에겐 빽이 있지 않냐. 대한민국 김도술과 인간 한정수가 있는데 무슨 준비냐? 너 김도술 영감님하고 무지하게 친하다면서? 그거면 됐지 뭐. 그렇지 않냐?"

"모르겠다 나는. 잘해봐라. 나는 여기서 기다리고 있을 테니까."

여비서가 양희석에게 들어오라는 손짓을 보냈다. 초롱초롱한 눈빛의 여비서는 상큼한 미소까지 짓고 있었다. 여비서의 미소 뒤로 펼쳐진 회색 벽에 낯익은 그림 한 점이 걸려 있었다. 눈부신 하얀 바탕에 파랑, 빨강, 노랑 줄무늬가 쭉 그어진 커다랗고 우스꽝스러운 그림. 양희석이 벌떡 일어났다. 커다란 주머니가 달린 반바지에 어깨와 가슴골이 드러나도록 늘어난 하얀색 반팔 티셔츠를 입고, 발가락과 발등이 환하게 드러난 쪼리를 신은 양희석이 환하게 웃었다.

"갔다 올게. 우리의 찬란한 청춘은 지금부터다. 기대해도 좋다."

일어선 양희석이 환하게 웃었다. 앉아 있던 한정수는 작게 웃었다. 미소를 짓던 여비서가 양희석과 한정수를 흘끔거리더니 목젖이 보이도록 크게 웃었다. 그들의 웃음이 우중충한 대기실의 공기를 환하게 바꿨다. 회색빛의 벽지도 웃고 있는 것처럼 보였다. 붉은 양탄자의 털

실도 모두 발딱 일어나 배를 잡고 웃는 듯했다. 웃음과 희망의 공기가 적막한 대기실을 가득 채우는 것 같았다. 웃음의 향기가 널따란 대기실에 쫙 퍼졌다.

형식적인 프레젠테이션이 시작되었다. 양희석이 알고 있던 미래피아 김도술 회장은 자리에 없었다. 1999년, 대한민국의 벤처 대부로 떠오른 김도술 회장, 양희석과 한정수의 돈줄이자 든든한 후원자로 떠오르기 일보 직전의 김도술 회장 대신 배가 불룩하고 턱에 살이 약간 붙은 중년 남자가 가죽 소파의 상석에 앉아 있었다. 김도술 회장이 앉아 있어야 마땅한 가죽 의자는 텅 빈 채였다. 소파에 등을 깊게 묻고 앉은 남자는 양희석의 설명을 듣지 않는 것처럼 보였다. 그는 두툼한 새끼손가락으로 귓구멍을 자꾸만 팠다. 누런 귓밥 부스러기가 붙은 통통한 새끼손가락 끝을 후후 부느라 바빴다.

김도술 회장의 널따란 집무실에는 20세기 최고의 설치 예술가라 불리는 작자가 만든 로봇 조형 작품이 우뚝 서 있었다. 섹스 스캔들로 곤경에 처한 현직 미국 대통령의 눈앞에서 바지를 내리고 축 늘어진 성기를 노출한, 한국 출신의 전설적인 예술가가 손수 만든 진품이었다.

양희석은 한정수가 뚝딱 작성한 여섯 장짜리 프레젠테이션 파일을 대충 읊으며 속이 뒤틀릴 정도로 비쌀 것이 틀림없을 로봇 작품을 흘끔거렸다. 깡통로봇 작품의 몸통에는 고물상도 가져가지 않을 그 옛날의 텔레비전 수상기 몇 대가 붙어 있었다. 양희석은 로봇의 몸에 붙은 텔레비전의 전원 스위치를 누르고 싶었다. 고풍스러운 흑백 포르

노 영상이 텔레비전에서 흘러나올 것만 같았다. 넓디넓은 책상에 앉아 고개를 푹 숙인 희대의 억만장자 영감님이 흑백 영상을 보며 자위 행위를 할 것 같았다.

영감님의 이마에서 굵은 땀방울이 흘러내리고, 이마에서 뚝 떨어진 땀 한 방울이 절정의 순간을 자극하는 윤활제 역할을 하고, 마침내 늙은이의 비실비실한 정액 줄기가 로봇을 향해 솟구치고, 황급히 달려온 여비서가 절정의 흔적을 지우느라 바쁘고, 억만장자 영감님이 흐뭇한 미소를 지으며 이마의 땀을 훔치고……

프레젠테이션이 끝날 무렵. 양희석은 엉뚱한 상상 속에서 헤매고 있었다. 억만장자 영감님의 로봇 작품을 향한 욕망. 그 천진한 욕망과 단순한 탐욕 때문이었을까. 양희석은 갑작스럽게 발기했다.

마침내 형식적이고 역사적인 프레젠테이션이 끝났다. 양희석은 발기 상태 그대로, 탱탱한 애인의 품으로 달려가고 싶어졌다. 페니스를 가득 채운 욕망의 덩어리를 즉각 배출하고 싶었다.

양희석의 발기를 시들게 한 것은 배불뚝이 중년 남자의 무덤덤한 목소리였다.

"한정수 군은 어디 있나요? 같이 오는 것 아니었어요?"

"회장님. 한정수 군은 밖에서 대기하고 있습니다. 뭐 물어보실 것이라도 있으신가요?"

"나는 회장님이 아닙니다."

"……."

"그래서, 내가 뭘 해주면 되지요?"

"글쎄요. 여기 빌딩에 입주하라는 지시 한마디면 되겠죠."

"언제 들어올 수 있습니까?"

"즉시 입주 가능합니다."

"……."

정체를 알 수 없는 배불뚝이 남자가 수화기를 들더니 누군가를 불렀다. 두 다리와 페니스 모두를 똑바로 세우고 있던 양희석은 어느새 짝다리를 짚고 있었다.

중저가 양복에 도수 없는 은테 안경을 쓴 왜소한 남자가 회장 집무실로 불쑥 들어왔다. 의자에 앉아 있던 배불뚝이가 느긋하게 일어났다. 배불뚝이는 싸구려 슬리퍼에 발가락 양말을 신고 있었다. 양희석은 슬리퍼 사이로 꾸물거리는 구멍 난 발가락을 쳐다보았다. 양희석은 터져 나오는 웃음을 참느라 어금니를 꽉 깨물었다.

"최 부장님? 전에 잠깐 얘기했지요? 글줄 쓰는 젊은이들 있다고. 기억하시죠? 이 친구들이 인터넷으로 무슨 문화 평론 잡지를 만든다는데, 최 부장님이 알아서 지원해주면 됩니다. 회사 설립하는 것도 도와주고 말이지요. 법무팀장에게 연락해놓았어요. 법인 설립은 법무팀장이 알아서 할 거예요. 최 부장님은 이 친구들 입주 준비 차질 없이 해주라는 것이지요."

구멍 난 발가락 양말을 신은 배불뚝이가 양희석이 준비한 프레젠테이션 파일을 유리 테이블 위로 살짝 집어 던지며 말했다. 은테 안경이 표정 없이 고개를 까딱였다. 발가락 양말이 사람 좋은 눈빛으로 양희석을 쳐다보았다. 사람 좋은 눈빛 속에서 날카로움이 번득였다. 양희석은 꾸물거리는 발가락을 한 번 더 쳐다보느라 고개를 푹 숙였다.

"나가서 얘기합시다."

은테 안경이 조용히 말했다.

양희석은 발가락 양말을 향해 정중하게 고개를 숙였다. 발가락 양말은 등을 돌리고 창밖을 쳐다보았다.

"감사합니다. 열심히 하겠습니다."

양희석은 배불뚝이의 넓은 등판을 향해 고개를 다시 한 번 숙이고 큰 소리로 외쳤다. 배불뚝이의 어깨와 등판은 웬일인지 쓸쓸해 보였다.

배불뚝이와 최 부장으로 불리는 은테 안경이 회장실 밖으로 나갔다. 발가락 양말을 신은 크고 넓은 등판이 성큼성큼 걸었다. 양희석은 주위를 흘끔거렸다. 한정수는 어디론가 사라지고 없었다. 단발머리 여비서가 양희석에게 고개를 살짝 끄덕여줬다. 양희석은 여비서에게 한정수의 행방을 손짓으로 물었다. 여비서는 어깨를 으쓱하며 양 손바닥을 하늘로 보였다. 난데없는 **아메리칸 스타일**에 양희석은 쓴웃음을 지었다.

'이 인간 또 어디로 샌 것이냐.'

양희석은 속으로 중얼거리며 발가락 양말을 쫓았다. 발가락 양말과 은테 안경이 엘리베이터 옆의 계단 아래로 쿵쾅거리며 내려갔다. 양희석은 낡은 쪼리를 질질 끌며 그들의 뒤를 따랐다. 회장실 아래층으로 내려간 발가락 양말이 커다란 유리문 앞에 섰다. 발가락 양말이 문 옆의 전자기기에 눈동자를 갖다 대자 투명한 유리문이 스르르 열렸다. 쌍팔년 시절, 간첩 혐의로 안기부에 끌려갔던 사기꾼 출신의 벤처기업가가 만든 최첨단의 홍채 인식 출입 장치였다.

양희석의 키보다 훨씬 높은 칸막이가 가득한 미로 같은 사무실 사이로 발가락 양말과 은테 안경이 성큼성큼 걸음을 옮겼다. 넓이를 짐작할 수 없는 사무실의 바닥에는 회색 양탄자가 깔려 있었다. 컴퓨터 자판을 두들기는 소리가 서늘한 사무실에 착게 울려 퍼졌다. 미로 같은 사무실을 지나 은테 안경이 육중한 나무문을 열었다. 발가락 양말이 보무도 당당하게 쏙 들어갔다. 양희석이 열린 문 사이로 몸을 살짝 비틀며 들어갔다. 은테 안경이 얌전히 양희석의 뒤를 따랐다.

발가락 양말에 슬리퍼를 신은 중년 남자가 명함을 건넸다.

'주식회사 미래피아 사장 권준도.'

양희석은 물끄러미 **금테 두른 명함**을 쳐다보았다. 권준도 사장이 턱짓으로 양희석에게 앉으라 말했다. 양희석은 가죽 소파에 엉덩이를 툭 하고 걸쳤다. 권준도가 어이없다는 표정으로 양희석의 몰골을 살피더니 씩 웃었다. 사려 깊은 오너의 웃음이었다. 은테 안경은 뒷짐을 지고 권준도 사장의 옆에 얌전히 서 있었다.

주식회사 미래피아 빌딩 6층에 위치한 사장 집무실이었다. 권준도 사장의 곁에 서 있던 은테 안경이 주머니에서 명함을 주섬주섬 꺼냈다.

'미래피아 비서실 최수철.'

"죄송합니다. 저는 아직 명함이 없습니다."

양희석이 웃으며 말했다. 자신만만함에 건방짐이 더해진 웃음이었다.

"아 그래요? 그게 죄송할 일인가?"

최 부장이 말했다. 그는 빙글거렸다. 최 부장은 얇은 손가락으로 안경을 벗었다. 안경이 사라진 그의 얼굴을 채운 것은 뱀 같은 눈동자였다. 치명적인 독으로 상대를 순식간에 제압하는 독사의 눈을 가진 남자, 양희석은 최수철 부장의 눈동자를 물끄러미 쳐다보았다.

"최 부장님. 여기 양희석 사장에게 최대한의 지원을 해주면 됩니다. 이것은 회장님 직접 지시지요."

권준도 사장이 귓구멍을 파던 새끼손가락으로 발가락 사이를 긁으며 말했다.

"알겠습니다. 염려하지 않으셔도 됩니다."

비렁뱅이 신세였던 서른한 살의 양희석과 한정수가 기획하고, 김도술 회장이 창업 결정을 내렸으며, 권준도 사장이 설립 실무를 지시한, 상식 이하의 벤처기업 창업은 그렇게 완결되었다.

'대중문화 평론 웹진'이자 '문화 콘텐츠 전문 벤처기업'이 양희석과 한정수가 내세운 구호였다.

*

수십 년 동안 방치된 낡고 초라한 교실을 쓸고 닦고 광을 내는 환경미화 작업 방식으로 서울이 변모할 무렵이었다.

서울에서 올림픽이 열렸던 1988년, 스무 살의 양희석은 대학생이 되었다. 서울 소재의 명문 사립대학이었다. 1988년 3월의 입학식, 양희석은 교정에 우뚝 선, 친일파 출신으로 명성이 자자한 대학 설립자의 동상을 쳐다보며 한숨을 푹 쉬었다.

양희석의 외할아버지는 지주였다. 친일파 앞잡이였다. 외삼촌 중 하나는 빨갱이였다. 빨치산이 되었다가 행방불명. 집안은 풍비박산. 양희석의 어머니에 의해 호적에서 삭제된 독종 빨갱이. 빨갱이 외삼

촌의 얼굴을 양희석은 볼 수 없었다. 사진도 남아 있지 않았다. 다른 하나는 일급 알코올중독자였다. 붉은 코에 빨간 눈으로 골방에 처박혀 있다가 젊은 나이에 세상을 내다 버린 알코올 범벅의 외삼촌을 어린 양희석은 똑똑히 기억할 수 있었다.

양희석의 할아버지는 일급의 오입쟁이에 얼치기 예술가였다. 가산을 탕진해 술을 마셨고 기생집에 집문서를 갖다 바친 문제의 사나이. 오입질과 풍류로 점철된 한량의 저주는 손자인 양희석에게까지 이어졌다.

친일파 앞잡이 아버지와 빨갱이 및 알코홀릭 오빠를 둔, 양희석의 어머니는 무학자였다. 젊은 나이에 가장 노릇을 시작한 그의 어머니는 악착같이 돈을 벌어야 살 수 있었다. 얼치기 예술가이자 일급의 오입쟁이 아버지를 평생 증오했던 양희석의 아버지는 전매청 공무원이었다. 만년 계장으로 은퇴한 고루하고 소심한 공무원.

앞잡이와 빨갱이와 얼치기 예술가와 알코올중독자와 오입쟁이의 피가 적당히 섞인, 저주와 구원의 중간 지대에 어정쩡하게 서 있는 젊은이가 바로 양희석이었다. 그는 어린 시절부터 자신의 불길한 운명을 예감하고 몸을 사렸다.

카이스트 수석 입학 후 최연소 수학 박사 학위를 취득했으며, 최연소 카이스트 수학 교수에 임용되었다가 갑자기 정신이 돌아버린 형을 둔 양희석은 **적당히 또 적당히**를 삶의 원칙으로 삼았다. 적당히 공부해 적당한 대학에 들어가는 것. 적당히 졸업해 적당한 회사에 취직하는 것이 젊은 양희석이 삶을 대하는 방식이었다. **적당히, 그럭저럭, 얼렁뚱땅**을 되새김질하다 보면 자신의 불길한 운명을 피할 수 있을 것 같왔다.

1988년의 대학 캠퍼스에는 **독재타도 호헌철폐**의 구닥다리 구호와 직선제 대통령 선출 후 느닷없이 찾아온 어색한 자유의 공기, 소비를 최우선적인 가치로 삼자는 이른바 엑스세대의 전조 증상 그리고 빗나간 포스트모더니즘과 돌연변이풍의 데카당이 애매하게 섞여 있었다. 양희석은 그 어색하기 짝이 없는 회색의 공기를 견디기 힘들었다. 무연고 시신에서 스멀스멀 흘러나오는 시즙 같은 공기. 그 불쾌한 공기를 양희석은 애써·외면했다.

여느 때와 다름없이, **평범함과 적당히**를 양희석은 대학 시절의 원칙으로 삼았다. 그는 그렇게 고군분투의 평범함으로 대학 시절을 보냈다.

공부도 적당히 연애도 적당히 데모도 적당히. **적당히**만 되새겨도 그리 어려울 것 없는 미래가 보장되는 시대였다.

적당함과 평범함과 그럭저럭 및 얼렁뚱땅으로 점철된 2년의 대학 생활을 마친 양희석은 자원입대했다. **일빵빵** 보병으로 강원도 화천의 예비사단에 배치받았다. 빵빵이 돌기와 빵이 치기, 상습 구타와 짐승 대접이 전부였던 **쌍팔년식**의 군대 생활을 마치고 전역. 양희석은 무사히 학교에 돌아왔고, 단 한 번의 휴학도 없이 학사모를 썼다.

양희석은 **국민의 성금**으로 만들어졌다는 신문사에 입사했다. **민주와 통일**을 최우선적인 가치로 삼는 신문사였다. 기자는 아니었고 사무국 공채 사원이었다. 양희석은 광고부에 배치받았다.

신문사의 모토인 민주와 통일은 양희석에게 중요하지 않았다. 대학생이 되고 국방의 의무를 수행하고 대기업 혹은 신문사나 방송국에서 사회생활을 시작하는 것은 일종의 관례였다. 양희석에게는 그랬다. 별다른 노력이 없어도, 특별한 자격을 갖추지 않아도 되는 자연스러운 길이었다.

얼치기 예술가와 빨갱이와 오입쟁이와 알코홀릭의 유전자를 물려받은 양희석. 그에게는 특별한 재능이 있었다. 당구를 치면 항상 이겼다. 당구 시작 1년 만에 천 점을 놓았다. 포커, 홀라 등의 카드게임에서도 발군의 실력을 과시했다. 용돈이 떨어지면 기원으로 가 내기 바둑을 뒀다. 낚시를 하면 월척을 낚았다. 양희석은 잡기의 선수였다. 그 능력은 양희석의 천성이었다. 노력과 집중이 필요 없는 천부적인 자질이었다. 저주받은 유전자의 부작용일 수도 있었다.

신문사 생활은 무료했다. 민주와 통일을 입에 달고 사는 동시에 술에 찌든 선배 기자들은 멍청하고 한심해 보였다. 무료함에 진력이 난 양희석은 도박장을 출입하기 시작했다.

하우스로 불리는 사설 도박장. 양희석의 도박장 출입은 일주일에 한 번 꼴로 지속되었다. 도박은 양희석에게 무료한 일상을 견디게 하는 촉매제였다. 도파민이 없으면 양희석은 견딜 수 없었다. 도파민의 분출로 버는 돈이 월급보다 훨씬 많았다. 그러기를 몇 개월. 재수 없게도, 양희석은 경찰의 단속에 걸렸다. 신문사 직원이라는 백 덕분에 입건되지는 않았다. 훈방. 그런데 신문사 복도에 대자보가 붙었다.

'**부도덕**한 직원을 고발합니다.'

민주와 통일의 성지에 근무하는 **부도덕 덩어리**, 양희석을 고발하는 내용이 담긴 치졸하기 짝이 없는 대자보였다. 아무렇지도 않게, 반짝반짝 빛나는 기획서를 툭툭 만드는 양희석을 질투한 상급자 혹은 동료가 작성한 것이 틀림없었다. 신문사의 인사팀 관계자는 신경을 쓰지 않았다. **자유로움과 관대함 그리고 연민**이 넘치는 문화가 남아 있는 조직이었다. 대부분의 동료들도 관심이 없었다. 간통도 횡령도 성추행도 친미 행각도 아닌 하우스 출입을 비난하는 이들은 거의 없었다. 하지만 양희석은 참을 수 없었다. 즉시 사표를 던졌다. 미래가 보이지 않는 구태의연한 일개 신문사에서 청춘을 보내기가 싫었다.

신문사를 뛰쳐나온 양희석은 채 보름도 쉬지 않았다. 광고 회사에 입사했다. 국내 굴지의 대기업 계열사였다. 광고기획자로, 카피라이터로 양희석은 바쁘게 일했다. 신문사와는 노동의 강도가 질적으로 달랐다. 시간이 나면 예쁜 여자들을 만났다. 능력 있는 광고쟁이 앞에서 예쁘지만 멍청한 여자들 대부분은 가랑이를 벌렸다. 하지만 가랑이 사이를 파고들 시간은 별로 없었다.

그렇게 몇 년의 시간이 흘렀다. 양희석은 코피가 터지도록 일했다. 밤을 새우는 날이 부지기수. 하지만 연봉은 거의 그대로였다. 그래봤자 월급쟁이 신세였다. 승진도 출세도, 저 너머에 신기루처럼 아른거렸다. 아부와 사내 정치에 목숨을 거는 무능력한 상사들이 그의 앞을 가로막고 있었다.

1997년, 정부가 도산 위기에 처했다. 국가 부도 위기였다. 외환 위기, 이른바 IMF 시대가 나라와 국민을 덮쳤다. 대기업들이 줄줄이 망했다. 빈털터리가 된 정부는 국제통화기금, 즉 IMF에 가여운 손바닥을 벌렸다. 무책임으로 일관해 얻을 수 있는 자리 보전과 지위 상승, 섹시한 여자가 인생의 전부였던 자들이 몰락했다. 나라 경제가 파탄났고, 엘리트 대기업 직원, 유능한 공무원 들이 쫓겨났다. 하릴없이 놀던, 허랑방탕한 멍청이들이 그 자리를 대신했다. 그들의 의지나 노력과는 전혀 상관없었다.

구조 조정의 시대가 도래했다. 양희석이 월급을 받던 광고 회사의 모기업도 구조 조정을 단행했다. 비겁함과 탐욕과 무례와 성실함과 집요함까지 갖춘 그야말로 완벽한 평생 상사들의 모가지가 뎅강뎅강 잘려나갔다. 양희석은 긴장했다. 하지만 젊고 유능했던 양희석에게 IMF 시대는 오히려 기회로 작용했다. 무감정과 무능력 상사들의 빈 자리를 양희석 같은 젊고 유능한 치들이 채워나갔다. 대리 양희석은 곧바로 팀장으로 임명되었다. 입사 3년 차, 서른도 채 되지 않은 양희석에게 40대 후반의 부장이 담당했던 임무와 권한이 주어졌다. 양희석은 어리벙벙했지만 현재 상황을 똑바로 주시했다. 복지부동의 달인들이 밀물처럼 빠져나간 자리는 광막했다. 깃발을 먼저 꽂는 명민한 이들이 그 자리를 차지할 수 있었다.

양희석은 젊고 유능하고 똑똑하고 예쁘기까지 한 이들을 팀원으로 꾸렸다. 복잡한 업무를 단순화할 수 있는 능력의 소유자들. 단번에 핵심을 짚을 수 있는 이들. 양희석은 그들에게 전적으로 일을 맡겼다. 양희석은 촉망받는 젊은 광고인의 반열에 이내 이름을 올렸다.

지하철에서 코피가 터지도록, 카페인 음료로 배를 채우며 졸음을 참던, 약물 과잉 복용의 부작용이라 오해받던 무모한 열정으로 일을 하던 양희석. 그토록 좋아하던 당구와 포커와 낚시와 노름을 즐기지 못하던 양희석에게 갑자기 달콤한 시간이 주어졌다. 영리한 팀원들 덕분이었다. 양희석은 컴퓨터와 PC통신에 남는 시간을 투자했다. 인 터넷이 본격적으로 사람들의 일상에 파고들기 직전, PC통신이 유행처럼 번지던 시절이었다.

양희석은 문학과 예술을 사랑한다는, 지적 허영심 가득한 젊은이들이 모여 있는 PC통신 모임에 가입했다. 양희석에게는 단순한 취미이자 호기심이었다. 광고 제작의 아이디어를 위한 기본 소양일 수도 있다는 판단도 있었다.

양희석은 세 치 혀로 세상일에 참견하는 예술가 지망생들을 그곳에서 만났다. 소설과 시와 미술과 음악과 철학을 논하던, 명민한 동시에 멍청한 젊은이들. 가진 것이라고는 불만과 불평밖에 없는 이들. 하지만 피가 끓는 예술혼으로 고통받는 젊은이들과 친구가 되었다.

양희석은 PC통신 밖의 세상, 소위 오프라인에서도 그들을 종종 만났다. 대기업 광고 회사 팀장 명함을 가진 양희석은 가난하고 불쌍하며 불우한 동시에 무력한 예술가 지망생들에게 종종 술을 사줬다. 그들의 불만과 불평을 얌전히 들어주었다. 물론, 그중에는 얼간이도 있었고 얼뜨기도 많았다. 몰상식과 아집으로 똘똘 뭉친, 결코 친구가 될 수 없는 치들도 볼 수 있었다. 성난 청년 시기의 한복판에 서 있던, 온갖 종류의 위악과 경멸과 위선으로 혼란에 빠진 평범한 지능과 감성의 소유자들이 대부분이었다. 바보스러운 얼굴로 예술과 문학을 사랑한다며 허세를 부리는, 혈기왕성한 젊은이들도 흔했다. 탁월한 정치적인 직관을 바탕으로 한 줄 세우기 능력 및 천부적인 우라까이 재능, 거기에 탁월한 임기응변으로 똘똘 뭉친 한 젊은이는 훗날 한국을 대표하는 소설가가 되었다. 그는 양희석의 때 이른 성공을 엄청나게 시기했다. 적당한 공부 머리에 적당한 사회성을 가진 치들의 대부분은 나중에 신문사 기자나 방송사 PD가 되었고, 그도 아니면 출판계에 투신해 그럭저럭 밥을 먹었다.

양희석은 한정수를 만났다. 끝도 없는 불평을 늘어놓는 소설가 지망생 남자들, 징징거림을 무기로 삼는 못생긴 시인 지망생 여자들, 돼지 같은 먹성으로 술을 들이부으며 결국에는 자기 연민의 수렁에서 헤어나지 못하는 문학평론가 지망생 여자들에 슬슬 질려갈 무렵이었다.

비슷한 유전자를 가진 이들은 단박에 서로를 알아보기 마련이었다. 알코홀릭과 얼치기 예술가와 오입쟁이라는 저주받은 유전자를 가진 양희석. 양희석은 한정수를 첫눈에 알아보았다.

스물둘에 시를 써서 등단한 한정수는 다정다감했으며 철저한 이기주의자였다. 시를 버리고 문학, 미술 평론에 매달려 있던 한정수는 엄청난 수준의 허영심과 허세를 가진 동갑내기 청년이었다. 물론, 한정수의 허영심과 허세는 여자 그리고 술과 시와 그림 같은 특정 기호를 벗어나지는 못했다. 세상 물정은 아무것도 모르는 어이없는 인간이 바로 그였다.

한정수는 천박함과 날카로운 지성을 동시에 갖춘 유형이었다. **개양아치의 상스러움**과 **최상급 지식인의 고결함**과 **먹물 특유의 지질함**이 동시에 묻어나는 종잡을 수 없는 인물. 경솔하고 경거망동한 남자인 동시에 불같은 열정을 가슴에 품은 보기 드문 인간이 바로 그였다.

한정수는 여자의 관대함과 연민을 이용하는 특출한 재능을 가지고 있었다. 그는 고아 같은 표정으로 여자들을 홀렸다. 그에게서는 식민지 시대의 불행한 지식인 같은 묘한 분위기가 풍겼다. 화류계의 여자들, 지적 허영심으로 똘똘 뭉친 예술 호사가 취미인 여자들 열에 아홉은 그에게 매료됐다. 근본 없는 모성애와 천박한 유머를 주로 이용하는 양희석과는 차원이 다른 천부적이며 특별한 재능이었다. 한정수의 요설 앞에서, 여자들은 눈이 푹푹 **나리는** 날 **마가리**로 떠나는 **나타샤**가 되었다. 입을 동그랗게 말고 **응앙응앙** 하느라 정신줄을 놓았다.

양희석과 한정수의 첫 술자리. 공통적인 유전자를 본능적으로 알아본 둘은 오후 세시부터 자정을 넘겨 새벽까지 술을 마셨다. 양희석과 한정수는 떠들었고 또 떠들었고 낄낄거렸다. 소주와 맥주와 고량주를 섞었다. 급기야 두 남자는 술을 아예 들이부었다. 양희석은 한정수와 악연과 인연을 동시에 맺게 될 것이라는 불길한 예감이 들었다. 양희석의 불길한 예감은 틀린 적이 거의 없었다. 그 예감은 **잡기 천재**의 능력이기도 했다.

한정수와 친구가 된 양희석은 정기적으로 한정수와 그를 따르는 일당들에게 술을 샀다. 일주일에 한 번 꼴이었다. 한정수는 문화 평론 잡지를 발행했다가 말아먹은 경력이 있었는데, 그는 조심스럽게 '인터넷으로 문화 잡지를 발행해보겠다'는 포부를 밝혔다. 인터넷이 막 대중화되던 무렵이었다. 양희석도 월급쟁이 생활에 슬슬 진력이 나던 참이었다. 양희석은 한정수에게 맞장구를 쳐줬다.

'아이디어는 네가 내라. 내가 기획하고 실행에 옮기마.'

양희석은 한정수에게 자신감을 불어넣어줬다. 싸구려 술과 안주 그리고 근거 없는 자신감을 선물받은 한정수는 사업 계획을 착착 수립해나갔다. 그렇게 양희석과 한정수는 의기투합했다.

하지만 현실은 만만치 않았다. 글줄 쓰는 것 외에는 특출한 능력이 없는 무력하고 불우한 골방의 청춘에게 돈을 댄다는 투자자는 어디에도 없었다. 양희석은 웅크리고 기다렸다. 아무런 해결책을 내놓지 않았다. 한정수는 벽에 가로막혀 있었다. 처자식 부양이라는 일생일대의 벽. 양희석은 한정수가 처한 벽의 무게를 잘 알고 있었다. 한정수는 무작정 웅크리고 기다릴 수는 없는 처지였다.

그들의 창업 계획이 벽에 막혔을 무렵, 한정수가 마침내 벽을 뚫었다. 한정수는 김도술이라는 이름을 조심스럽게 꺼냈다. 벤처 대부 김도술. 그 이름은 양희석도 잘 알고 있었다. 반도체 설비 제조 기업으로 한방에 훅 뜬 중견 기업 미래피아 회장 김도술. 우후죽순 같은 벤처 열풍의 한복판에 우뚝 서 있는 미래피아 김도술.

한정수는 김도술 회장의 경영 에세이 대필 작가 출신이었다.

김도술의 회사가 코스닥 상장에 성공한 직후에 일어난 일이었다. 한정수는 출판사의 의뢰를 받아 김도술을 인터뷰했다. 그리고 그의 경영 철학을 근사하게 포장했다.

한정수가 기억하는 김도술의 경영 방식은 기존의 자본가, 경영가들과는 전혀 달랐다. 한정수는 김도술의 경영에 '뷰티풀'이라는 수식어를 붙였다.

뷰티풀? 허이구, 머리야. 뷰티풀은 여자나 개, 그것도 아니면 오카네에나 붙여야지. 경영에 뷰티풀?

김도술은 혀를 찼다. 그는 한정수를 쳐다보며 껄껄 웃었다. 영감은 그윽한 눈빛으로 한정수를 쳐다보았다. 그의 눈동자는 이렇게 말하고 있었다.

애들처럼 구는 예술가 지망생. 사회정의를 꿈꾸는 철부지 친구야.

하지만 김도술은 한정수의 수식어를 받아들였다. 그렇게 책이 나왔다. 김도술은 깜짝 놀랄 만한 보너스를 챙겨줬다.

뷰티풀 경영. 한국어로 하면, 아름다운 경영.

책의 제목이었다.

김도술의 책을 썼던 한정수가 '인터넷 벤처기업 인큐베이팅'을 구상하던 김도술의 계획을 한 경제신문을 통해 접했고, 무덤덤한 목소리로 양희석에게 김도술의 계획을 전했다. 양희석은 한정수에게 '당장 연락해봐'라고 다그쳤다. 주저하고 망설이던 한정수는 양희석의 달콤한 설득과 석연찮은 말장난에 넘어갔고, 마지못해 김도술 회장의 직통 번호를 눌렀다. 그것으로 끝이었다. 상황은 일사천리로 착착 진행되었다.

한정수와 양희석의 프레젠테이션 준비는 채 하루도 걸리지 않았다. 상식 밖의 비즈니스 모델을 애써 만들었다. 얼토당토않은 실무진 구성을 끝냈다.

전설의 80년대 월간지 『**월간 말**』을 **경마 관련 잡지**로 알고 있던, 양희석의 후배가 합류했다. 창업 당시, 경마 전문가이자 아방가르드 음악 애호가였던 양희석의 후배는 아무런 일도 하지 않았다. 늘 놀았고 먹기도 많이 먹었다. 공짜 여자도 엄청 밝혔다. 업무에 크나큰 해를 끼치는 존재였다. 하지만 자칭 경마 전문가 덕분에 한정수는 먼 훗날, 목숨을 부지할 수 있었다. 한정수와 그 일당들 중 보기 드물게 성실함과 꼼꼼함, 거기에 나름의 원칙을 갖춘 한정수의 선배 번역쟁이가 창업 멤버로 합류했다. 성실함과 꼼꼼함, 거기에 고집스러울 정도의 원칙은 먼 훗날 양희석에게 큰 자산이 되었다.

양희석과 한정수가 '사람 일, 세상일은 최소 10년은 지나야 알 수 있다'는 단순한 진리를 깨달은 것은 당연하게도, 그로부터 10년 후였다.

*

양희석의 프레젠테이션은 그렇게 끝났다. 누구에게는 새끼손가락 끝의 귓밥 부스러기와도 같았던 어설픈 시간이었지만 양희석과 한정수에게는 역사적인 시간이었다. 희뿌연 유독성의 안개가 걷히고 모든 것이 명명백백해진 세계가 양희석과 한정수의 앞에 드러나는 순간이었다.

양희석은 광고 회사에 사표를 던졌다. 그들이 그렇게 만든, 이름도 거창한 문화 벤처기업 '캔디스닷컴'은 서울 강남 한복판의 미래피아 사옥 7층을 배정받았다. 망해버린 중견 건설 회사의 대머리 회장님이 사용했다는 붉은 양탄자가 깔린 안온한 공간이었다. '달콤한 사탕을 빨아 먹는 것처럼 문화를 향유하자'는 것이 캔디스닷컴의 모토라면 모토였다. 사실, 캔디보다는 **'빨아 먹자'**에 양희석과 한정수의 의중이 담겨 있었다. 물론, 그 모토는 얼마 지나지 않아 이렇게 바뀌고 말았다.

'이것이 벤처다. 먹어서 조지자. 이것이 여자다. 줄 때 먹자.'

국내 기업 최초로 나스닥 상장에 성공한 김도술의 주식회사 미래피아는 하루아침에 수천억 원의 현금을 챙겼다. 그 돈의 일부가 강남 한복판의 20층 건물 매입에 사용되었다. 미래피아 나스닥 상장 계획은 김도술 회장이 직접 짰으며, 그 계획의 실행자는 권준도 사장이었다. 그리고 국가정보원 벤처팀장이자 전직 비밀요원인 이기헌이 조력자로 작은 힘을 보탰다. 그 결과, 엉뚱한 이들이 예상치 못한 혜택을 입었다.

김도술의 계획과 권준도의 실행과 이기헌의 조력 그리고 세계를 휩쓴 세기말의 거품경제가 탄생시킨 엉뚱한 혜택의 맨 앞자리를 차지한 이는 양희석과 한정수였다. 그들이 1순위에 이름을 올린 이유는 가진 것이 아무것도 없어서였다. 기술도, 자금도, 인력도 심지어 변변한 사무 집기도 없었던 그들은 주식회사 미래피아가 제공한 최상급의 구호물자를 즉시 지원받아야 연명할 수 있었던 처지였다. 비렁뱅이 벤처 청년들의 생존을 위한 즉각적인 조치였다.

역사적인 프레젠테이션이 끝나고 며칠 후, 양희석과 한정수는 보무도 당당하게 미래피아 빌딩에 입성했다. 나무 궤짝으로 만든 듯한 허름한 사무실에 죽치고 있던 이들이 서울 하고도 강남 한복판의 삐까번쩍한, 지독한 속물 분위기로 가득한 건물로 들어갔다.

비즈니스 클래스 전담 스튜어디스처럼 상냥하고 예쁜 미래피아 빌딩 안내 데스크가 한정수를 친절하게 안내했다. **책임 없는 자유**에 아직 적응하지 못했던 한정수는 정중하게 고개를 숙였다. **자유의 상징**인 쪼리 신봉자였던 양희석은 커다랗게 웃으며 고개를 연신 끄덕였다. 구호물자 의상을 걸친 듯한 초라한 차림새의 가난한 청년들이 그들의 뒤를 이었다. 미래피아 관리부장 최수철이 양희석을 친절하게 안내했다.

'임원급이 사용하는 사무용품, 컴퓨터, 집기를 제공하라. 선 지출 후 결재, 휴가를 즐겨라. 식사와 술은 최고급으로. 회사 밖에서도 회사 돈을 써라. 정해진 시간 내에 실적을 내지 못해도 쫓겨나지 않는다. 모든 것이 갖춰진 완벽한 시간을 제공하겠다. 충분한 시간과 충분한 돈을 주겠다. 의무적으로 회사 돈과 시간을 쓸 것. 단, 그 시간 이후에는 당신이 알아서 살아라.'

김도술 회장의 전권을 위임받은 권준도 사장이 내건 단서 조항이었다. 미래피아 빌딩 입주 조건은 그것이 다였다. 충성심을 맹세하는 서약도 없었다. 언제까지 얼마를 벌겠다는 노예 계약서도 없었다. 뚱뚱한 엄지와 검지로 안경다리를 추켜올리는 관리자도 볼 수 없었다.

훗날, 대통령 출마 선언을 했다가 개망신을 당했던, 또 김도술의 **말년 대운**을 촉발한 내과 의사 출신의 기업가가 만든 인터넷 보안 업체, 멍청할 정도로 커다란 검정색 개새끼를 모델로 기용한 인터넷 포털 업체, 손바닥에 쏙 들어가는 휴대폰 겸용 초소형 컴퓨터를 개발한, 하지만 시대를 너무 앞서가는 바람에 훗날 흔적도 없이 사라져버린 전자기기 업체, 휴대폰 전용 게임 개발을 너무나 일찍 시작한 회사, 일자리를 찾지 못해 놀고 있는 철학 박사와 인문학 박사와 문학 박사의 넋두리 같은 원고를 비싼 돈으로 구입해 모든 이에게 공개하겠다는 인터넷 웹진을 표방한 업체 등이 미래피아 건물에 입주했다.

행색은 초라했지만 야심 가득한 청년들이었다.

미래피아 빌딩은 대한민국 정부의 주요 자산을 관리하는 공기업이 사용하던 곳이었다. 망해버린 정부는 남은 자산을 팔아치우느라 정신이 없었다. 신의 직장으로 불리던 공기업 중에서도 노른자위였던 강남 한복판의 공기업 직원들 중 일부도 일자리를 잃었다. 강남, 서초의 유흥가가 한눈에 내려다보이는 건물도 미래피아에 팔렸다. 큰맘 먹고 구입한 고급 양복에 아내 혹은 연인이 골라준 저렴하면서도 멋진 넥타이를 맨 공기업의 엘리트들은 얼굴을 찡그리며 종이 박스에 짐을 쌌다. 다림질을 받을 여유가 없었던 그들의 양복바지는 똥 싼 바지처럼 보였다. 가슴에 종이 박스를 안은 그들은 터벅터벅 걸어 건물을 빠져나갔다. 엘리트 중의 엘리트들이 북쪽으로 창문이 난 강남 시장통에 접한 낡은 건물에 들어갔다. 서울대 출신 쓰레기들과 아이비리그 출신 얼뜨기들이 썰물처럼 쭉 빠져나갔다. 쭈글쭈글한 마분지 상자를 안고서.

공기업 직원들을 대신한 것은 맨발에 슬리퍼를 신은 부스스한 얼굴의 신흥 루저들이었다. 양희석과 한정수가 점령군처럼 강남 20층 빌딩의 로열층을 접수한 다음 날부터 척 봐도 형편없는 치들이 건물 안으로 진입하기 시작했다. 인간관계는 엉망이면서 싸가지도 다꽝인 수학 천재, 모니터를 들여다보며 밤을 지새우며 해킹 기술을 연마하던 히키코모리, 불법 복제된 비디오테이프를 보물처럼 보관하던 자칭 문화비평가, 잘리기 전에 스스로 망하기 직전의 대기업을 박차고 나온 약삭빠른 인텔리 들이 양희석과 한정수의 뒤를 이어 줄줄이 건물로 걸어갔다.

김도술 회장의 미래피아 빌딩은 언제 무너질지 모르는 공중누각, 공중정원이 되어 20세기의 불가사의로 남을 작정이었다. 지하에 아일랜드 스타일의 술집이 들어섰다. 아일랜드에서 직수입한 신선한 맥주를 동전 한 닢에 내놨다. 독일 정통 소시지와 양배추, 족발 요리가 포장마차 닭발 안주 가격에 나왔다. 이코노미 클래스에 낀 채로 열 시간을 버텨야 맛볼 수 있는 제국 본토의 피시앤칩스를 슬리퍼 차림으로 먹을 수 있었다. 이탈리아제 커피 제조기에서 추출한 에티오피아산 원두커피를 무한 리필로 즐길 수 있었다.

지하 1층 전체에 캡슐호텔이 설치되었다. 온도와 습도, 조명이 자동으로 조절되는 신비의 캡슐. 일본 제일의 야쿠자 조직이 운영하는 신주쿠 최신 캡슐텔에 들어갔던 것과 똑같은 제품이었다. 인생의 실패자, 떠돌이 날품팔이, 실패한 작가와 화가, 망상 속에서만 해킹을 일삼는 얼치기 프로그래머 들이 캡슐로 기어들어가 못생긴 여자와 섹스를 즐겼다.

스카이라운지에는 신선한 음식이 나오는 뷔페 식당이 들어섰다. 한 끼 식사비는 자판기 커피 한 잔 가격이었다. 미스코리아 뺨치는 영양사가 생글생글 웃으며 일급의 루저들에게 특급의 영양을 공급했다.

일등급의 보안요원들이 건물을 지켰다. 굴지의 대기업 연구소를 지키던 세계 제일의 보안요원들은 멍청이들을 쳐다보며 한심스러운 기분을 만끽했다. 그들은 우울해졌고 밤마다 술을 마셨다. 그들의 가슴속에서 분노가 치밀었다.

저 새끼들을 뭐하자고 지키는 거지?

새벽 순찰 중, 돼지 같은 중년 여자와 떡을 치는 더벅머리에 뿔테 안경을 쓴 말라깽이를 본 한 보안요원은 다음 날 즉시 사표를 냈다. 사표는 정중하게 수리되었고, 애타게 차례를 기다리던 재야의 무술 고수가 그 자리를 대체했다.

최상의 시설, 최상의 요리, 최상의 보안, 최상의 공기가 갖춰진 최고의 공간. 최하의 사람들이 그 속을 꾸역꾸역 채워나갔다. 자신의 의지와는 무관하게 신분이 수직 상승된 자들이 득실댔다. 세상 어디에서도 쉽게 볼 수 없는 풍경이 펼쳐졌다.

　"대단하군요. 정말 대단해요."

　서울대 출신으로, 서울대 상관을 모셨고, 서울대 후배를 부하로 부리며, 수십 년 동안 서울대 출신들과 술을 마셔온 뚱뚱한 신문기자가 감탄했다. 캔디스닷컴 취재를 나온 한 일간지의 문화부 소속 늙은 기자였다.

　"그런데 이 빌딩의 주인은 누구요? 어떤 양반이 이런 짓을 한 겁니까? 그 대단한 분이 바라는 게 도대체 뭐요?"

　김도술 회장을 전혀 알지 못하던 기자가 양희석에게 재차 물었다.

　"글쎄요. 저는 그분의 장기 계획을 알지 못합니다. 우리는 극히 일부에 지나지 않죠." 양희석이 심드렁한 표정으로 대답했다.

　팔자에도 없는 서울 강남에 둥지를 트게 된 양희석과 한정수는 일생일대의 순간을 만끽했다.

　땡전 한 푼 없는 젊은이 둘이 건설업계 순위 톱 10에 들었던 회사의 회장실에 떡하니 앉는 일이 벌어졌다. 누울 수 있을 정도로 젖혀지는 스웨덴제 최고급 가죽 의자, 테니스장만큼 넓은 호두나무 책상, 먼지 하나 없는 붉은 양탄자. 그리고 강남 한복판이 내려다보이는 통유리. 양희석과 한정수는 가죽 의자에 앉아 담배를 물고 거리를 내려다보았다. 개미 같은 사람들이 어디론가 바삐 움직였고, 싸구려 자동차들은 정체 때문에 옴짝달싹 못하고 있었다. 중력을 느끼지 못하고, 내가 내가 아닌 존재가 되어 나를 내려다보고 있는 듯한 순간. 비현실적이며 초현실적인 느낌에 그들은 어리둥절했다.

어리둥절함도 잠시. 양희석과 한정수는 최상급의 억지를 부리며 초저녁부터 샴페인을 터트렸다.

바로 그 순간, 미래피아 빌딩 밖에는 우중충한 기운이 감돌았다. 표정이 없는 사람들이 거리를 쏘다니고 있었다. 불법 술집 문지기와 삐끼, 낮술에 취한 여대생, 천상천하 유아독존의 야심가, 수십 년이 된 고물 메르세데스 벤츠를 자랑스럽게 타고 다니는 퇴물 건달, 그 옛날의 영광에 빠져 지내는 파산 직전의 기업가, 서울 하고도 강남에서 몸을 팔겠다는 각오를 다지느라 바쁜 어린 갈보가 하루를 준비하던 참이었다.

순식간에 청년 벤처 사업가 명함을 받은 양희석은 최고급 수제 슈트와 아름답고 순진무구한 젊은 여성의 피부처럼 부드러운 가죽 구두, 그리고 눈알이 튀어나올 정도의 가격표가 매겨진 손목시계를 냉큼 구입했다. 슈트와 구두는 이탈리아제였고, 시계는 스위스에서 온 것이었다. 한정수는 강남에서 제일 비싼 술집으로 달려갔다. 자신을 흠모하던 여성 중 제일 예쁜 이를 불러냈다. 그리고 제일 비싼 양주를 시켜놓고 아름다운 얼굴과 마주 앉았다. 양희석은 가출 청소년 가스 배달부 차림으로 쏘다니는 한정수에게 캐시미어 셔츠와 캐시미어 카디건을 선물했다.

이 모든 것은 법인카드로 결제되었다. 미래피아 빌딩 입주 기업가에게 특별 제공 된 한도 무제한의 아메리칸 익스프레스.

양희석과 한정수 그리고 먼 훗날 그들을 살린 경마 전문가와 고집 불통의 원칙주의자는 사무실 근처의 근사한 카페에 앉아 엉터리 사업 계획을 착착 수립했다.

그들이 수립한 계획이란 이런 것들이었다.

라캉, 지젝, 들뢰즈를 흠모하는 골방의 나부랭이들에게 한숨 가득한 위로를 보냈다. 아방가르드를 부르짖는 얼치기 비평가와 표절 전문 예술가를 상대하지 않겠다고 다짐했다. 마르크스, 엥겔스의 구렁텅이에서 빠져나오지 못한 교조주의 평론가들에게 조소를 보냈다. 돈이 없어 쩔쩔매는 아름다운 지식인 여성들에게 **화대**와 같은 원고료를 지불하겠다고 결의했다.

사업 구상을 마친 그들은 서로에게 얼음처럼 차가운 **돔 페리뇽**을 큼지막한 잔에 콸콸 부어주었다. 양희석에게 찰싹 달라붙은 카페의 젊은 여사장이 방긋 웃었다.

진흙탕은 사라졌고 무한히 쭉 뻗은 한밤의 하이웨이가 펼쳐졌다.

검푸른 밤하늘은 상쾌하기 짝이 없었다.

살랑거리는 초여름 바람이 뺨을 간질였다.

나뭇잎은 서걱거렸다.

양희석은 달콤한 공기를 폐부 가득 들이마셨다.

미래피아 빌딩 위로 커다란 달이 모습을 드러냈다. 달 뒤에 수줍게 숨은 별이 빛났다.

달과 별 아래로 서울 강남의 마천루가 반짝거렸다.

거리에는 상쾌한 분 냄새가 가득하리라.

팔꿈치에는 탱탱한 유방이 달라붙으리라.

달콤한 구취를 풍기는 아름다운 여자들이 줄을 서리라.

양희석은 강남의 야경을 쳐다보며 중얼거렸다.

난데없는 전화가 울렸다.

"네."

"양 팀장? 날세. 권준도."

미래피아 사장으로 승진한 권준도였다. 권준도는 캔디스닷컴의 **바지사장**이기도 했다.

"사장님! 무슨 일입니까? 이 밤중에."

"캔디스닷컴 주주 명부에 이름 하나 더 올려야겠다. 미래피아 담당 회계법인에서 내일 사람 갈 예정이야. 잘 처리해라."

"주주라니요? 제가 아는 사람입니까?"

"음지에서 일하는 친구라니까, 상세한 것은 자네는 알 것 없고. 아무튼 양 팀장 사업에 큰 도움이 될 걸세. 회장님 직접 지시이기도 하고."

"음지요? 여자 품에서 일한답니까?"

"여자가 아니라 권력의 음지."

권준도가 엄숙한 목소리로 말했다.

"알겠습니다. 그런데 이름은 알아야죠."

"차명 주주야. 이름은 아직 모르겠고 그 뒤는 이기헌. 따로 이면 계약서 쏠 걸세."

"정체불명의 주주와 이기헌이라. 알겠습니다. 진행하겠습니다."

"내일이 자네들이 후원한다는 그 행사 열리는 날이지? 캔디스닷컴의 첫 번째 행사. 내일 만날 수 있을 거야. 내일 보자고. 회장님이 갈 수도 있네."

"알겠습니다. 내일 파티를 마음껏 즐기십시오. 다른 종류의 밤을 경험하실 수 있을 겁니다."

"다른 종류의 밤? 하하하, 그거 재미있군. 기대하겠네."

김도술, 권준도, 양희석, 한정수, 이기헌이 처음으로 얽히는 순간이었다. 곁에 있던 한정수의 작은 눈이 반짝거렸다. 한정수는 이사, 양희석은 팀장 명함을 받았다. 하지만 둘 다 등기 이사로 이름을 올린 상태였다.

1999년, 여름이 막 시작되는 참이었다.

2

　—너 그거 알아? 흑인 거시기를 '각좆'으로 부른다는 거. 흑좆이 곧 우리의 자랑스러운 어머니들이 그토록 애용하시던 각좆이라는 거 아냐. 육각형으로 조각된 야구방망이가 몸속으로 쑥 들어온다는 거 아냐. 그 환장할 느낌 때문에 우리의 사랑스러운 걸들이 미국으로, 유럽으로, 아랍으로 나 홀로 배낭여행 가는 거야.

　—흑좆 아니 각좆 맛보러?

　—그렇지. 역시 넌 머리가 비상해.

　—그럼 한국 와서는 어떡하냐? 그 맛을 보질 못하니.

　—이태원으로 뛰쳐나가는 거지 뭐. 흑형들 각좆 찾아서. 이 걸레 같은 년들.

　—걸레라니. 그거 끝내준다.

　—그런데 네 물건은 뭐냐? 너도 각좆이냐?

　—나? 나는 모나미 볼펜.

　—모나미 볼펜에 걸들이 그렇게 환장해?

　—흑형의 각좆보다 더 중요한 게 있지.

　—그게 뭔데?

　—중요한 건 질과 헌신 그리고 희생이야.

　—웃기지 마. 크기야, 중요한 건.

　—아냐 아냐. 난 너무 작아. 그래도 걸들이 환장을 해.

—네가 작다고? 아냐. 내가 볼 때 충분해.

—내가 쌍팔년도에 화염병 던져서 감방 간 거 알고 있냐? 서울구치소 미결수동에서 몇 달 죽치고 있었는데 말이야. 그때 '각좆 다마'를 박았다고. 감방의 시멘트 벽에 칫솔을 갈아서 만든 오리지널리티가 듬뿍 담긴 고결한 다마. 그때 유명한 모델 하나가 뽕질 하다가 들어왔었어. 덩치도 크고 진짜 잘생겼지. 생긴 건 완전 개마초야. 그런데 이 새끼가 아주 겁쟁이야. 겁쟁이 중에서도 상급 겁쟁이.

—그런데?

—그 모델 새끼 물건이 흑좆이야. 유전자는 동양인인데 그게 흑좆이라 이거지. 타고난 물건이야. 그 고귀한 좆을 대상으로 한 연구가 진행되었어. 동료 중에 손재주가 비상한 친구가 하나 있었는데, 뽕쟁이 모델 놈의 흑좆을 관찰했고 결국 임상실험까지 한 거지.

—그러니까, 감옥에서 네 좆이 흑좆으로 바뀐 거야? 빵도 갈 만하군.

—그 정도는 아니고.

—그런데 손재주 비상한 친구가 그렇게 대단해?

—그럼, 감방에 구제 불능의 발기부전으로 절망에 빠진 비전향 장기수 영감님이 있었는데 말이야. 그 영감님 소원이 조국 통일, 미제 타도가 아냐. 빳빳하게 한번 서보는 거야. 영감님에게 그 친구가 철심을 선물했어. 카본 낚싯대를 갈고 닦아 만든 철심을 물건에 넣었다 뺐다 할 수 있는 거야. 철심을 넣으면 흐물흐물한 물건이 빳빳하게 서는 원리지. 그 영감님 아주 감격의 눈물을 흘리더라?

—그래서 결국 성공했어?

—그럼. 그 영감님 철심도 넣고 다마도 박았지. 성공하자마자 전향

서 제출하고 출소했어.

　—오오, 대단하다? 그 손재주 좋은 친구는 죄목이 뭐야?

　—위조지폐 제작. 대한민국 전설의 위조지폐범이 감방에서 철심과 흑좆 다마 연구에 10년을 투자했다는 거 아냐.

　—그 친구 노벨 평화상 감이군.

　—의학상 및 평화상 동시 수상 감이지. 그런데 안타깝게 무기징역수야. 민주화 시대가 도래했지만, 사면도 받지 못할 신세지.

　—안타깝도다. 철심은 그렇다 치고, 다마는 어떻게 나온 거야?

　—성심과 성의, 열의를 다해 럭키 칫솔을 갈았지. 시멘트 벽에 플라스틱 칫솔대를 간 거야. 흑좆의 유전자를 간직한 보석 같은 다마 몇 개가 마침내 나왔어. 아프리카산 최고급 상아보다 더 찬란할걸? 그 다마를 좆대가리 바로 아래에 콱 박은 거지. 의무실에서 가져온 이빨 빠진 수술칼하고 공업용 알코올을 이용해서 말이지.

　—그 다마 효과가 그렇게 좋아?

　—죽지 죽어. 여자들이 말이지, 그 다마로 살살 굴려주면 글쎄 애낳을 때처럼 신음을 내지른다니까.

　—정말? 진짜 죽인다.

　—그런데 이 술 다 마시고 누굴 만나러 가는 거냐?

　—각좆, 다마좆에 흠뻑 빠진 걸들. 그런데 난 다마가 없는데?

　—괜찮아, 혓바닥에 이걸 살짝 끼우고 살살 핥아주면 끝이야. 각좆을 응용한 제품이지. 네 비위가 좋으면 아예 혓바닥을 발딱 세워서 그 속에 쑥 집어넣는 것도 괜찮고.

　—오오 멋지다. 그런데 이거 네가 전에 썼던 거냐?

—당근 썼지. 팔팔 끓는 물에 한 번, 전자레인지에 또 한 번 소독했으니까 냄새는 안 날 거야. 위생적인 문제도 당연히 없어. 널 위해 내가 특별히 빌려주지.

—빨랑 가자. 각좆 맛 보여주러.

—그나저나 여기 술값은 누가 내냐?

—법인카드 나왔다. 아메리칸 익스프레스 골드. 한도는 무제한.

—오케이. 양 팀장 너, 정말 준비성이 철저하구나. 네가 나보다 나은 게 딱 하나 있어. 바로 그것은 준.비.성.

—얼른 움직이자. 시간 없다.

—아 잠깐. 우리 술도 좀 남았는데, 우리의 꿈과 구원과 삶의 목표에 대해 말을 좀 섞어보자. 좆과 걸 이야기만 하면 좀 그렇지 않냐? 우리는 천하의 지식인인데 말이야.

—그렇지. 바로 그거야. 우리는 지식인이지. 지식인을 부리는 지식인. 먹물에게 돈을 주는 지식인 중의 지식인. 지식인다운 본격 토론을 해볼까? 삼십 분 정도는 여유 있다. 너의 꿈을 말해봐.

—내 꿈은 바지사장이야. 아무런 권한도 의무도 권리도 없는, 오직 나중에 몸뚱이로 때우면 되는 바지사장. 허깨비 같은 음……, 유령 같은 존재의 바지사장? 멋지지 않냐?

—오오 멋져. 난 기둥서방. 순결한 박애의 매춘부들에게 조건 있는 사랑을 베푸는, 어머니 같은 기둥서방. 사랑의 대가로 가련한 매춘부들의 등골에 빨대를 콱 꽂는 기둥서방.

—바지사장만큼은 아니지만 기둥서방도 멋지다 야.

바지사장과 기둥서방을 삶의 목표로 삼은 전도유망한 젊은이 두 명이 헤네시XO 한 병을 앞에 놓고 열변을 토하느라 바빴다. 강남 한복판의 최고급 호텔 지하 바였다. 비싼 옷을 차려입은, 척 봐도 부자인 젊은이들이 오후부터 취한 가난한 행색의 젊은이 두 명을 힐끔거렸다. 냉소와 증오, 불안과 초초함, 무한한 욕구불만, 조롱과 경멸이 뒤섞인 시선이 그들 주위에 가득했다.

하지만 남루한 옷차림에 봉두난발인 청년 둘은 주변의 공기 따위를 신경 쓰지 않았다. 누가 들을까 눈치를 살피는 속삭이는 목소리도 아니었다. 무심한 표정으로 술잔을 닦는 잘생기고 키가 크며 영화배우를 뺨치는 허우대를 가진 웨이터도 그들의 대화를 똑똑히 들을 수 있었다.

각좆과 흑좆과 감방에서 나온 다마 이야기로 열변을 토하던 그들은 이제 서른 살을 막 넘긴 참이었다. 그들의 피부와 눈빛과 물건과 음주 태도는 아직은 팽팽했다. 서른 살의 패기가 철부지 강남 부자 젊은이들의 흘끔거리는 시선을 압도했다.

—너 이 동네 술집 자주 다녔냐? 난 강남 뒷골목은 좀 다녔는데, 오성급의 호텔 바는 처음이다 야.

—강남? 난 많이 다녔지. 사실 나 8학군 출신이야. 개포동에서 태어났어. 너 같은 불가촉천민과는 태생이 다르다고. 이거 왜 이래? 이래 봬도 내가 미국인 교사에게 영어도 배웠어. 여기 강남에서 말이야.

—아, 그래? 그렇구나. 미국인 교사? 그런 게 있었어? 우리 동네에 선 꿈도 꾸지 못했는데. 그런데 요즘은 친미해야 쿨하다고 하던데? 친

미좌파가 쿨하다는 거야. 강남에서 태어났고 서울대 출신이며 현재는 사대문 안에서 일간지 문화부 기자로 일하는 어떤 걸이 그러더라고. 친미좌파가 대세라나 뭐라나.

　—미친년. 그런데 친미좌파라고? 그 말 멋지다. 넌 친미좌파 해라. 난 강남좌파 할게.

　—강남좌파? 그것도 좋은데? 오늘부터 우리 친미좌파 겸 강남좌파다.

　—좌파가 다 얼어 죽었구나. 빌어먹을.

　—욕은 하지 말자. 어려운 시절은 끝났어. 우린 전도유망한 청년이야. 전도유망한 청년 벤처 사업가.

　—으하하하. 전.도.유.망.의 청년 벤처 사업가라니.

　—자, 나가자. 남은 코냑은 키핑.

　—키핑은 무슨. 재떨이에 부어. 이 더러운 크리스털 재떨이도 코냑 맛 좀 봐야지.

　—그럴까?

　—웨이터! 체크 빌! 자, 이게 바로 아메리칸 익스프레스야. 뭐야 이거. 여기 박힌 놈 표정이 좀 우울한데? 이 검투사 말이야.

　—어디 보자. 아메리칸 익스프레스에 검투사가 있어?

쭈글쭈글 부르튼 검지와 중지 사이에 달랑달랑 매달린 황금빛 아메리칸 익스프레스 카드에 새겨진 글래디에이터의 우울한 표정을 쳐다보던 양희석이 자리를 박차고 일어났다. 코냑을 재떨이에 조심스럽게 붓던 한정수가 고개를 들어 카드 속의 검투사를 물끄러미 응시했다. 검은색 뿔테 안경을 쓴 한정수의 눈동자가 반짝거렸다. 한정수의 눈동자가 검투사에서 양희석의 쭈글쭈글한 손가락으로 향했다.

　　—너의 그 망할 손가락은 왜 그리 부르텄냐? 그거 여자 거시기 속에 푹 담근 손가락인데? 내가 그거 잘 알지. 이야 이 자식 좀 보게. 이것 봐라……, 이 색골 놈의 새끼.

　　—응? 어……, 이거? 나 엊그저게 2박 3일 동안 광주 비엔날레 갔다 왔잖아? 그 미술 평론 한다는 걸 알지? 재작년에 신춘문예 시와 미술 평론 2관왕 먹었다는 그 새초롬한 표정의 계집애.

　　—응, 나도 잘 알지 그 걸. 그년 무식한 거 내가 아주 잘 알아.

　　—그렇지. 완전 무식하지 그 걸. 내가 이틀 동안 비엔날레 같이 다녔는데, 글쎄 그 걸이 AV 마니아야. 알고 봤더니 일본 성인영화에도 일가견이 있더라고. 거기에 님포마니아 기질도 다분해. 그래서 이틀 내내 이 손가락 두 개가 그 걸의 몸속에 있었지 뭐야. 이틀 만에 내 고결한 손가락 끝이 완전히 망가진 거야.

　　—더러워. 이 부도덕한 인간들 같으니라고. 네 마음이 더럽고 부도덕한 줄 알았더니 손가락도 부도덕함의 끝을 가리키고 있구나. 그런데 너 정말 멋지다. 최고야 최고.

　　강남 제일의 부도덕한 손가락이 조만간 특급 영화배우가 될 것이 뻔한 웨이터에게 아메리칸 익스프레스를 내밀었다. 찬란하게 빛나는 황금빛 아메리칸 익스프레스를 본 웨이터의 얼굴에는 표정이 없었다. 시가를 얄밉게 빨던 한정수가 천천히 몸을 일으켰다. 쿠바산 시가 향과 프랑스산 코냑 향 그리고 아름다운 한국산 여자들의 몸에서 발산된 퀴퀴한 향수 향이 그들 주위를 떠다녔다.

양희석과 한정수는 파티복을 차려입은 우아한 여자 둘이 앉아 있는 이탈리아제 가죽 소파 옆에 선 채로 대화를 계속 이어나갔다. 영화배우를 닮은 웨이터가 영수증과 아메리칸 익스프레스를 들고 그들 옆에 묵묵히 서 있었다. 고객의 대화에 절대로 개입하지 않는, 고객의 대화가 종료되기를 묵묵히 기다리는, 훈련이 잘된 웨이터였다.

―어디로 가냐?

―응, 오늘이 우리 회장님하고 우리 바지사장하고 또 뭐냐, 우리 법인 등기부등본에 2대 주주로 이름 올릴 인간하고 4자 면담하는 날인 거 알지? 그 인간 음지에서 일한다던데? 미래피아 건물에 입주한 회사들 몇몇 사장들도 온다고 했어. 신문사 기자도 오고. 부인 아니 애인도 대환영! 마침 근처에서 우리가 후원한 작은 파티가 열리는데, 거기에 룸 하나 잡았다. 최고의 걸들과 최고의 술과 최고의 음식이 있을 거야. 아마도.

―음지에서 일하는 인간? 비밀 술집 운영하는 놈인가?

―자세히는 모르겠는데, 국정원 요원이라나 뭐라나.

―국정원 요원? 이야 죽인다. 회장님은 김도술 회장님이고, 바지사장은 권준도 사장님?

―그렇지. 김도술과 권준도. 대한민국 벤처계의 환상적 콤비! 거기에 국정원 비밀요원, 멋지지 않니?

―정말 멋져. 거기에 최고의 음식과 최고의 술이 있다고? 확실한

거야? 그런데 우리는 애인이 없지 않냐?

─가보면 알겠지. 걱정 마. 최고의 여자들이 우리 애인이 될 거야. 최고 등급의 일회용 애인.

─그런데 무슨 파티를 후원했어? 파티 주제가 뭐야?

─동성애자를 위한 레인보 파티. 동성애자의 권리를 찾아주자는, 동성애 운동을 정치적으로 지원하자는 취지의 파티. 첫 번째 후원사가 우리야. 문화사업 한다고 깝죽거리던 그 망할 놈의 대기업이 두 번째 후원사야. 우리가 일등의 후원 회사야. 대단히 의미 있는 파티지. 정치적으로나 문화적으로나.

─동성애자 파티? 그럼 거기 가면 호모들이랑 레즈들 득실거리냐? 레즈 중에 예쁜 애들 없는데? 호모 새끼들도 정말 싫고 더럽고. 이 빌어먹을 개새끼들.

─한 이사. 좀 관대해질 필요가 있어. 나도 호모랑 레즈 뭐 그리 좋아하진 않지만, 그 연놈들도 인간이야. 우리랑 똑같은 인간.

─웃기지 마. 말도 안 돼.

─진정해. 모든 것이 무너졌어. 확실한 것은 쾌락뿐이야. 몸에 난 모든 구멍에서 즐거움을 찾는 것. 그게 구원받는 길이야. 그런데 남자의 몸에서는 도저히 즐거움을 찾을 수 없더라고 나도. 남자가 남자 살 비비는 거 싫어한다는 게 무슨 죄냐? 요즘에는 동성애를 혐오하면 죄인 취급을 받는다니까. 세상 말세야 말세.

─죄는 아니지. 물론.

─그런데 난 레즈는 아주 좋아해. 너 레즈랑 자봤니?

─아니. 아직 못 해봤는데.

—내가 동성애를 적극 지지하는데 말이야. 그 이유 중 하나가 죽이는 레즈들 때문이야. 레즈들 헛바닥 기술 죽이지. 끝내줘.

—진짜야?

—베테랑 레즈들은 말이지, 남자의 몸에 난 구멍이란 구멍은 모두 활용해. 헛바닥과 손가락, 발바닥과 손바닥, 거기에 콧김과 입김까지. 아휴! 끝내주지 정말.

—하나 잘 찍어서 하자.

—오늘? 야야, 잘해봐라. 난 그냥 옛날 애인이랑 놀아야겠다. 옛날 애인, 매우 옛날 애인, 지금 애인 다 불렀다. 내가 책임지고 너를 위해 명기 중의 명기 레즈로 하나 찍어줄게. 걱정하지 마.

—고맙다 양 팀장. 오늘부터 우리는 친구다.

—그래 친구 겸 구멍 동서다.

—미친 자식. 구멍 동서라니. 난 그건 싫다.

—싫기는. 넌 지식은 많지만 지성은 없는 인간이잖아. 섹스만이 네가 살 길이라고. 정신 차려 인마.

—미친놈. 네 고민의 해결책이 어디 있는지 나는 알아.

—어디야?

—아름다운 여자의 가랑이 사이에 있지.

—그래? 네 말이 옳다. 덧없는 쾌락을 향해 전력으로 달려보자. 어서 빨리 술을 마시자.

—술은 좀 작작 마실 필요가 있어. 섹스 많이 한다고 죽지는 않지만, 술은 죽자고 많이 마시면 진짜로 죽어버려.

—명심할게 친구야. 그 충고 고맙다.

—그래, 그래야지. 이제 나가자.

180센티미터가 넘는 키에 앞머리로 한쪽 눈동자를 가린 깡마른 청년. 유행이 지난 검은색 뿔테 안경을 쓴 한정수와 170센티미터가 채 안 되는 키에 적당한 몸집, 그리고 촌스러운 옷을 차려입은 양희석이 호텔 지하에 위치한 바를 마침내 나섰다. '주식회사 캔디스닷컴 이사'라는 직함을 법인 등기부등본에 막 새긴 그들 둘은 앞서거니 뒤서거니 하며 계단을 빠져나갔다.

명품 옷에 명품 시계, 명품 구두를 신은 강남의 부자 젊은이들이 한정수와 양희석의 뒷모습을 물끄러미 바라보았다. 멸종 위기에 처한 희귀 야생동물을 보는 것 같은 눈초리였다.

양희석이 어깨 위로 손을 들어 손바닥을 살짝 흔들었다. 한정수가 상스러운 몸짓으로 바닥에 굵은 침을 뱉었다.

*

만성 요도염을 달고 사는 초보 색골 양희석이 호텔 바 밖으로 나왔다. 천성적인 예술가의 심성을 가졌지만 재능은 없는 불행한 예술가 지망생, 역사에 획을 남긴 예술가들의 뒤꽁무니를 질투하며 결국은 알코올에 빠지고 말 불운한 운명을 진즉에 예감한 한정수가 그 뒤를 따랐다.

거리에 막 어둠이 내려앉는 참이었다. 상쾌한 여름 저녁 바람에 나뭇잎이 흔들거렸다. 푸른 나뭇잎에 주황빛 가로등 빛이 얹혀졌다. 푸르고 붉은 빛이 저녁 하늘을 가득 채웠다.

양희석의 가슴속에 새로운 종류의 희망과 호기심이 요동쳤다. 무모한 꿈을 향해 거침없이 막 달려든 한정수는 수줍어하면서도 특별한 것을 기대했다.

주머니가 주렁주렁 달린 카키색 반바지에 길바닥에 딱 붙는 싸구려 쪼리를 신은 키가 작은 양희석이 앞장섰다. 몸에 비해 매우 작은 머리통을 가진, 가스배달부 스타일의 한정수가 양희석의 뒤를 따라 걸었다.

양희석은 어둠이 내리고 있는 강남의 거리를 주의 깊게 살피며 걸었다. 주름진 얼굴에 축 늘어진 뱃살, 흐리멍덩한 눈동자를 굴리는 젊은이는 거리 어디에도 없었다. 통닭 봉지를 들고 집으로 향하는 우울한 구닥다리 중년 남자도 볼 수 없었다. 새파란 애송이들은 어디에서도 찾을 수 없는 거리. 그 거리에 젊은 색골, 중년 색골, 늙은 색골 들이 끊임없이 쏟아져 나오고 있었다.

최고급 옷, 최고급 구두, 최고급 여자를 파는 각양각색의 가게들이 즐비한 강남의 거리를 한정수는 조심스럽게 걸었다. 길거리의 스피커는 북유럽에서 건너온 최고급이었다. 북유럽산 스피커에서 흘러나온 묵직한 음향이 정수의 가슴을 쿵쿵 파고들었다.

순결한 피를 가진 상냥하고 아름다운 여성들이 득실대는 찬란한 거리. 영웅적인 과거를 가슴에 품은 이는 진즉에 자취를 감춘 강남 거리의 한복판으로 희석과 정수는 성큼성큼 걸음을 옮겼다. 그들이 향한 곳은 강남역 사거리의 요충지에 떡하니 자리를 잡은 다국적 의류 브랜드의 신규 매장이었다. 다양한 종류, 다양한 디자인의 의류를 하루에도 수백 벌씩 내놓아 사람들의 혼을 빼놓는 북유럽에서 온 의류 브랜드였다.

연면적 천 평이 되어 보이는 1층에서 3층까지의 공간에 눈부시게 환한 불빛이 켜져 있었다. 사람의 눈을 멀게 만들 정도로 강력한 매장의 불빛은 강남 거리를 환하게 비췄다. 찬란한 불빛 속에는 형형색색의 옷을 입은 마네킹 수십 개와 마네킹의 몸뚱이에 걸쳐진 옷을 어루만지는 사람들이 가득했다.

희석이 매장 안으로 쑥 들어갔다. 정수가 그 뒤를 따르며 물었다.

"여긴 왜 들어가냐? 파티에 입을 옷이라도 살 거냐?"

"아니, 옷 따위를 어디에 쓰겠다고 사냐? 옷은 벗으라고 존재하는 거야. 그런데 너 내가 사준 캐시미어 안 입었냐? 옷이 그게 뭐냐?"

"너나 잘 입어라. 이 망할 놈의 인간아."

"파티장이 여기 옥상이야. 옥상에 특별 무대와 특별 술판을 마련해 놓았지. 이 의류 회사도 우리 파티를 후원했어."

정수의 질문에 희석이 또박또박 답했다. 그의 목소리에 알코올 기운은 전혀 없었다.

희석과 정수는 아름다운 옷을 입은 아름다운 마네킹과 추한 옷을 입은 추한 사람들을 헤치면서 엘리베이터 앞으로 다가갔다. 엘리베이터 출입문 옆에 빨주노초파남보 일곱 가지 색깔이 선명한 작은 포스터가 붙어 있었다.

"바로 이거야. 오늘의 레인보 파티. 오늘 파티엔 아무나 못 오지. 특별히 초청된 특별한 사람들만 오는 파티야. 물고 빨고에 목숨을 거는 호모들과 레즈들. 호모와 레즈를 돕는 일에서 희열을 찾는 지식인들,

자신이 최고의 아방가르드 예술가란 착각에 단단히 빠진 얼치기 예술가들, 돈 있는 남자들의 뒤꽁무니를 졸졸 따라다니느라 바쁜 우리의 예쁜이들, 그리고 문화판 언저리를 기웃대는 무식한 평론가들. 이런 연놈들을 내가 엄선해 초청한 거야. 들어가자. 들어가서 일단 술을 마시자. 그리고 회장님을 만나는 거야."

"회장님?"

"그래, 회장님. 회장님은 네가 잘 알잖아. 우리가 이렇게 강남에 진출한 것도 다 네 덕인데, 나 사실 회장님 개인적으로 만나는 건 처음이야. 알지?"

"그래? 그런데 나는 사장은 처음 만난다."

"권준도 사장?"

"응."

"그래. 내가 권준도 사장에게 널 소개해줄 테니, 너는 김도술 회장님에게 내 말 좀 잘해줘라."

"잘해줄 게 뭐 있냐? 있는 그대로 보여주는 거지. 강남 제일의 부도덕한 인간이자 세계 제일의 부도덕한 손가락의 소유자."

한정수의 농담에 양희석이 작게 웃었다.

양희석과 한정수가 파티장 전용 엘리베이터에서 내렸다. 파티장이 마련된 옥상 특설 무대는 7층에서 내려 바로 올라갈 수 있는 구조였다. 파티장 입구에 마련된 커다란 원목 테이블 위에 쿠바에서 건너온 럼주가 수북이 쌓여 있었고, 그 옆엔 보라색 체크무늬 바지에 몸에 딱 붙는 초록색 티셔츠를 입은, 딱 보기에도 호모인 잘생긴 청년이 초대

권을 체크하느라 바빴다.

희석이 럼주 쪽으로 발걸음을 옮겼다. 남자를 빤히 쳐다보는 것이 특기인 젊은 여자가 검정색의 럼주병을 손에 들고 상큼한 미소를 지었다. 허벅지가 환히 드러나는 블랙 미니스커트를 입은 젊은 여자는 턱수염이 무성한 터프가이 해적이 그려진 하얀색 반팔 셔츠 차림이었다.

"쿠바산 럼주? 이 술이 왜 인기가 좋죠?"

엉거주춤 서 있는 한정수를 빤히 쳐다보며 웃고 있던 해적 셔츠 여자에게 희석이 물었다.

"상큼한 블랙! 해적들이 마시던 술이니까요! 멋있잖아요! 푸른 대양을 응시하며 세계를 떠돌던 해적들이 벌컥벌컥 들이마시던 전설의 럼주. 이 술의 색깔은 태양이 적당히 섞인 바다와 똑같아요. 거친 손등으로 거친 수염을 쓱 닦는 거친 남자들. 식민지에서 노획한 젊고 가는 여자의 허리를 확 안아버리는 터프한 해적이 떠오르지 않나요?"

"해적의 술이라. 어디 한잔 줘봐요."

투명하고 얇은 플라스틱 잔에 담긴 얼음 섞인 칵테일을 움켜쥔 희석은 투명하고 차가운 검은빛의 액체를 뚫어져라 쳐다보았다. 정수도 슬그머니 럼주 한 잔을 집어 들었다.

"오늘 같은 날은 마시고 또 마셔야지."

단숨에 칵테일을 들이켠 희석이 미니스커트 아가씨를 흘깃 쳐다보면서 말했다. 정수는 싸구려 보약을 마시는 듯한 경건한 자세로 잔을 비웠다.

럼주 한 잔씩을 비운 희석과 정수는 파티장 안으로 걸음을 옮겼다.

입장객 관리를 담당한 호모 청년이 희석을 향해 고개를 까닥였다. 희석은 무표정했고 청년은 배시시 웃었다.

희석과 정수가 파티장 한복판으로 진입했다. 가로 세로 각각 5미터가 족히 넘는 사이키델릭풍의 걸개그림이 파티장 뒤의 벽면을 가득 채우고 있었다. 걸개그림의 주인공은 쏠쏠한 미소를 짓고 있는 체 게바라였다.

"우리의 게바라 형이 이걸 보면 뭐라고 할까? 마더 빠큐다! 이 개새끼들아! 그러지 않았을까?"

정수가 혀를 차며 물었다.

"아냐. 천하의 게바라 형도 한때는 게이질 했다는 소문도 있어. 젊어서 잠깐. 하긴 피 끓는 이팔청춘에 무슨 짓을 못 하겠냐? 닭이랑 개랑도 했을걸? 말을 안 해서 그렇지."

파티장 구석구석을 유심히 살피던 양희석이 쏠쏠한 어투로 말했다.

"역시 너는 멋진 놈이야. 섹스 쪽으로는 천재적인 두뇌를 가지고 있어. 네 귀두를 절개하면 뇌수가 흘러나올 것 같단 말이야. 무궁무진한 성적 상상력으로 흠뻑 젖은 영원불멸의 귀두. 성호르몬이 가득 찬 뇌수를 가진 귀두! 너의 뇌는 아마 귀두에 있을지도 몰라."

"하여튼 말하는 건 개새끼야. 너라는 놈은."

한정수의 칭찬에 양희석이 욕설로 화답했다. 그들 둘은 환하게 웃고 있었다. 눈부시게 빛나는 젊은이의 웃음이었다.

붉고 검은 두 종류의 색으로 인쇄된 대형 체 게바라 걸개그림 옆으로 초보 그라피티 아티스트가 그린 것이 분명한 손가락 욕설 그림, '젊음이여, 엿이나 먹어라!'라는 조악한 문구가 새겨진 소형 포스터가 보였다. 호모의 아이콘이 된 체 게바라의 표정은 왠지 잔뜩 화가 나 있는 것 같았다.

파티장의 중앙에 설치된 작은 무대엔 사이클, 보드 묘기를 펼칠 수 있는 조악한 시설이 설치되어 있었다. 헬멧 따위의 안전장구를 하나도 착용하지 않은 무심한 10대 청소년들이 신나게 보드와 자전거를 타느라 바빴다. 그들의 실력은 척 봐도 형편없어 보였다. 파티장의 왼쪽 구석에는 DJ 테이블이 마련되었고, 긴 머리에 커다란 검은색 안경을 쓴 디제이는 파티 음악 준비를 하느라 여념이 없었다.

파티장 곳곳엔 처음 맛보는 자유에 흠뻑 취한 호모들이 득실댔다. 레즈비언도 호모 다섯에 하나 꼴로 눈에 띄었다. 남자 같은 레즈, 여자 같은 레즈, 부치 같은 레즈, 각양각색의 레즈들을 쳐다보느라 바쁜 고급 슈트 차림의 중년 남자도 간간이 보였다. 그들은 럼주 회사, 의류 회사, 파티를 후원한 대기업의 홍보 담당 직원들 그리고 그들의 친구들이었다.

파티의 주인공이라 할 수 있는 동성애자 말고도 파티장엔 다양한 종류의 사람들로 넘쳤다. 게으름뱅이 사회 부적응자, 동성애 운동가, 성정치학 연구자, 인디뮤지션을 팔아먹는 장사꾼, 극단의 쾌락주의자, 콤플렉스로 똘똘 뭉친 여성해방론자, 요설을 일삼는 문화판의 협잡꾼, 내세울 것이라곤 성실과 품성밖에 없는 전직 운동권 출신 정치 지망생, 프리섹스를 열렬히 찬양하고 지향하지만 실익은 전혀 찾지 못해 자책하는 못난이 이성애자 여자와 이성애자가 되고 싶어 안달이 난 뚱뚱한 남자 이성애자 등이 몸을 이리저리 흔들며 구걸하듯 하룻밤 사랑을 찾느라 바빴다.

"이 파티를 네놈이 기획한 거냐? 도대체 뭘 위해? 이 얼빠진 놈아."

시적인 분위기, 몽환적인 분위기, 이발소 액자 그림 같은 분위기, 노무자 합숙소 분위기가 절묘하게 섞인 파티장의 풍경을 물끄러미 쳐다보던 한정수가 혀를 차며 물었다.

"우리가 갈 길은 페미니즘과 민주주의 그리고 남북통일, 마지막으로 문화적 다양성 추구야. 민주화와 경제 발전은 애당초에 끝났잖아? 한 번 엎어지기도 했고 말이야. 우리 인동초 선생님께서 마침내 이런 세상을 만든 거야. 누가 알았냐? 너나 나 같은 놈들이 국정원 간부, 전설의 벤처기업인과 손을 잡을 줄을. 내 말을 명심해야 해. 이 세상 얼마 못 간다에 한 표 건다. 있을 때 잘해보는 거야. 한몫은 못 챙기더라도, 한세상 재미나게 놀아보는 거지 뭐."

"좀 앉자. 지친다."

지친다는 한정수의 말을 들은 양희석이 손을 높이 들었다. 중지와 엄지가 만나 생성되는 딱 하는 소리가 파티장에 울려 퍼졌다. 높이 쳐든 희석의 손가락을 본 파티 도우미 호모 청년이 황급히 뛰어왔다. 파티장 담당 젊은이도 입장권을 관리하는 청년처럼 보라색 체크무늬 바지에 몸에 딱 붙는 초록색 티셔츠 차림이었다.

희석이 청년의 귓가에 대고 뭐라고 속삭였다. 연신 빙글거리던 청년이 파티장 구석으로 달려가더니 간이 테이블과 플라스틱 의자 두 개를 가져왔다. 파티장 구석에 테이블이 황급히 마련되었다. 테이블과 의자에도 해적 마크가 선명했다.

"앉자."

"저 어린놈의 호모 새끼들이 네 말을 왜 그리 잘 듣냐? 너 커밍아웃이라도 했냐?"

"미친 자식. 커밍아웃이라니. 난 영원불멸의 이성애자야. 내가 저 아이들 일당을 주지 않냐. 두둑이 챙겨줬지. 특별 대우로."

미니스커트에 해적 셔츠를 입은 젊은 여자가 럼주 칵테일 두 잔이 담긴 쟁반을 들고 종종걸음으로 다가왔다. 테이블 위에 쟁반을 내려놓은 젊은 여자가 양희석을 쳐다보며 미소 지었다.

"더 필요한 거 있으면 말씀하세요. 양 팀장님."

"언니야, 속살 다 보인다. 좀 가려. 흥분되잖아."

플라스틱 의자에 앉은 희석이 여자를 올려다보는 동시에 사타구니 쪽을 벅벅 문지르며 말했다. 그의 얼굴은 진지했다. 젊은 여자가 목을 살짝 뒤로 젖히더니 입속이 다 드러나도록 환하게 웃었다. 해적 셔츠의 입속은 처녀의 속살 같았다. 순결한 핑크색 속살이 양희석의 사타구니를 자극했다.

조용하던 파티장에 묵직한 중저음의 사운드가 쿵쿵 울렸다. 특별 초빙 된 DJ가 연주를 막 시작하는 참이었다. 파티 음악을 책임진 DJ는 전설적인 록그룹의 베이스시트 출신이었다. 요리사도 특별 초대되었다. 요리사는 아방가르드 뮤지션을 지향하는 한 밴드의 보컬이었다. 파티의 메인 음식은 미국 아이다호산 감자로 만든 '고구마가 요리한 감자 요리'였는데, 아방가르드 요리사의 예명이 고구마였다. 중국에서 공수된 차가운 칭다오 캔 맥주와 해적들이 마셨다는 쿠바산 럼주, 아이다호 감자 요리와 모차렐라 치즈를 얹은 알래스카 심해어 요리가 파티장의 한쪽 구석으로 옮겨지고 있는 중이었다. 파티장에서 술을 마시고 있는 이는 한정수와 양희석 외에는 없었다. '내 꿈은 고아가 되는 거예요' 따위의 말들을 아무렇지도 않게 내뱉고 다니는 철부지 청춘들이 편하게 앉아 술을 마시는 희석과 정수를 힐끔거렸다.

등판에 체 게바라를 업고 다니느라 땀을 뻘뻘 흘리는 뚱뚱한 중년 남자와 가슴에 마오쩌둥을 품고 다니는 삐쩍 마른 어린 여자가 자신만만한 걸음걸이로 걸어오더니 럼주를 든 정수에게 물었다.

"그 술 어디서 줘요?"

한정수가 마오쩌둥과 체 게바라의 얼굴을 뚫어져라 쳐다봤다. 마오쩌둥의 눈동자에 눈물이 글썽거렸다. 체 게바라의 입매가 위로 올라갔다.

"조금 있으면 나와요. 마음껏 즐기세요. 안주도 술도 다 공짜랍니다."

친절한 얼굴로 양희석이 말했고, 마오쩌둥과 체 게바라도 평온을 되찾았다.

"혹시 결혼하셨어요? 오늘 저랑 놀래요?"

마오쩌둥이 존경심 가득한 순종적인 목소리로 한정수를 향해 물었다. 마오쩌둥의 얼굴에 구원의 미소가 가득했다.

"미친년. 저리 꺼지라지."

한정수가 바닥을 쳐다보며 낮게 중얼거렸다. 체 게바라의 얼굴이 무장 혁명이라도 당장 일으킬 기세로 험악해졌다.

"자기야. 자긴 자기 알아서 놀아. 우린 우리 알아서 놀게. 알았지?"

양희석이 함빡 웃으며 빙글거렸다. 그의 눈빛은 험악한 체 게바라를 향해 있었다. 게바라의 손이 한정수의 어깨를 살짝 쳤다.

"어쭈, 한번 해보겠다는 거야. 한방에 떨어질 늙은이가 깡은 좋군 그래."

한정수가 늙디늙은 체 게바라를 향해 피식 웃으며 말했다. 평온을 되찾은 마오쩌둥이 분노한 체 게바라의 팔짱을 끼더니 파티장 중앙으로 걸음을 옮겼다. 한정수가 그들의 뒷모습을 쳐다보면서 담배를 꺼냈다.

"내가 집도 없이 떠도는 방황하는 암캐들에게 인기가 좋은 편이지. 아주 착 달라붙는다니까. 망할 놈의 개 같은 년들 같으니라고."

한정수가 담배 연기로 만든 도넛을 툭 하니 뱉으며 말했다.

"못생겼다고, 뚱뚱하다고, 바보 같다고, 돈이 없다는 이유로 여자들이 섹스를 하지 못하는 시대야. 불우한 시대지. 나는 일종의 의무감을 느껴. 그래서 못생기고 뚱뚱한 여자들을 성심성의를 다해 유혹해. 어떨 것 같으냐? 평생 유혹다운 유혹을 한 번도 받아보지 못한 못생기고 뚱뚱한 여자들. 백이면 백, 그녀들은 감동의 눈물을 흘려. 사랑받는 그 느낌에 일종의 구원을 받는 셈이지. 그리고 난 최선을 다해 그녀들의 육체에 봉사해. 물고 빨고 물고 빨고. 또 물고 빨고 물고 빨고. 예쁜 년들이랑 할 땐 이 분이면 끝나지만 못생긴 년들에게 그렇게 해서는 곤란해. 그래서 칙칙이도 사용하고 낙타 눈썹도 애용하지. 너도 칙칙이 한번 써봐."

한정수가 진지하고 근엄한 표정으로 양희석에게 일장 연설을 늘어놓듯 말했다.

"그렇게 봉사하면 너에게 뭐 떨어지는 거라도 있냐?"

"일종의 자기만족을 위해서야. 거사를 치르고 나면 성자가 된 느낌이 들어. 섹스가 끝나면 나는 그녀들의 눈을 빤히 쳐다보면서 성호를 그어. 어떤 년들은 그러는 나를 보고 울음을 터트리기도 했어."

럼주를 두 잔씩 들이켠 한정수와 양희석의 대화가 섹스 문제로 집중되고 있었다.

"나는 못생기고 뚱뚱한 년들이랑 하면 잘 안 서는데, 너는 참 비위도 좋다. 경이롭도다."

"그래서 네가 욕을 처먹는 거야. 너는 지독한 이기주의자야. 이 더러운 유대인 같은 놈. 2차 세계대전 때 태어났으면 넌 가스실로 직행했을 거야. 섹스란 건 말이야, 세상에서 가장 순수하고 순결한 행위야. 네가 그걸 아냐? 너는 섹스를 똥 싸고 오줌 싸는 거랑 같은 걸로 보지? 이 평생에 오쟁이 질 놈아."

진지한 얼굴로 한정수가 일갈했다. 양희석은 낄낄대며 술을 마셨다. 테이블 옆에 서서 우울한 얼굴로 신문을 보던 30대 후반의 양복을 입은 남자가 놀란 얼굴로 희석과 정수를 쳐다보았다. 오쟁이 진 남자가 틀림없었다.

"난 전희 따위는 안 해. 바스락거리는 구멍에 그대로 넣어버리는 걸 좋아한다고. 그리고 아무리 길어도 삼 분 내에 배출! 하다 보면 귀찮아지는 걸 어떡하니. 내 밑에 깔려 좋다고 눈 풀어진 여자애들 보고 있노라면 죽이고 싶은 기분도 든다니까. 못생긴 것들이 그러면 특히 심해요."

"정신과 치료 좀 받아봐라. 너 그러다가 연쇄살인마 된다. 근친상간에 연쇄살인마라. 딱 네게 어울리는 조합이다."

인상을 잔뜩 찌푸린 한정수가 양희석에게 일침을 놓았다. 그의 얼굴에 우정 어린 수심이 가득했다.

꽁지머리를 한 키가 큰 남자가 한정수에게 다가오더니 반갑게 아는 척을 했다. 나랏돈을 푸짐하게 받느라 정신없는 시민단체 소속 활동가가 틀림없을 인상의 화장기 없는 여자가 꽁지머리 남자 옆에 착 붙어 있었다. 한정수가 벌떡 일어나더니 꽁지머리와 반가운 척을 했다. 꽁지머리와 시민단체 여자가 환하게 웃으며 자기네 일행 쪽으로 돌아갔다.

"누구냐? 저 얼간이 같은 놈은?"

"아……, 저 친구? 저 친구가 자칭 타칭 항문 지상주의자거든. 저놈이 말이야, 할렘 영어 전문가야. 영미 문학 공부한답시고 미국으로 갔는데, 엉뚱하게도 뉴욕 할렘에서 영어를 독학했지. 아나키 운동 하는 친군데, 글쎄 똥구멍에서 최고의 쾌락을 발견했다지 뭐야. 똥꼬 변태가 된 거지. 남자든 여자든 똥구멍만 쑤셔주면 아주 환장해 저 친구는. 똥구멍이 최대의 기쁨이라나 뭐라나. 아휴……, 저 변태 아무튼 골치 아파."

"네 주위엔 정말 별별 인간들이 다 있구나. 나도 골치 아프다. 술맛도 떨어지고."

"그런데 말이지. 너는 어찌 된 게 네 엄마 같은 년들만 좋아하냐?"

한정수가 호기심 가득 넘치는 얼굴로 양희석에게 물었다. 해적 셔츠를 입은 여자가 럼주 넉 잔을 다시 가져왔다. 양희석이 해적을 향해 환하게 웃었다.

"지 아비 같은 늙은이에 환장하는 얼빠진 년들에게 진절머리가 났거든. 아…… 그리고 사실 말이야. 우리 엄마가 5천 원짜리 창녀였어. 군청 소재지 역전에서 뜨내기손님들에게 가랑이를 쫙 벌리던 5천 원짜리 창녀. 그 엄마가 말이야, 내가 열다섯에 죽고 말았지. 엄마가 죽고 나서 한동안 모성 결핍 때문에 고통받았어. 그 이유로 그런 년들을 좋아하는 것인지도 몰라."

"아무튼 말은 잘해요."

"너처럼 어린 걸들 좋아하면 큰일 난다. 너 그러다가 나중에 네 딸 덮친다."

"나도 그럴 것 같아서 애새끼 안 가져. 그런데 말이지. 내가 볼 때 양 팀장 너는 분명히 근친상간할 놈이야. 그건 내가 장담한다."

"너 벌써 애 하나 낳았잖아? 하긴 나도 그렇게 생각해. 근데 요즘엔 안 빨아주면 물건이 서지도 않아서 좀 그래. 하지만 어린 딸년이 내 물건을 빨아줄 리는 만무하잖아?"

가증스러운 위선자, 전라도 사람을 배척하는 전라도 사람, 루저를 경멸하는 루저, 지식인을 조롱하는 지식인, 자기혐오와 위악을 구별하지 못하는 명청이, 헛된 기대를 끝까지 버리지 않는 아둔한 낙관론자가 속속 파티장으로 몰려들었다. 고상하고 지적인 분위기를 풍기는 지식인풍의 남자나 여자들은 눈을 씻고 봐도 찾을 수 없는 파티장의 분위기가 무르익고 있었다.

"잠자리를 같이했던 여자들의 이름을 다 기억할 순 없지. 내가 천재냐? 그것들을 다 기억하게? 그런데 창녀는 다 기억나. 내가 돈을 줬으니까. 10만 원짜리, 30만 원짜리, 50만 원짜리 등등. 그녀들의 이름과 얼굴 그리고 그곳의 생김새도 똑똑히 기억해. 내가 돈을 지불했으니 아까워서 가랑이 사이를 뚫어져라 쳐다봤지. 밝은 형광등 조명 아래에서 말이야. 얼굴이 다른 것처럼 거기도 다 달랐는데, 지금 생각해보니 거기서 거기야. 음……, 똑같은 구멍이지. 구멍이 있으면 그냥 넣으면 되고. 암 그렇고말고. 구멍은 넣으라고 있는 게 아니겠어?"

"이제 지겹다 이런 얘기. 특히 너라는 인간하고는. 이 저급하고 부도덕한 인간아."

양희석의 궤변에 한정수가 한숨을 크게 쉬며 말했다.

"그럼 무슨 얘길 하지? 꿈? 희망? 도전? 평생소원? 좋아. 내 평생소원을 말해주지. LSD 우표를 혀에 붙여보는 것. 그게 다야. 내 꿈도 말해줄까? 내 꿈? 함정에 빠져 감옥에 가는 것. 그리고 알 수 없는 이유로 폐인이 되는 것. 이를테면 감옥에서 집단 강간 당하고 정체를 알 수 없는 약물로 넋이 나가는 그런 것. 폐인으로 전락해 출소한 후 행불자로 처리되는 것. 따뜻한 남쪽 포구의 싸구려 여인숙에서 죽는 것. 무연고 사망자로 신문에 내 이름이 나고 아무도 없는 화장장에서 유골로 변한 후 무연고자 납골당으로 가는 것. 내가 한 짓을 생각하면 나름 멋지지 않냐?"

"이 식민지 지식인풍의 노숙자 같은 놈아. 망할 놈의 불가촉천민 같으니라고. 아주 지겹다 지겨워."

양희석을 향해 혀를 차던 한정수가 천천히 일어나더니 파티장 구석구석을 면밀히 살폈다.

"멍청이 하나. 애송이 둘. 얼간이도 하나. 이야……, 저것 좀 봐라.

멍청이들이 득실대는구나. 어이 애송이! 멍청이! 얼간이들아. 저 호모 새끼들 좀 봐라. 고아인 척 동정심을 유발하는 젊은 계집애들도 득실 댄다. 게바라 형은 눈물을 뚝뚝 흘리고 있네? 오오 저 청년들은 법을 위반하는 것에서 희열을 느끼는구나. 저 망국의 청년들. 디제이가 음악으로 보들레르식의 연설을 하는구나. 랭보의 음악이 바람처럼 흩날린다, 야."

한정수가 연설을 하는 것처럼 파티장을 향해 중얼거렸다.

"너 시인 나부랭이냐?"

"이 반동분자에 보트피플 같은 새끼. 이회창에게 표를 던진 더러운 새끼. 너 같은 놈들은 엉덩이를 발로 뻥 차서 쫓아내야 마땅해. 하지만 너는 분명히 내 친구니 이 일을 어떡하나. 내가 PD 출신이란 말이야. 성품만 좋은 주사파 놈들이랑은 술도 안 마셨는데, 이제 너랑 이렇게 술을 마시고 대화도 하는구나. 내 참 기가 막힌다."

한정수가 말했다. 그의 얼굴은 매우 슬퍼 보였다. 금방 울 것 같은 표정이었다.

"너 PD였어? 난 ND였지. 내가 엔디를 선택한 이유는 엔디라는 말이 단지 멋졌기 때문이야. 그리고 소수파였고. 난 언제나 소수파에 속하지. 요즘 보니 계집애처럼 생긴 어떤 가수 놈이 엔디를 사칭하더군. 세상 말세야 말세."

양희석이 럼주를 살짝 들이켜며 혀를 차듯 말했다. 한정수는 아무 말도 하지 않았다. 그의 얼굴에 느닷없는 우울함이 밀려들었다.

빨주노초파남보의 무지갯빛 조명이 본격적으로 파티장 곳곳을 비추기 시작했다. 흐느적거리며 춤을 추던 젊은이들이 비명에 가까운 소리를 질렀다. 수십 개의 무지개 위에 올라탄 젊은이들의 만면에 희색이 넘쳐났다. 쿵쿵 쿵쿵 쿵쿵. 비쌀 것이 분명한 집채만 한 스피커에서 테크노풍의 음악이 흘러나왔다. 벽을 가득 채운 체 게바라가 질끈 눈을 감았다.

무지갯빛 파티장에 깜둥이와 흰둥이도 몇몇 보였다. 팬티가 보이는 축 늘어진 바지를 걸친 깜둥이 옆엔 키가 작고 뚱뚱하고 얼굴이 노란 한국 계집애가 껌처럼 착 달라붙어 있었다.

"이야. 시대를 앞서가는 족속들이 꼭 있어. 여기 다 모였군그래."

20대로 보이는 30줄에 막 접어든 중키의 남자, 양희석이 몸을 벌떡 일으켰다. 그의 눈은 파티장 입구를 향해 있었다.

검은 양복을 입은 한 남자와 레인보 파티와는 전혀 어울리지 않는 외모의 깡마른 60대 남자 그리고 뚱뚱한 배를 과시하며 그 뒤를 따르는 40줄의 남자, 그리고 장식품처럼 일행의 뒤를 따르는 점퍼 차림의 중년 남자 두 명이 파티장 입구로 들어서던 참이었다. 깡마른 60대 남자를 호위하는 듯한 자세의 중년 남자 두 명은 각각 키와 체구가 크고 작았다. 땅딸보와 꺽다리 같았지만, 우스꽝스러운 분위기는 아니었다. 검은 양복의 남자와 점퍼를 입은 남자 두 명의 나이는 추측할 수 없었다. 어떤 이는 60으로도 볼 수 있는 행색이었다. 다른 이는 30대 중반이라 말해도 전혀 어색하지 않은 차림새였다.

술을 잔뜩 마셔야 유머 감각이 나오는, 술이 한 방울이라도 들어가지 않으면 특유의 유머 감각을 찾을 수 없는, 술을 신이자 구원의 존재로 여기는 천상의 알코올릭 한정수는 여전히 파티장 곳곳을 눈으로 훑고 있었다.

호모 새끼, 무식한 년, 저런 멍청이, 이런 얼간이 등등의 말을 내뱉느라 바쁜 한정수의 어깨를 양희석이 툭 쳤다.

"올라가자. 영감님 오셨다."

"영감님?"

"김도술 영감님. 대한민국 벤처 대부 김도술 회장님."

3

유리창 너머로 저녁노을이 연한 황금빛으로 반짝거렸다. 천박한 자본의 도시, 서울 강남의 한복판에 우뚝 선 20층 빌딩의 스카이라운지였다. 동서남북으로 펼쳐지는 서울의 풍경을 한눈에 확인할 수 있는 휑뎅그렁한 공간. IMF 직전 부도를 맞고 알거지가 되었다는 중견 건설 회사의 대머리 회장이 통째로 사용했다는 스카이라운지에는 붉은 양탄자 외에 다른 가구는 하나도 보이지 않았다.

구름 한 점 없는 보기 드문 날이었다. 눈부신 초여름의 파란 하늘에 붉은 노을빛이 막 스며드는 참이었다. 저 멀리 북쪽으로 보이는 것은 파란 지붕과 녹색의 북악산. 최고 권력자가 살고 있는 파란색 기와집과 삼각형의 녹색 봉우리가 아지랑이처럼 아른거렸다.

뒷짐을 지고 있던 김도술 회장은 몸을 천천히 돌려 서쪽을 쳐다보았다. 험악한 인상의 사천왕상처럼 똬리를 틀고 있는, 국가의 법질서를 집행하고 관리한다는 정부기관의 그로테스크풍 콘크리트 건물을 잠시 바라보던 김 회장이 옅은 한숨을 내뱉었다. 남쪽으로는 신도시로 향하는 강남대로가 한눈에 내려다보였다. 도로 위에는 벌써부터 미등을 밝힌 자동차들이 빼곡했다. 꼬리에 꼬리를 물고 이어진 자동차 안에 갇힌 사람들의 답답한 심경은 20층 스카이라운지까지는 결코 올라오지 못했다.

김 회장은 천천히 몸을 돌려 동쪽 유리창 너머를 내려다보았다. 혜

성처럼 나타난 할리우드 미남 스타가 환하게 웃고 있는 간판이 걸린 10여 층 규모의 극장 빌딩, 늦은 오후부터 환하게 불을 밝힌 다국적 의류 매장이 입주한 7층 건물, 술집과 식당들이 입주한 고만고만한 건물들, 부자를 향한 열망과 미인을 향한 욕망을 숨기지 못하는 개미 같은 사람들, 천민자본주의의 민낯이 수줍게 반짝대는 유흥가 뒤로 대형 무덤 같은 고급 주택가가 펼쳐져 있었고, 그 너머로 우뚝 솟은 무역센터 빌딩이 보였다.

김도술 회장은 나른하고 느긋한 걸음으로 스카이라운지를 천천히 돌았다. 동서남북으로 뻥 뚫리듯 펼쳐지는 풍경을 그는 무심하게 살폈다.

어디선가 본 듯한, 익숙하면서도 낯익은 얼굴의 김도술 회장. 그의 나이는 환갑을 막 지난 참이었다. 과거의 영광을 찾아 한없이 방황하는 노인의 모습은 그의 어디에서도 찾을 수 없었다. 마음은 열정으로 가득 찬 젊은이라 자부하지만, 오늘내일하는 비루한 육체를 가진 중늙은이의 슬픔도 그에게서는 느낄 수 없었다.

김도술 회장은 60대 중반에 접어든 깡마른 노인네로 보였다. 키는 또래 노인네의 평균치보다 5~6센티미터 정도 작았다. 어깨는 좁았고 팔도 약간 짧았다. 왜소하지만 단단한, 군살이 없는 체구였다. 앞머리 쪽의 숱이 없어 옆머리를 넓고 다녔다.

얼핏 보면, 김도술 회장은 양지 바른 공원 벤치에 앉아 싸구려 술을 마시는 연금생활자 같았다. 하지만 그는 언제 어디서나 미소를 잃지 않았다. 대단히 화가 치밀었을 때도, 부하 직원이 결정적인 배신을 했다는 보고를 들었을 때도, 단골 술집의 정부가 양아치와 놀아나고 있다는 사실을 파악했을 때도, 그 미소는 사라지지 않았다. 심지어 낮잠에 빠져 있을 때도 미소는 떠나지 않았다. 그의 미소는 영원불멸로 남은 부처상의 그것을 닮은 것처럼 보였다. 김 회장의 미소는 그의 삶이 남긴 낙인과도 같았다. 역경과 고난, 죽을 위기를 몇 번씩 넘기고 헤쳐나간 사나이 중의 사나이. 그 미소는 그의 트레이드 마크였다.

옛 중앙정보부 출신의, 주식회사 미래피아 김도술 회장.

빨치산 본부로 유명한 전라북도의 산골 마을에서 태어난 그는 대학 문턱을 가보지도 못했다. 육군본부 행정병에서 중앙정보부 창설 요원으로 특별채용 된 후 40대 초반에 나는 새도 떨어뜨린다는 중정의 넘버 스리까지 오른 전설 중의 전설이 바로 그였다. 1979년 10월, 독재자의 오른팔이 독재자를 총으로 쏴 죽인 사건이 일어났을 때, 김도술은 겨우 40대 초반이었다.

독재자의 어이없는 죽음. 그 역사적인 사건은 김도술의 인생도 역사적으로 바꿨다. 중앙정보부에서 쫓겨난 그는 몇 년을 허송세월로 보냈다. 믿었던 전 동료로부터 사기를 당했다. 우여곡절 끝에 그는 청계천 공구상가 인근에 금형 회사를 차렸다. 해외, 국내의 비밀요원을 관리하고 감찰하는 비밀요원 관리 전문가였던 김도술. 그는 금형 따위는 아무것도 몰랐다. 기술자에게 일을 맡기고 결재만 하면 된다는 옛 부하의 사탕발림에 넘어가 퇴직금을 전부 날렸다. 이후에도 그는 몇 번의 사업을 말아 먹었다.

진부한 이야기지만, 그는 죽기로 결심했고 이를 실행에 옮겼다. 역사적인 성공을 거둔 사람이 대부분 그렇듯, 그는 죽지 않았다. 제일의 밑바닥, 진흙탕과 똥물이 가득한 구렁텅이에서도 그는 오뚝이처럼 벌떡 일어났다.

마침내 천운이 그를 방문했다. 1997년 초겨울, IMF라는 괴물이 대한민국을 습격했다. 그는 천부적인 사냥꾼이었다. 사냥감을 쫓지 않고 매복할 수 있는, 인내심을 가진 고독한 사냥꾼. 그리고 마침내 결정적인 한 방으로 거대한 사냥감을 단번에 쓰러트릴 수 있는 뼛골 깊은 사냥꾼. 대부분의 재벌 기업이 망했던 그 시절, 그 빈틈을 김도술은 놓치지 않았다. 그 틈을 파고들어 광막한 빈자리를 순식간에 차지했다. 중앙정보부의 전설적 요원 김도술은 대한민국 경제계의 전설적인 인물이 되었다.

쌓인 돈을 주체하지 못했던 치들이 알거지로 전락했을 때, 김도술은 돈을 쌓았다.

'돈은 사라지지 않는다. 다만 이동할 뿐이다.'

김도술은 에너지보존법칙과도 같은 지고지순한 상식을 충실히 실현했다. 김도술은 돈을 무작정 쌓아놓고 있지는 않았다. 그는 돈을 마구 풀었다. 아무렇게나 돈을 쓰는 것 같아 보였지만, 나름의 원칙과 계산이 있었다. 열 수 앞을 내다보는 고수의 원칙과 계산을 짐작할 수 있는 이는 거의 없었다. 오직 김도술 회장만 열 수 앞을 내다봤다. 무지몽매하며 들쥐와 같은 심성을 가진 우매한 민중들. 개미라 불리는 그들이 겨우겨우 김도술의 열 수를 파악하고 탄식한 것은 그로부터 10여 년이 지난 후였다.

작고 단단하며 강인한 주먹 같은 체구, 공격성을 숨긴 부드러움이 넘치는 표정, 쌀쌀맞지만 때로는 곰살궂은 성격, 까다롭고 세련되어 보이지만 때로는 어처구니없는 언행으로 주위를 깜짝 놀라게 만드는, 사람을 깔보는 교만한 태도나 거만한 눈빛은 눈곱만큼도 찾을 수 없는 60줄의 남자, 김도술 회장이 입을 열었다. 쉰 목소리지만 톤은 높았다. 가부장다움이 물씬 풍기는 목소리였다.

"여기를 직원 식당으로 사용하면 좋겠어."

"여기는 회장님 집무실 겸 미술품 전시실로 사용될 공간입니다. 직원 식당이라뇨?"

은테 안경에 왜소한 체격의 중년 남자가 공손한 목소리로 김 회장의 의중을 확인하느라 쩔쩔맸다. 은테 안경은 싸구려 신사복 바지에 남색 작업용 점퍼 차림이었다.

"직원 식당. 못 알아들어? 이 건물에서 일할 젊은이들이 하루 세 끼 밥을 먹을 수 있는 식당 말이야. 왜 문제 있나? 구청에서 허가 안 해주나?"

"아…… 그런 것이 아니라……, 식당은 지하에 들어설 계획입니다."

"지하에서 무슨 밥을 먹어? 밥은 높은 곳에서 먹어야 소화가 잘되는 법이야. 잠은 낮은 곳에서 자야 되는 것처럼. 별문제 없으면 여길 통째로 식당으로 써. 다 밥 먹자고 하는 짓인데. 그리고 여기를 무슨 내 집무실로 이용해? 차라리 내 사무실을 지하로 옮겨. 나는 음침한 지하가 좋아, 사실은."

"알겠습니다. 당장 변경하겠습니다."

"지하에는 말이야. 큰 술집을 하나 열어보라고. 소주 같은 독주는 좀 그렇고, 그래 생맥주 그거 좋다. 차가운 생맥주를 원가로 직원들에게 제공하고, 안주도 푸짐하게 구성해봐. 내 얼마 전에 봤는데 말이야, 요즘 젊은이들 술 잘하더라고. 술도 마시면서 일을 해야지. 지하 술집은 아침부터 여는 게 좋겠어. 해장술도 마시고 그래야 창의적인 아이디어가 나와. 우리 때와는 달라. 안 그런가 최 부장?"

"회장님. 저는 요즘 젊은이가 아닙니다. 아침부터 술 마시면 아무 일도 못합니다."

김 회장이 쩔쩔매는 최 부장의 위아래를 슬쩍 훑어보며 피식 웃었다.

"그거야 자네는 노동일을 하니까 그렇고……. 내 집무실은 말이야. 지금 임시로 사용하는 그 장소에 그대로 두라고. 인테리어 바꿀 필요도 없겠어. 그 방이 전에 누가 썼던 것이라 했지?"

"네. 이 빌딩에 그 뭐냐…… 얼마 전까지 자산관리공사라는 정부 산하기관이 입주해 있었습니다. 거기 사장이 사용했던 사무실입니다."

"자산관리공사 사장? 그 친구들 요즘 정신없을 터인데, 그 친구들 여기 있다 나갔어? 허허…… 그것 참."

"회장님. 그러면 스카이라운지에는 직원 식당, 회장님 집무실은 7층, 그리고 지하에는 직원을 위한 술집을 계획해서 진행하겠습니다."

"오케이. 자세한 사항은 권준도 사장하고 상의해. 이제부터 이 빌딩 건으로 나한테 보고나 결재 올리지 말고."

"네. 알겠습니다."

"난 여기 조금 더 있다가 7층으로 내려가지. 자네는 자네 일 봐."

"네. 회장님."

김도술 회장이 팔짱을 꼈다. 최 부장이 스카이라운지 밖으로 나갔

다. 김 회장은 저 멀리 어둠 속으로 묻혀가는 파란 지붕을 바라보았
다. 그의 기억이 1979년 10월의 가을밤으로 향했다. 김도술 회장의
얼굴에도 어둠이 내려앉기 시작했다.

*

　1979년 10월 어느 날의 을씨년스러운 초저녁. 김도술은 용산 삼각
지 육군본부 내에 자리 잡은 우중충한, 회색빛의 2층 건물 지하에서
술을 마시려던 참이었다. 폐함 같은 분위기를 풍기는 창문 하나 없는
회색빛의 2층 건물은 원래 주한미군이 정보분석실로 사용하던 곳이
었다. 건물의 콘크리트 벽체 두께는 1미터에 달했는데, 벽체 내부에
는 두꺼운 납덩어리가 들어 있었다. 납덩어리 덕분에 도청 및 감청은
꿈도 꾸지 못한다는 공간이었다. 미군이 정보분석실을 용산 기지로
옮겼고, 그들은 선심 쓰듯 건물을 한국 쪽에 넘겼다. 보안사령부가 이
건물을 사용하겠다고 나섰지만, 김도술이 몸을 담고 있던 중앙정보부
는 이를 허락하지 않았다. 정식 명칭도 없는 이 건물을 중정 사람들은
'중정 육본 사무소'라 불렀다. 육본 헌병감도, 보안사령관도, 육군 참
모총장도 중정 측의 허가 없이는 얼씬도 할 수 없는 육본 내의 성역이
었다. 중정 요원 몇몇이 이 건물에 들어앉아 육군 수뇌부를 대상으로
한 정보활동을 펼쳤다. 하지만 이 건물에서 수집된 모든 정보가 미국
쪽으로 흘러갈 것이 불을 보듯 뻔했기에, 중정 요원들은 제대로 된 정
보 수집 활동을 하지 않았다. 사실, 중정 요원들에게 공간은 중요하지
않았다. 콘크리트와 납덩어리로 구성된 2층 건물의 상근자는 말단 통

신요원 한 명이 전부였다.

육본 범죄수사단 소속의 안승호 중사, 김도술의 직속 부하인 중정 요원 최수철 계장이 안주를 준비하느라 바빴다. 안 중사는 육본 범수단 소속으로 신분을 감춘 중정 요원이었다. 군인으로 위장한 비밀요원인 셈이었다. 육본의 할 일 없는 똥별들과 더 할 일 없는 영관급 고위 장교를 감찰하는 임무를 담당한 안 중사는 김도술과 특수 임무를 수행하며 인연을 맺었다. 김도술이 안 중사에게 육본 파견 근무를 권유했고, 안 중사는 김도술의 말을 따랐다.

중정 최고의 비밀요원 중 한 명인 최 계장은 키가 크고 덩치가 큰 안 중사와는 달리 왜소한 체격이었다. 눈에 띄지 않는 평범한 외모였다. 소읍의 농부, 공단의 기술자, 엘리트 공무원, 택시 운전사 등등 그 어떤 인물로도 변신이 가능한 비밀요원 중의 비밀요원이었다. 그는 실전 무술의 고수였다. 키는 160센티미터 남짓. 키와 체구가 김도술과 비슷한 최 계장은 실전 격투의 필살기를 익힌 인물이었다. 소리를 내지 않고, 신음 소리도 없이 적을 조용히 제압할 수 있는 능력의 소유자였다. 발을 손처럼 사용하며, 동전이나 젓가락을 날려 사람을 절명케 하는 기술로 최 계장은 명성이 자자했다. 그는 중정 신입 요원 무술 교관으로 발령을 받은 참이었다.

중앙정보부 기획감찰관이자 중앙정보부장의 오른팔인 김도술이 육본 사무소에 온 것은 안 중사의 진급을 축하하기 위해서였다.

육군본부 행정병 출신인 김도술은 1961년 중앙정보부가 창설되면서 말단 행정요원으로 특별채용 되었다. 고졸 학력의 김도술이 중정에 특채된 것은 극히 이례적인 일이었다. 특유의 성실성과 꼼꼼한 일 처리를 높게 본 육본 출신의 중앙정보부 창설 간부가 김도술을 불렀고, 그는 한 치의 망설임 없이 첫 직장을 선택했다. 뼈가 빠지게 가난했던 그에게 다른 선택권은 없었다. 그는 순전히 직업으로, 직장으로 중앙정보부를 선택했다. 중정에 첫발을 담글 때, 김도술의 나이는 스물넷이었다.

김도술은 지성, 체력, 용감무쌍함, 교활함, 우직함을 모두 갖춘 인간이었다. 그에게 단 하나 없는 것, 그것은 '정치력'이었다. 정치력 부재는 나중에 그의 큰 자산이 되었다. 정보 수집 및 분석, 도청, 국내 및 해외 비밀공작, 정보기관과 보안기관을 연결 조정하는 단순하면서도 복잡한 행정 업무, 적대 국가 공작, 국가 전략 정보, 군사작전 정보, 정치 정보 수집 및 분석 등 다양한 정보부의 업무를 그는 밑바닥부터 체득했다. 일류 대학, 육군사관학교를 나온 동료 요원들보다 몇 배를 노력했다.

김도술은 조직에 충성했다. 한눈을 팔지 않았다. 부정을 저지르지 않았다. 검은돈을 받지 않았다. 30대 중반의 나이에 그는 영감님으로 불렸다. 지방에 내려가면 사단장, 법원장, 시장, 교육청장, 경찰서장 등 지역의 유지들이 새파란 영감님 앞에서 벌벌 기었다. 하지만 그는 오버하지 않았다. 전면에 등장하지 않았다. 음지에 얌전히 머물러 있었다. 부당한 혹은 합당한 청탁도 단칼에 거절했다. 오직 한 사람, 직속상관을 보고 일했다. 상사의 명령이 떨어지면 목숨을 걸고 명령을 수행했다. 정치에는 관심이 없었다. 정보를 분석하고, 보고하고, 상부의 명령을 충실하게 따르는 것으로 그는 젊음을 보냈다.

김도술은 10여 년 만에 중정의 핵심 부서에 발탁되었다. 해외 및 국내 비밀요원을 관리하고 감찰하는 것이 그의 임무였다. 비밀요원의 모든 정보가 그에게 모였다. 비밀 작전의 기획과 회계 처리가 그의 몫이었다. 김도술은 비밀 임무, 첩보 활동, 정보 분석과 생산, 파괴 공작, 납치 살해 분야의 전문가들을 감찰했다. 그들의 일거수일투족을 서류로 지켜봤다. 모든 비밀 정보와 작전 계획이 그의 책상에 모였다. 중정 부장도 모르는 비밀 임무의 디테일이 그의 손에서 걸러졌다. 기자와 유학생, 공무원으로 위장한 일급의 비밀요원을 관리하는 임무를 충실히 수행했다.

1970년대 후반, 서슬 퍼런 독재자의 오른팔로 불렸던 인물이 중앙정보부 수장으로 왔다. 사무라이의 정신을 가진 부장의 성품에 김도술은 감동했다. 그 어떤 상관에게도 느낄 수 없었던 청렴함과 결백함과 강직함. 김도술이 감동을 느낀 이유였다. 김도술은 부장의 오른팔로 성장했다. 부장의 은밀한 명령을 받아 몇 건의 해외 비밀 작전을 직접 기획했다. 뱃놈, 부두 노동자, 은행원, 월급쟁이, 만년 계장 공무원으로 변신이 가능한 요원들로 구성된 비밀 조직을 새롭게 만들고 관리했다. 그는 비밀요원을 관리하는 고급 비밀 관료로 성장했다.

김도술이 기획한 해외 비밀 작전이 연달아 성공을 거뒀다. 그는 대담한 작전을 펼쳤다. 김도술은 훌륭한 전략가이자 분석가였다. 열혈 투사가 아니었다.

'대담하고 창의적이며 용감한 인물.'

그의 인사기록 카드에 적힌 세 줄의 문장이 그를 말해주었다.

'가장 위험하고 지저분한 작전은 가장 정직한 놈들에게 맡겨라.'

김도술의 첫 번째 작전 원칙이었다. 가장 편안한 일은 가장 지저분한 놈들이 하기 마련이기 때문이었다. 그는 위험하고 지저분한 임무를 도맡아 처리하면서 최상부의 인정을 받았다. 그리고 마침내 부장의 오른팔로 성장했다. 중정의 넘버 스리가 되었다.

'자네 같은 사람이 부장이 되는 시대가 올 걸세.'

부장은 그에게 말해주었다.

음모와 모함, 계략이 난무하는 중앙정보부에서 김도술 같은 인간은 매우 보기 드문 유형이었다.

김도술은 중정 육본 사무소에 들어오기 직전, 궁정동의 안가로 가 부장을 만났다. 역사적인 날이었지만 부장의 얼굴은 평온했다. 그는 부장에게 육본 사무소에서의 회식을 보고했다. 부장은 금일봉을 건넸다. 안 중사에게 전하라는 것이 부장의 말이었다. 그의 얼굴엔 표정이 없었다.

"통신선을 열어놓고 대기하고 있게."

부장은 조용히 말했다. 김도술은 알지 못했다. 그 무덤덤했던 말이 부장의 마지막 명령이라는 것을. 그 무심한 얼굴이 사무라이 부장의 마지막 표정이라는 것을.

김도술과 술상을 앞에 놓고 마주 앉은 안승호 중사와 최수철 계장은 김도술과 함께 해외 비밀 작전에 참가한 그의 직속 부하였다. 김도술은 그들과 함께 중요하고 지저분한 작전을 수행했다. 안과 최는 생사를 같이한 그의 부하이자 동료들이었다.

술을 잘하지 못하는, 술을 잘 즐기지도 않는 김도술과 안 중사와 최 계장은 납덩이로 속이 채워진 두꺼운 콘크리트 벽체 건물 속에서 가족의 근황을 물으며 화기애애한 한때를 보냈다. 목숨을 걸고 비밀 작전을 수행하는 전설의 중정 요원들도 좁은 방의 술상 앞에서는 보통의 인간이었다.

바로 그날 밤이었다. 김도술의 인생이 바뀐 결정적인 밤. 그 밤이 시작되던 참이었다.

중정 육본 사무소 통신실에서 당직을 서던 말단 요원이 허둥지둥하는 표정으로 뛰어왔다. 술잔을 들고 건배사를 외치려던 김도술이 통신 담당 요원을 물끄러미 쳐다보았다.

"뭔가?"

"궁정동 쪽이 좀 이상합니다."

"뭐가 이상해? 구체적으로 보고해."

김도술이 술잔을 조용히 내려놓았다. 가죽 소파에 앉아 느긋하게 등을 기대고 있던 안 중사와 최 계장이 자세를 바로잡았다. 그들은 테이블에 팔꿈치를 살짝 얹었다.

"궁정동하고 통신이 안 됩니다. 궁정동에서 가까운 경찰 초소 보고에 따르면, 총소리가 났다고 합니다. 우리 요원들이 사용한 것으로 보입니다. 이상입니다."

"경호실 아이들 총이 아니라 우리 요원들 총 소리라고? 확실한가?"

"네. 확실합니다. 경찰 총이 아닙니다."

"부장님은? 소재 파악 되나?"

"그게……."

김도술이 벌떡 일어났다. 김도술이 구둣발로 통신요원의 정강이를 걸어찼다. 작은 키에 안경을 쓴 통신요원이 억 소리를 내며 앞으로 고꾸라졌다.

"이 자식이 보고를 왜 그따위로 해. 소재 파악이 되면 된다, 안 되면 안 된다, 그렇게 말을 해."

시간과 말을 낭비하지 않는 성격을 가진, 키가 작고 완고하고 결단력으로 뭉친 김도술의 본능이 구둣발을 통해 튀어나왔다.

"……."

"궁정동 박 과장 연락해봐. 비상 통신망 돌려."

김도술은 극히 위급한 상황에만 사용할 수 있는 비상 통신망 가동을 지시했다.

"박 과장이라면?"

"궁정동 의전 담당 박산호 과장."

통신 담당 요원이 절뚝거리며 급하게 뛰었다.

김도술이 담배를 물었다. 최 계장이 낡은 지포라이터를 꺼냈다. 김도술이 담배를 도로 내려놓았다. 안 중사와 최 계장이 직속상관의 눈치를 살폈다. 침묵이 길게 이어졌다. 통신 담당 요원이 헉헉거리며 달려왔다.

"연결됐습니다."

김도술이 종종걸음으로 통신실로 향했다. 안 중사와 최 계장이 뒤를 따랐다. 김도술은 손짓으로 그들을 말렸다. 최 계장과 안 중사는 무심한 표정으로 김도술을 쳐다보았다. 홀로 통신실로 간 김도술은 조용히 수화기를 들었다.

"박 과장?"

"……."

"무슨 일인가?"

"……."

침묵이 길게 이어졌다.

"지금은 자세한 상황을 말씀드리기 곤란합니다. 단 한 가지. 죽느냐 사느냐. 그것만 보고드리겠습니다."

"아까 우리 봤잖아? 나 부장님 지시 받고 대기하는 중이야. 당장 보고해."

"……."

"알았네. 두 가지만 묻겠네. 자네가 살고 싶으면 대답하고 죽고 싶으면 입을 다물게. 부장은 지금 어디 계신가? 브이아이피는 안가에 있나?"

"남산으로 간다고 하셨는데, 연락해보니 그쪽에 안 계십니다. 아마 육본 벙커로 가신 것 같습니다. 연락이 안 됩니다. 두 번째 질문의 대답은 물.건.입니다. 이상입니다. 전 여기서 죽든지 살든지 하겠습니다. 건강 잘 챙기시고 나중에라도 한번 뵐 수 있으면 좋겠습니다."

"물.건.은 어디로 옮겼나?"

"소격동 국군병원입니다. 이상입니다. 끊겠습니다."

박산호 과장은 해병대 출신으로 솔직담백하고 뒤끝이 없는 성격이었다. 돈을 좋아하지도 않고 권력욕도 없는, 그저 맡은 임무를 충실하게 수행하는 친구였다. 혈기왕성하고 욱하는 성질로 유명한 박 과장. 안가 회식을 준비하며 살짝 투덜거렸던 박 과장. 그날 밤, 그의 말투는 지나칠 정도로 침착했다.

　김도술은 전화를 끊었다. 그는 총소리, 연락 두절, 물건, 남산, 육본 벙커로 이어지는 단어를 조합했다. '물.건.'은 사체를 일컫는 요원들 간의 은어였다. 김도술은 작전 계획을 점검하듯 상황을 정리했다. 최악의 상황을 가정했다. 향후 움직임을 상상했다. 18년 동안의 비밀 작전 계획 경력이 순식간에 최대치로 집중되었다. 결단이 필요한 절체 절명의 순간임을 김도술은 본능적으로 느꼈다.

　김도술은 결론을 내렸다. 브이아이피, 즉 대통령이 물건이 되었고, 부장은 육본으로 갔다. 누가 대통령을 죽였는지는 명확하지 않다. 그렇다면? 그는 부장을 지켜야 했다. 부장의 안위를 책임질 사람이 절실한 시점이었다.

　안 중사와 최 계장이 통신실 앞에서 대기하고 있었다. 여전히 그들은 무표정했다.

　"무장했나?"

　김도술이 물었다.

　"아닙니다. 술자리에 무슨 무장을…….."

　호리호리한 체구의 최 계장이 답했다.

　"벙커로 간다. 부장을 보호해라. 마지막 임무가 될 수도 있다. 긴박한 상황이다. 각오는 단단히."

　김도술은 얼떨떨한 표정의 통신요원을 향해 손짓했다.

　"남산에 연락해서 무장 요원 열두 명 당장 출동시켜. 육본 벙커 앞으로."

　통신요원의 얼굴이 하얗게 질렸다. 신참 요원은 손을 부들부들 떨며 수화기를 들었다. 최 계장과 안 중사의 얼굴에서 술기운이 확 사라지는 것이 보였다.

김도술과 안 중사, 최 계장이 캄캄한 육본 영내를 소리도 없이 걸었다. 한밤중의 고양이처럼 움직인 비밀요원 중의 비밀요원들이 도착한 곳은 육본 벙커였다. 위급 상황에 군과 정부의 고위 관료들이 집결하는 장소였다.

상병 계급장을 단 무표정한 헌병이 김도술 일행의 벙커 진입을 막았다. 까만 색안경을 쓴 헌병대 대위가 상병의 곁에 긴장한 표정으로 서 있었다. 국방색 점퍼를 입고 서성이는 보안사 요원 몇몇도 눈에 띄었다. 안 중사가 슬며시 앞으로 나갔다. 그는 헌병대 대위의 정강이를 슬쩍 걷어찼다. 건장한 체격의 대위가 억 소리를 지르며 바닥에 주저앉았다. 벙커 입구에서 서성거리던 보안사 요원들은 안 중사의 시선을 피하느라 바빴다.

일급의 중정 요원 세 명이 은밀하지만 당당하게 벙커로 들어갔다. 그들은 곧장 벙커 회의실로 향했다. 김도술은 안 중사와 최 계장에게 '회의실 입구에서 대기하라'고 지시했다. 예리하고 분석적인 사고력을 가진, 골방에서 파괴 공작을 계획하고 지휘하던, 납치 살해 전문가들을 감찰하느라 젊음을 바친 중정 부장의 오른팔이 청렴하고 결백한 옷깃을 단단히 세웠다.

벙커 앞에는 현역 대령인, 부장의 비서실장이 우두커니 서 있었다. 엘리트 야전 장교 출신인 부장 비서실장의 얼굴에는 공허함이 가득했다. 강직한 성품으로 명성이 자자했던, 현역 대령 신분인 비서실장이 중얼거리는 말투로 김도술에게 말을 걸었다. 그가 원한 것은 담배

한 개비였다. 삶의 마지막 담배 한 개비. 표정을 상실한 비서실장의 와이셔츠 소매에 검게 말라붙은 피가 묻어 있었다.

김도술은 회의실 안으로 조용히 들어갔다. 초췌한 얼굴, 어두운 낯빛의 부장이 커다란 테이블의 중앙에 앉아 있었다. 헝클어진 머리카락, 불안해하는 부장의 얼굴을 본 김도술은 낮고 깊은 한숨을 쉬었다. 초조함과 당황함이 부장의 얼굴에서 묻어났다. 단 한 번도 볼 수 없었던 부장의 표정을 본 김도술은 마음을 다잡았다. 부장과 김도술의 눈빛이 마주쳤다. 부장은 김도술에게 나가라는 손짓을 보냈다. 부장의 손짓에 신경 쓰는 이들은 아무도 없었다. 대통령 비서실장, 국방부 장관, 국무총리의 얼굴은 평온해 보였다. 최고 권력자의 죽음 앞에서도 그들은 태평하고 태연했다. 부장이 강아지처럼 다리를 달달 떨었다. 김도술은 어처구니없는 상황이 벌어졌음을 직감했다. 부장의 비극을 예감했다. 자신의 인생이 확 변하고 있음을 본능적으로 알아챘다.

최 계장이 슬며시 김도술의 곁으로 다가왔다.

"벙커 앞에 무장 요원 대기 완료했습니다. 그런데 보안사와 헌병대 무장 병력이 출동하고 있습니다. 하지만 붙으면 제압 가능합니다. 부장님 모시고 나갈까요?"

최 계장이 속삭이듯 말했다. 전설의 비밀요원도, 이 순간에는 목소리가 떨렸다. 일생일대의 결정적 순간이 왔음을 김도술은 몸과 마음 모두로 느꼈다. 결정은 일 초도 걸리지 않았다. 생과 사를 가르는 결정적 순간의 선택이 언제나 그랬던 것처럼.

"철수시켜. 자네도 집으로 가게. 이건 부장님의 명령이야. 안 중사에게 전해. 그리고 쥐 죽은 듯이 처신하게. 가족은 먹여 살려야지."

김도술의 명령을 단 한 번도 어긴 적 없었던 최 계장이 뭔가를 말하려 했다. 김도술은 최 계장을 노려보았다. 죽으라면 죽고 죽이라면 죽였던 최 계장은 고개를 끄덕하더니 조용히 밖으로 나갔다.

시간이 얼마나 흘렀을까. 어디론가 사라졌던 부장이 돌아왔다. 그는 횡설수설했다. 부장의 곁에 앉은 대한민국의 최고 관료들은 허둥지둥했다. 고개를 아래위로 연신 흔들며 다리를 달달 떨던 부장이 김도술을 불렀다. 김도술이 부장의 곁으로 향했다.

"집에 가게. 다 끝났네. 자네와의 인연도 끝인 것 같군. 미안하네. 건강하시게."

침착한 얼굴로 변한 부장이 귓속말을 듣느라 허리를 숙인 김도술의 어깨를 다독였다. 부장의 입에서 역한 구취가 풍겼다. 피비린내와 똥 냄새가 뒤섞인 지독한 냄새였다. 김도술은 아무 말도 하지 않았다. 조용히 뒷걸음질을 쳤다. 마지막 그 순간. 부장의 얼굴은 평온했다. 당황함과 불안감, 초조함은 어디론가 사라지고 없었다. 김도술은 안도했다.

김도술이 나왔다. 최 계장과 안 중사가 서둘러 김도술의 곁에 섰다. 사복 차림의 보안사 요원 두 명이 긴장한 걸음으로 회의실로 들어갔다. 그들의 얼굴은 긴장감으로 팽팽했다. 비밀 작전을 수행한 경력이 없는 얼뜨기 초보 요원의 창백한 얼굴과 흡사했다. 안 중사에게 정강이를 맞은 헌병대 대위가 사병 둘을 이끌고 보안사 요원 둘의 뒤를 따랐다. 무표정한 안 중사를 본 대위가 고개를 푹 숙였다. 김도술은 부장의 마지막을 지켜보기로 다짐했다.

회의실에 진입한 보안사 요원 둘이 정중하게 부장에게 귓속말을 속삭였다. 부장은 흔쾌히 일어났다. 보안사 요원들의 호위를 받은 부장이 걸었다. 달달 떨리던 부장의 다리가 비틀거렸다. 보안사 요원 하나가 부장을 부축하듯 잡았다. 다른 요원 하나는 부장의 팔짱을 단단히 꼈다.

회의실 문 앞에서 대기하던 중정의 넘버 스리 김도술. 중정 요원이 아닌 보안사 요원들의 호위를 받으며 회의실을 나가던 부장. 그들의 어깨가 스쳤다. 부장과 김도술은 서로를 외면했다. 멀어져가는 부장의 뒷모습. 그 어깨는 외롭고 쓸쓸해 보였다. 깊은 상처를 입고 스스로 죽음을 선택한 야생동물 같았다. 저 멀리 복도 끝에서 부장의 비서실장이 멍한 눈길로 끌려가는 부장을 쳐다보고 있었다. 비서실장의 손 끝에는 파르스름한 연기를 풍기는 담배가 불안한 듯 걸쳐져 있었다.

부장이 복도 너머로 천천히 사라졌다. 부장의 마지막을 지켜본 김도술과 일행은 태평한 걸음으로 벙커 복도를 걸었다. 그들은 아무런 표정이 없는 비밀요원의 얼굴을 유지했다. 태연함과 무표정함은 그들의 생존 본능이었다.

김도술과 일행이 벙커 밖으로 나왔다. 무장한 중정 요원 몇몇이 벙커 주위를 서성거렸다. 미등을 켠 중정 업무용 크라운 세단 한 대가 그들의 뒤에 보였다.

"헤어지세. 오늘 술 한잔 하려고 했더니만, 결국 일이 이렇게 됐네. 나중에, 아주 나중에 못 다한 술 마시세. 자네 둘은 집으로 가게. 내일은 아무 일 없던 것처럼 출근하고."

최 계장과 안 중사는 아무런 질문도 하지 않았다. 상급자에게 질문을 하지 않는 것. 그것은 비밀요원들의 기본적인 자세였다. 정보를 많이 알면 알수록 비밀요원의 신세는 가련해지기 십상이니까.

크라운 세단에 올라탄 김도술은 남산 기슭에 위치한 중앙정보부로 향했다. '남산'이라 불리던 새벽의 중정은 지독히 평온했다. 폭풍 전야의 고요함이 남산을 가득 채운 것 같았다. 김도술은 서둘러 비밀문서 보관실로 향했다. 그와 부장이 펼친 비밀 중의 비밀 작전 기록을 서둘러 폐기해야 했다. 기록으로 남지 않아야 마땅한 비공식 기록들. 중정이 보안사에 넘어가는 것은 시간문제였다. 그들이 오기 전에 모든 관련 서류를 파기해야 하는 중차대한 임무를 김도술은 서둘러 실행했다. 그가 개인적으로 참가한 비밀 작전, 부장의 직접 지시로 준비된 보안사령부 축소 계획 서류. 그 두 가지 계획을 파기하는 것이 김도술의 마지막 임무였다.

김도술이 직접 출동한 해외 비밀 작전명은 '양계장'이었다. 공식 작전 명칭도 없었던 비공식 공작. 김도술이 처음이자 마지막으로 현장에 직접 출동한 납치 살해 공작이 성사된 것은 불과 몇 달 전이었다.

김도술은 부장의 직접 명령을 받아 독일행 군용기에 몸을 실었다. 대한민국 공군 소유의 화물기는 독일로 석탄을 캐러 간 젊은 광부들과 독일 노인들의 똥오줌을 받으러 간 어린 간호사들의 귀국을 돕기 위해 이륙한 군용기였다.

김도술은 최소한의 인원으로 작전팀을 꾸렸다. 비공식 라인을 동원했다. 정식 외교관은 작전에서 배제되었다. 최수철, 안승호와 함께였다. 그와 요원들은 공무원 여권이 아닌 민간인 여권으로 출국했다. 기차를 타고 독일에서 프랑스로 이동했다. 프랑스 대사관, 중정 프랑스 지부에 연락을 취하지도 않았다. 부장과 총책임자인 김도술 그리고 작전에 참가한 요원들 외에는 아무도 이 작전의 내용을 알지 못했다.

외화를 벌기 위해 독일로 간 광부와 간호사에게 전달될 대통령의 하사품을 싣고 군용기는 이륙했다. 김도술와 요원들은 항공기 정비사로 위장했다. 더러운 작전이었다. 독재자에게 저항한 더러운 반역자를 처단하기 위한 더러운 납치 살해 작전. 전직 중앙정보부장 출신의 반역자를 죽이고 그 사체를 완벽하게 처리하는 것. 그것이 작전의 목표였다. 김도술과 요원들은 단 보름을 준비해 중정 선배이자 반역자를 처단했다. 납덩이를 매단 반역자의 시체가 귀국하는 군용기에 실렸다. 광산 사고로 사망한 광부의 사체로 위장된 반역자의 몸뚱이는 말끔하게 처리되었다. 반역자는 남중국해 한복판의 하늘에서 폭탄처럼 투하되었다. 김도술은 반역자의 마지막을 쳐다보며 담배를 피웠다. '양계장에서 닭의 모이로 분쇄되었다. 청와대 지하실에서 독재자에 의해 사살되었다' 등등의 헛소문이 무성했지만, 소문은 소문에 불과했다.

김도술은 해외 비밀공작 서류에 불을 붙였다. 더러운 작전들이 한 줌의 연기로 변해 영원히 사라졌다.

그는 부장이 직접 지시한 보안사령부 축소 계획 문건을 책상에 올려놓았다. 역사적인 밤이 지나가고 역사적인 새벽이 오는 참이었다. 그는 의자에 앉아 새로운 인생을 기다렸다. 날이 밝았다. 계급장이 없는 국방색 군복을 입은 보안사 요원들이 중앙정보부를 접수했다. 중사쯤으로 보이는 보안사 요원이 김도술의 사무실로 들어왔다. 김도술은 아무런 말도 없이 앳된 보안사 요원을 쳐다보았다. 그는 보안사의 말단 요원에게 보안사령부 축소 계획 서류를 건넸다. 국방색 요원은 서류에는 아무런 관심이 없었다. 새파란 중사가 중정의 넘버 스리에게 외쳤다.

"일어나 이 개새끼야. 반역자의 졸개 같은 놈."

자신감 넘치는 주먹이 김도술의 면상에 박혔다. 김도술은 벌떡 일어나 부동자세를 취했다. 국방색 군복의 군홧발이 김도술의 정강이에 꽂혔다. 김도술은 애송이의 매질을 견디고 또 견뎠다.

중정 사무실의 작은 창문 너머로 햇살이 비치기 시작했다. 김도술이 유령의 집에서 벗어나 햇빛 찬란한 대지에 발을 내딛는 순간이었다. 위조, 고문, 살해 전문가들로 구성된 비밀 가득한 조직에서 벗어나는 결정적 순간이었다.

상쾌한 늦가을 아침의 향기가 주위에 가득했다.

1979년 10월, 한겨울 같았던 밤이 지나고 찾아온 늦가을의 아침이었다.

*

"회장님."

권준도 사장의 굵고 낮은 목소리가 김도술을 과거에서 현재로 불러냈다. 어느새 밤이 찾아왔다. 김도술은 21세기로 돌아왔다. 불도 켜지 않은 20층 스카이라운지에서 강남 거리를 내려다보던 김도술이 몸을 천천히 돌렸다.

"나스닥 상장 준비 완료되었습니다. 이대로 진행하겠습니다."

권준도 사장이 두툼한 서류를 내밀며 말했다.

"우리에겐 신기술 전문가가 있었지. 자네는 작전 설계자네. 작전의 목표는 나스닥 상장. 함정과 위장의 전문가는 필요 없어. 우리의 있는 그대로를 드러내라고. 잘 알고 있겠지만 나는 함정과 위장, 비밀 작전의 전문가네. 그래서 그런 멍청한 짓을 하는 놈들을 경멸하지. 있는 그대로를 드러내는 방식. 함정과 위장, 교란 작전이 없는 그런 회사를 만들려고 나는 노력했어. 그게 우리의 자산이야. 다시 한 번 말하지. 우리의 있는 그대로를 솔직 담백하게만 드러내면 되네. 미국 놈들 돈을 가져오는 거야. 그게 우리 작전의 목표야. 그리고 하나 더, 그 돈을 쓰는 일을 설계해야 해. 그것도 자네의 임무야. 돈을 가져오고 그 돈을 제대로 쓰는 것. 알겠나?"

김도술이 전형적인 회장의 목소리로 말했다.

"잘 알고 있습니다."

권준도 사장이 대답했다. 그의 목소리에서 침착함과 자신감이 묻어났다.

"첩보 활동과 비밀 작전처럼 설계하고 행동에 옮겨야 하네. 그리고 우리는 그 돈을 다 쓰는 거야. 그 결과는 잘 모르겠네. 하지만 돈을 벌었으면, 그 돈을 잘 써야지. 신속하게 돈을 써버릴 작정이네."

"7층 임시 집무실에 손님이 기다리고 있습니다."

김도술 회장의 당부에 권준도 사장이 고개를 꾸벅 숙이며 말했다.

"어떤 손님?"

"안 중사랍니다. 안승호 중사. 회장님과 통화했다던데요?"

"안 중사? 아…… 안승호? 그 사람 오랜만이네. 혼자 왔던가?"

"아닙니다. 젊은 친구와 함께 왔습니다."

"젊은 친구?"

"이상락이라고, 이유평 부장의 자제랍니다."

"이유평 부장?"

"네. 전 중앙정보부장 이유평."

"이유평? …… 내려가지. 최 부장 오라고 하게."

"최수철 부장 말입니까?"

"……."

김도술과 권준도는 어두운 스카이라운지를 나와 엘리베이터로 향했다.

생사고락을 함께한 안승호가 왔다 이거지.

그때가 언제였더라. 최수철, 안승호와 함께 이역만리에서 비밀 작전을 수행하던 때가. 어둠 속의 고양이처럼 민첩하게 움직이며 반역자 처단 작전을 펼쳤던 때가. 그날도 함께였지. 독재자가 느닷없이 죽어버린 1979년의 늦가을 밤, 육본 벙커 지하실.

미국으로 떠난 안승호가 드디어 왔다 이거지.

늙었을까. 덩치에 걸맞지 않은 민첩한 몸놀림은 그대로일까.

회장실로 향하는 엘리베이터에서 김도술은 안승호와의 추억을 되

썹었다. 중정을 그만두고 미국으로 떠나던 안승호의 쓸쓸한 뒷모습을
김도술은 똑똑히 기억했다.

안승호가 쓸쓸한 어깨를 남기고 한국을 떠난 것은 1980년대 중반
이었다. 중정에서 싹둑 잘린 후 이런저런 사업을 하다가 쫄딱 망해버
린 안승호 예비역 중사. 그는 얼마 남지 않은 재산을 정리했고, 미국으
로 훌쩍 떠나버렸다.

김도술은 안승호, 최수철과 함께 허름한 대폿집에서 술잔을 기울
이지도 못했다. 1979년 10월 가을밤의 술자리 겸 진급 축하 자리가
아직 끝나지 않은 셈이었다.

안승호에게 연락이 온 것은 며칠 전이었다. 미국으로 떠난 후 연락
은 처음이었다. 쾌활한 목소리는 여전했다.

"중요한 분과 함께 귀국했습니다. 젊은 친구인데 회장님을 무척이
나 보고 싶어 합니다."

안승호는 다짜고짜 말했다.

"이 친구야. 이게 얼마 만인가? 잘 살지?"

김도술은 깜짝 놀라 답했다. 정다움이 넘치는 목소리가 절로 나왔다.

"언제든지 오게. 강남 미래피아 빌딩으로 오면 되네."

"알겠습니다. 며칠 내에 찾아뵙지요."

"그런데 자네는 지금 뭐 하는가?"

"미국에서 자리 잡았습니다. 무기중개 일을 시작했습니다. 만나서
말씀드리겠습니다."

맺고 끝냄이 확실했던 안승호. 그는 단순 명료하게 자신의 근황을
전한 후 전화를 뚝 끊었다.

이상락? 이유평의 아들 이상락이 나를 찾아왔다고? 안승호와 함께? 나를 보고 싶어 하는 중요한 젊은 친구가 이상락이야?'

이유평 부장. 김도술에 의해 남중국해로 추락한 희대의 반역자. 김도술은 멍한 눈빛으로 죽어간 이유평의 코흘리개 아이를 떠올리려 애썼다. 김도술의 머릿속에서 윙윙윙 소리가 났다. 권준도는 그 윙윙거림을 천천히 추락하는 엘리베이터의 소음으로 착각했다.

"권 사장? 내일 저녁에 약속 있지? 글줄 쓴다는 젊은 친구들하고 국정원 벤처팀장? 그리고 경제신문 데스크? 그 친구들 연결해주기로 했다면서?"
"네. 맞습니다. 회장님."
"한 번에 다 모이자고. 그쪽으로 안승호를 부르게. 국정원 팀장도 온다고 하니, 소개해주면 좋겠구먼. 괜찮겠나?"
"……."
"좀 이상해?"
"아닙니다. 그렇게 하겠습니다."
"그나저나, 오늘 자네 사장 부임 첫날인데…… 내가 아무것도 해준 것이 없네."
"별말씀을 다 하십니다."
1999년의 초여름, 권준도가 미래피아 사장에 부임한 첫날의 저녁이었다.

"자네 처음 만난 그날이 생각나네. 내가 사람 보는 눈은 있어."

김도술이 권준도를 쳐다보며 중얼거렸다.

*

그는 구멍이 난 양말을 즐겨 신었다. 엄지발가락 혹은 뒤꿈치에 난 작은 구멍. 그 구멍은 일종의 '콘셉트'였다. 구멍 난 양말은 그의 트레이드 마크였다.

봐라, 난 이렇게 검소한 사람이다. 양말 따위에는 관심을 두지 않는 고상한 사람이다. 알겠냐? 이 멍청이들아?

식상한 질문으로 인터뷰를 진행한 기자 앞에서 싸구려 삼선 슬리퍼를 까닥이며 그는 이렇게 말하는 것처럼 보였다.

하지만 말이다. 매일 고관대작들을 상대하는 기자들이 멍청이는 아니었다. 기자들은 그저 슬며시 웃었다. 그리고 속으로는 경멸을 퍼부었다.

'에라, 이 양아치야. 졸부 새끼. 재수 없는 멍청이 같으니라고.'

열이면 열, 기자들은 중얼거렸다. 하지만 겉으로는 환하게 웃었다.

"아! 그러시군요. 정말 대단해요. 멋져요. 매우 쿨해요."

그들은 입술에 침을 바르며 썩어빠진 찬사를 늘어놓았다.

'졸부 새끼. 심장마비로 급사나 해라.'

인터뷰를 마치고 뒤돌아선 기자들은 그 졸부 중의 졸부가 죽기를 기도했다. 그들은 단 한 번도 촌지를 건넨 적 없는 신흥 졸부에게 악담을 퍼부었다. 물론 속으로 중얼거리는, 자신의 처지를 한탄하는, 자학적인 악담이었다.

그가 인터뷰를 마치고 간 곳은 강남역 인근 주택가 구석의 고급 일식집이었다. 우스꽝스럽게 생긴 길쭉한 모자를 쓴 뱅충이 같은 보조 요리사가 남태평양에서 공수된 급속 냉동 참다랑어의 살덩어리를 직접 대령하는 그런 곳. 일본에서 직수입된 기모노를 입은 여종업원이 만 원짜리 팁을 받으며 눈을 흘기는 그런 곳. 음흉한 눈빛의 주방장이 무릎을 꿇고 3~4만 원을 순식간에 챙기며 참치 눈알을 통째로 건네는 일식집의 좌식 테이블 아래에서 그의 구멍 난 발가락이 꼬물거렸다.

오늘은 그가 세상에 나온 지 40여 년 만에 '사장'이라는 공식 직함을 얻은 역사적인 날이었다. 40여 년 동안 그가 사장인 적은 단 한 번도 없었다. 사원, 대리, 과장, 상무까지, 그는 느릿느릿, 태연하게 명함을 바꿨다. 하지만 그가 서른을 넘기면서부터 대부분의 사람들은 그를 사장으로 불렀다. 100명 중에 아흔아홉은 그를 진짜 사장님으로 알았다. 적당히 나온 배, 보기 좋은 풍채, 고급스러워 보이는 양복에 반짝이는 구두, 슬렁슬렁해 보이지만 결정적인 순간에는 날카롭게 빛나는 결단력을 가득 품은 눈빛까지. 그의 외모와 행동 그리고 자세는 사장 그 자체였다. 바지사장의 유전자를 가지고 태어난 남자임이 분명했다.

그는 어린 시절부터 놀라울 정도로 인기가 많았다. 아침부터 눈이 풀려 휘청거리는 동네의 주정뱅이도 그를 친구라 불렀다. 아침부터 술에 취해 '꽁까이 쌤쌤'을 중얼거리는 월남전 참전 용사도 코를 흘리며 싸돌아다니는 그의 머리를 쓰다듬었다. 네 번 연속 시의원에 출마하느라 재산을 탕진한 만년 정치 지망생은 그를 불알친구로 칭했다. 지역의 명사, 역전 술집의 과부, 골목길의 터줏대감 이발사, 서울 변두리 작은 동네의 흥망성쇠를 묵묵히 지켜본 구멍가게 노파, 백전 백패의 신화를 창조한 베테랑 중의 베테랑 노름꾼도 그를 다정한 친구로 여겼다. 심지어 동네 똥개들조차 그를 보면 비루먹은 꼬리를 흔드느라 바빴다. 세상에서 최고로 인기 많은 남자 중의 하나가 바로 그였다.

인기 만점의 사나이, 걸어 다니는 매력 덩어리, 여간해서는 쉽게 기분이 상하지 않는 남자, 40여 년 만에 사장 직함을 얻은 남자의 발가락이 테이블 아래에서 빙글빙글 웃고 있었다.

그 빙글거리는 발가락의 주인은 권준도였다.

"권 사장님. 사장 진급을 축하드립니다. 입사 1년여 만에 사장이라니. 정말 놀랍습니다. 나스닥 상장도 놀라운 소식입니다."

"어휴, 이 부장님도 참, 별말씀을. 그래봤자 월급쟁이 사장인데요 뭐. 그리고 나스닥 상장이 뭐 제가 한 일입니까? 회사가 튼튼하고 투명하니까 별 어려움 없이 그리된 것이지요. 잘 아시지 않습니까?"

대한민국 최대 발행 부수를 자랑하는 일간 경제지, 오늘경제신문의 중소기업팀장인 이형곤 부장과 주식회사 미래피아 사장으로 승진한 권준도가 늦은 점심 식사를 위해 막 앉은 참이었다.

"그나저나 말입니다. 권 사장님. 오늘 여기 20층짜리 빌딩 계약하신 것이 맞지요? 다들 놀라는 분위기입니다. 나스닥 상장 성공하자마자 강남역 20층 빌딩을 접수하시다니요. 그것도 대한민국 정부의 자산을 관리하는 정부 산하기관이 입주한 건물을……"

이형곤 부장이 입을 쩍 벌리며 감탄하듯 말했다.

"그거야 뭐, 건물을 물색하다 보니까 그렇게 된 것입니다. 우리가 뭐 자산관리공사를 일부러 노렸겠어요? 우연의 일치죠."

권준도 사장이 물을 들이켠 후 말했다. 그의 입에서 단내가 풍겼다.

"입주 기업은 확정이 된 상태인가요? 미래피아 아니 김도술 회장이 선정한 벤처기업이 과연 어떤 회사들일지 벌써부터 소문이 무성합니다. 귀띔 좀 해주시죠. 벌써부터 손가락이 근질거립니다."

"다 알고 계시지 않나요? 인터넷 포털 업체 한 곳, 인터넷 보안 업체 한 곳, PDA 개발 업체 한 곳. 이 회사들이 우리 미래피아가 지분을 투자한 계열사죠. 나머지 회사들은 지금 선정 중에 있어요. 자세한 사항은 저도 잘 모릅니다. 조만간 실무자들이 결재 서류 올리겠지요. 제가 이 부장님께 제일 먼저 알려드리리다."

권준도 사장이 사람 좋은 미소를 지으며 부드럽게 말했다.

"특급 정보네요. 특급 중의 특급 정보. 그 회사들 주식 좀 어떻게 살 수 없습니까? 액면가로 말이죠. 김도술 회장님이 손댄 회사들 벌써부터 뜨거워요. 난리예요, 난리."

"에이, 잘 아시지 않습니까? 우리 회장님 성격. 그런 편법 거래 절대 용납하지도 않고, 또 이루어질 수도 없는 시스템이에요. 잘 아시면서 왜 그런 말씀을……."

"농담입니다 농담. 사장님도 참."

기모노 차림의 여종업원이 복지리 두 그릇을 조심스럽게 테이블 위에 내려놓았다. 권준도가 숟가락을 들며 입맛을 다셨다.

"오늘 저녁에도 술 마셔야 하는데, 이 부장님도 오세요. 제가 귀한 손님들 소개시켜드리겠습니다."

"귀한 손님? 솔깃한데요? 어떤 술자리인지요? 회장님도 오시나요?"

"나스닥 상장 기념 축하 겸 사장 진급 술자리예요. 회장님은 불참입니다. 우리 회장님 그런 술자리 거의 안 가시는 거 잘 아시지 않습니까? 서울 의대 출신 김형수 사장 알지요? 인터넷 백신 회사 차려 쭉쭉 뻗고 있는 그 친구하고 국정원 벤처팀장, 그리고 우리 계열사 젊은 사장들 몇 명 옵니다. 장소도 바로 이 근방입니다."

"불러주시면 저야 영광이지요. 점심 먹고 신문사 들어갔다가 달려오겠습니다."

"운전기사 보낼게요. 자, 드십시다. 여기 복국 깔끔합니다. 해장하기에 딱 좋아요."

"딱 봐도 국물이 좋아 보이네요. 그런데 말입니다. 오늘 인터뷰에서도 여쭤보지 못했는데, 회장님하고는 어떻게 만나신 겁니까? 프로필을 보니 나이 마흔에 미래피아 재무 책임자가 되셨는데, 그 전부터 회장님과 아셨던 관계예요?"

복국 국물을 한입 가득 머금은 이 부장이 권준도에게 질문을 던졌다. 하얀 밥알 하나가 허공으로 튀었다.

"알기는요. 저 공채입니다. 주식회사 미래피아 경력직 공채. 정식으로 이력서 내고, 정식으로 인터뷰하고, 정식으로 입사 절차 밟아서 들어왔지요. 저 이래 봬도 낙하산 아니고 공채입니다."

권준도가 '공.채.'를 똑똑히 강조하며 말했다. 이 부장이 고개를 끄덕거렸다.

오늘경제신문 이형곤 부장이 복국 그릇 바닥을 놋숟가락으로 박박 긁었다. 그의 이마에 땀방울이 맺혀 있었다. 이 부장의 복국은 사라졌고 권 사장의 복국은 그대로였다.

　"옛날, 아니 1년여 전 생각이 나네요. 감회가 새롭습니다. 제가 여기서 경제신문 데스크를 만나 점심을 먹게 되다니요. 상상도 못 했던 일입니다."

　권준도 사장이 사춘기 소년처럼 수줍게 웃으며 말했다.

　"자, 다 드셨으면 일어납시다. 저녁에 봅시다. 오늘 술 거하게 마실 거요. 단단히 준비하고 오십쇼. 술자리 참석하는 사람들 모두 술 셉니다. 그 친구들 잘 부탁합니다. 미래피아 최초의 작전이 될 수도 있습니다."

　"작전? 하하, 벤처팀장이라면, 이기헌 말씀하시는 것인가요?"

　"맞아요. 이기헌 팀장."

　"잘됐네요. 제가 그 친구에게 뭐 좀 부탁할 것 있었는데요."

　"그나저나, 부장님 술 잘하시지요?"

　"뭐 조금 하는 수준이지요. 점심 잘 먹었습니다. 인터뷰 기사는 모레 나갈 예정입니다."

　"잘 부탁합니다. 이 부장님."

　"제가 드릴 말씀입니다. 권 사장님."

　1999년의 화창한 초여름 오후였다.

"누가 왔다고?"

한정수가 어리둥절한 표정으로 물었다.

"아까 말했잖아. 김도술 회장하고 권준도 사장. 아……, 또 누구더라? 음지에서 양지를 지향한다는 개소리 늘어놓는 국정원 비밀요원."

양희석이 파티장 입구를 쳐다보며 말했다. 희석의 몸은 벌써 파티장 입구로 뛰어가고 있었다.

"또 있다. 우리에게 술을 따라줄 최고급의 여자들."

파티장을 들어서던 일군의 무리를 향하던 정수가 고개를 돌려 희석을 쳐다보며 말했다.

"여자들도 네가 수배했냐? 너 그런 능력도 있어?"

"미쳤냐? 그런 여자들을 내가 수배하게. 다 루트가 있으니 너는 그저 마시면서 즐기면 되는 거야. 간간이 추임새나 잘 넣어라. 아까처럼 다마에 각졸 이야기만 하면 좀 그렇겠지?"

양희석의 진지한 표정에 한정수가 피식 웃었다.

프랑스 귀족들이 마시던 헤네시XO와 해적들이 들이켜던 럼주를 해치운 일급의 술꾼 둘이 황급히 걸음을 옮겼다. 그들의 걸음걸이는 당당했고 기품이 넘쳤다. 프랑스 귀족의 기품과 해적의 당당함을 있는 그대로 받아들인 술꾼들의 발길이 바삐 움직였다.

반바지에 쪼리를 신은 양희석이 빙글거리며 김도술 회장 일행의 앞을 가로막았다. 한쪽 손은 주머니에 넣은 채였다. 얼굴이 약간 벌게

지고 다리가 약간 풀린 비쩍 마른 한정수가 김도술 회장에게 꾸벅 고개를 숙였다. 김도술 회장의 오른쪽에 서 있던 올챙이배 남자, 권준도 사장이 천진난만한 미소를 지었다. 양희석이 권준도의 옆으로 다가서더니 손바닥으로 올챙이배를 살살 어루만졌다. 천진난만한 희석의 손길에 권준도가 순진무구한 표정으로 웃음 지었다.

"사장님. 이쪽으로 가시죠. 자리 마련해놓았습니다."

올챙이배를 쓰다듬던 양희석이 공손한 손짓으로 일행을 안내하는 동시에 김도술 회장에게 머리를 까닥 숙였다. 김도술 회장이 웃음기 없는 얼굴로 고개를 크게 끄덕였다. 회장의 뒤에 서 있던, 검은 양복의 표정이 일그러졌다. 멀리서 봐도, 가까이서 들여다봐도 나이를 분간하기 어려운 외모였다. 점퍼 차림의 남자 두 명의 표정엔 변화가 없었다. 양희석이 성큼성큼 걸음을 옮겼고, 한정수와 김도술 회장, 올챙이배가 그 뒤를 조용히 따랐다. 검은 양복은 어리벙벙한 표정을 짓더니 잠시 파티장을 둘러보았다. 지옥을 목격한 것 같은 얼굴이었다. 무표정으로 일관하던 점퍼 둘은 김도술 회장 뒤에 멀찌감치 서서 상황을 조용히 응시하고 있었다. 회색 점퍼는 작았고 검은 점퍼는 컸다.

"이쪽으로 가지. 이 팀장."

올챙이배가 고개를 돌리더니, 검은 양복을 향해 작게 외쳤다. 깜짝 놀란 검은 양복이 허둥지둥 걸음을 옮겼다.

크고 작고 굵고 얇은 수십 수백의 무지개가 이리저리 춤을 추는 파티장. 파티장의 천장에서 무지갯빛 색종이가 투하되었다. 함박눈처럼 쏟아지는 빨주노초파남보의 수많은 색종이가 파티장에서 흔들거리던 모든 이들의 머리와 어깨를 덮기 시작했다.

파티장 양쪽 구석에서 하얀 연기가 뭉클거리며 피어올랐다. 짙은 안개 같은 하얀 연기와 무지갯빛 조명, 빨주노초파남보의 색종이가 서로 뒤엉킬 무렵, 강렬한 음악이 파티장을 강타하기 시작했다. 게이와 레즈, 얼간이와 멍청이, 예쁜이와 못난이, 갈비씨와 뚱보, 보통 남녀와 매우 잘생긴 남녀 모두 음악에 몸을 맡겼다. 들썩이는 음악에 수백의 몸뚱이가 들썩거렸다. 가슴을 파고드는 강렬한 음악은 사람들의 몸짓이 되어 튀어나왔고, 현란한 무지개 조명은 파티를 즐기는 눈동자를 통해 반사되었다.

음악과 조명, 몸짓과 탄성 속으로 쿠바산 럼주의 강렬한 향이 스며들었다. 사람들의 위장 속으로 스며든 럼주는 사람들의 피부를 통해 발산되었다. 사람들의 몸을 통해 걸러진 럼주의 향은 원액과는 사뭇 달랐다. 고약한 체취, 암내, 고급 향수, 생리혈의 냄새에 럼주가 스며들었다. 그 결과물은 발정의 냄새였다. 발정의 향이 사람들의 피부 위를 스멀스멀 기어가는 참이었다.

발정을 간절히 원하던 불감증의 여자들이 깜짝 놀라 입을 크게 벌렸다. 발정기의 여자를 애타게 찾던 평생 발정의 남자들이 눈동자를 이리저리 굴렸다. 쿵쿵 가슴을 때리는 음악 속에 핏발 선 남자들의 눈동자가 떼굴떼굴 굴러가는 소리가 섞여 들었다.

파티장이 마련된 옥상 구석에 은밀하게 자리 잡은 넓은 방. 방 두 칸에 주방으로 구성된 옥탑방 형식의 시설물은 전 건물 주인이 비밀 접대 장소로 사용하던 곳이었다. 연예기획사를 운영했다는 건물주는 최고급 양가죽 소파와 어른 네 명이 동시에 누워도 충분한 초대형 라텍스 침대, 장정 여덟 명이 넉넉히 술잔을 기울일 수 있는 이탈리아산 대리석 테이블, 고가의 주방 용기 등을 모두 버리고 줄행랑을 쳤다. 치밀하게 기획된 부도였다.

건물을 헐값에 인수한 다국적 의류 기업은 이 시설을 직원들의 휴게실로 사용했는데, 기존의 가재도구 및 주방 용기, 각종 가전제품은 고스란히 보존되었다. 하루 종일 서 있어야 하는 의류 매장의 직원들은 고급스러운 음란함이 물씬 풍기는 이 방에서 낮잠을 잤고 수다를 떨었으며 커피를 마셨다. IMF의 긍정적 부작용인 셈이었다. 파티장을 물색하던 양희석은 이 방에 눈독을 들였고, 회장 및 사장과의 면담 장소로 활용할 계획을 세웠다.

출세를 위해 몸을 팔 각오가 되어 있는 연예인 지망생, 닳고 닳은 퇴물 정치인, 천성적인 부도덕함으로 똘똘 뭉친 언론사 사주와 그 꼬붕들, 가진 것이라고는 물려받은 주식밖에 없는 그저 그런 재벌 2, 3세가 드나들던 바로 그 장소에 김도술 회장 일행이 발을 들여놓는 참이었다.

넓디넓은 대리석 테이블과 최고급 가죽 소파가 놓인 방 안에서는 파티장의 풍경이 한눈에 내려다보였다. 하지만 쿵쾅거리는 음악 소리는 희미하게 들렸다. 방음장치에 신경을 쓴 건축물이 분명했다. 양희석이 문을 열고 들어갔고, 그 뒤를 검은 양복과 올챙이배가 따랐다. 김도술 회장과 한정수는 낮은 목소리로 뭔가를 수군대고 있었다. 점퍼 두 명이 그 뒤를 호위하듯 따랐다.

김 회장 일행이 들어서자 젊고 늘씬하며 아름다운 여자 두 명이 고개를 숙였다. 거리를 걸으면 뭇 남성들의 시선을 단숨에 사로잡는 여자들. 단발머리에 새빨간 립스틱을 칠한 여자는 20대 후반으로 보였다. 빨간 립스틱 외의 화장은 거의 하지 않았다. 빨간 립스틱은 날이 선 검은색 정장 바지에 화려한 꽃무늬 장식의 얇은 재킷을 걸치고 있었다. 그녀의 발에서 빨간 립스틱보다 더 새빨간 하이힐이 반짝거렸다. 단정한 차림의 빨간 립스틱과는 전혀 다른 분위기를 풍기는 긴 생머리의 젊은 여자가 가느다란 손을 뻗어 일행을 안내했다. 생머리는 하늘거리는 하늘색 원피스 차림이었다. 립스틱도 눈 화장도 하지 않은 생머리에 생얼굴의 나이는 20대 초반이 분명했다. 하늘거리는 하늘색 원피스 속으로 젊디젊은 가슴이 봉긋하게 솟아 있었다. 봉긋한 가슴 속에 톡 튀어나온 유두의 흔적. 텔레비전을 켜면 쉽게 볼 수 있는 얼굴의 하늘색 원피스가 환하게 웃었다. 빨간 립스틱은 강남의 클럽에서 일하는 새끼마담이었다. 올챙이배를 과시하며 걷는 권준도 사장이 공을 들이고 있는 여자였다. 하늘색 원피스는 새끼마담이 관리하는 초급 여급으로, 무명의 탤런트였다. 그녀는 무명 탤런트이자 잘나가는 텐프로 중의 텐프로였다. 스폰서를 찾느라 분주한 하늘색 원피스의 눈이 반짝 빛났다.

대리석 테이블 중앙에 김도술 회장이 앉았고, 그 옆을 빨간 립스틱이 차지했다. 양희석과 한정수가 앞서거니 뒤서거니 소파에 털썩 몸을 묻었다. 올챙이배가 빨간 립스틱 옆에 슬그머니 앉더니 주머니에서 담배를 꺼내 테이블 위에 올려놓았다. 검은 양복은 자신의 자리를 찾지 못하겠다는 듯 어리둥절한 표정을 짓고 있었고, 점퍼 차림의 남자들은 충견처럼 출입문 입구 쪽을 지켰다. 테이블 위엔 물방울이 송골송골 맺힌 유리병과 시바스리갈 한 병, 얼음통, KGB 마크가 선명한

정체불명의 술병과 간단한 안주가 놓여 있었다. 유리병을 채운 것은 피처럼 붉은 와인이었다.

김도술 회장이 손짓으로 키가 작은 점퍼를 불렀다. 허리를 숙이고 귀를 쫑긋 세워 김 회장의 귓속말을 들은 키 작은 점퍼가 양희석에게 뭐라 물었다.

"아 예. 그런데…… 이분 성함이?"

"어…… 최수철 부장님이셔."

양희석의 질문에 권준도 사장이 느긋하게 답했다.

"최 부장님. 밖에 나가셔서 파티를 즐기세요. 아름다운 여자들이 많습니다. 술도 안주도 넉넉하고요."

김도술 회장, 권준도 사장, 양희석 팀장을 번갈아 쳐다보던 최 부장이 키 큰 점퍼와 함께 밖으로 나갔다. 문이 열리자 파티장의 시끄러운 음악과 젊은이들의 체취가 방 안으로 밀려들어왔다.

점퍼 차림의 남자 두 명이 밖으로 나가자 방 안에는 일순 정적이 찾아들었다. 빨간 립스틱과 하늘색 원피스는 과일을 손질하느라 바빴다. 과일 깎는 소리가 사각사각 방 안에 나지막이 울려 퍼졌다. 권준도 사장이 입을 열었다.

"양 팀장? 자네가 오늘 모임을 준비했으니 이제 시작하지? 아……, 우선 이 친구 소개하지. 이쪽은 국정원 2차장 비서 겸 경제단 벤처 담당 팀장인 이 과장. 이름은 비밀인가? 이 친구 지금까지 서 있었네? 아무 데나 앉으라고."

어정쩡하게 서 있던 검은 양복이 주위를 둘러보더니 고개를 숙였다.

"이기헌입니다. 얼마 전까지 음지에 있었지만 이제 다 옛날 일입니다. 저는 양지에서 일합니다. 여러분 같은 벤처기업인을 위해 일을 합니다."

국정원 요원 이기헌이 약간 붉어진 얼굴로 말했다.

"김도술 회장님. 뵙게 되어 영광입니다. 직접적으로 말씀드리겠습니다. 회장님께서 추진하시는 벤처 인큐베이팅 사업에 도움을 드리고자 만남을 부탁드렸습니다. 권준도 사장님이 대학교 직속 선배입니다. 일전에 권 사장님께 부탁드렸는데, 이렇게 모임이 빨리 성사될지는 정말 몰랐습니다. 회장님 프로젝트에 브이아이피도 상당한 관심을 갖고 주시하고 계십니다. 정확히 말씀드리자면, 브이아이피의 막내아드님."

자기소개를 마친 이기헌 팀장이 마침내 자리에 앉았다.

양 팔꿈치를 테이블에 얹고 왼 손바닥으로 오른 주먹을 감싸고 있던 김도술 회장이 드디어 입을 열었다. 그의 등은 꼿꼿했다.

"알겠네. 그나저나 여기 아가씨들 말이야. 난 필요 없으니, 저 친구들 옆으로 가는 게 어떨까? 저 친구들 여자 구경 못 해본 글줄 쓰는 젊은이들인데, 오늘 같은 날 분 냄새나 실컷 맡아봐."

김 회장의 말이 떨어지기 무섭게 권준도 사장이 턱을 움직였다. 빨간 립스틱과 하늘색 원피스가 양희석과 한정수 옆으로 자리를 옮겼다. 양희석과 한정수가 깜짝 놀라 립스틱과 원피스를 쳐다봤다.

립스틱과 원피스가 양희석과 한정수에게 시바스리갈을 따랐다. 두 주정뱅이는 연신 술을 들이켰다. 한정수의 옆에 앉은 원피스는 지독히도 슬픈 얼굴로 술을 따랐다. 미스코리아급 미인의 술잔을 처음 받은 천하의 주정뱅이는 세상에서 가장 기쁜 얼굴로 술을 마셨다. 한정수의 두 눈은 미스코리아의 가슴골을 향한 채였다. 시바스리갈 스트레이트 두 잔을 연거푸 마신 양희석이 더러운 손바닥으로 립스틱의 가슴을 슬며시 건드렸다. 권준도 사장은 이 광경을 흐뭇하게 지켜보았다. 김 회장과 권 사장, 이 팀장은 아무 말도 하지 않았다. 주정뱅이들이 독한 술을 꿀꺽하며 삼키는 소리, 미스코리아급 여급들이 독한 술을 졸졸 따르는 상쾌한 소리가 한동안 계속되었다.

역사적인 날이었다. 일급의 정보요원과 일급의 술꾼, 일급의 오입쟁이와 일급의 전문경영인, 일급의 여급과 일급의 기업가가 만나는 역사적인 순간이었다. 정예 중의 정예가 모두 모였다. 하지만, 맨 꼭대기만 빼고는 모두 바닥이었다. 넘버원 외에는 모두가 똑같았다. 적어도 그때 그들은 그랬다.

사악한 세상을 헤치고 살아남았고 그 사악한 세상을 마음껏 비웃고 마침내 그 사악한 세상에 승리할 운명의 정예 기업인 김도술 회장, 사악한 세상을 더욱 사악하게 만드는 일에 막 맛을 들인 정예 정보원 이기헌, 사악과 쾌락의 경계에서 어리둥절해하며 희희낙락하는 정예의 오입쟁이 겸 정예의 알코올릭인 양희석과 한정수, 사악한 세상의 맛을 진하게 본 정예의 구조 조정 전문가 권준도 사장, 사악한 세상에 한 줄기 빛을 더해 그 사악의 농도를 묽게 만드는 정예 여급 빨간 립스틱과 하늘색 원피스.

이들은 서로를 신중히 탐색하며 술을 마셨는데, 이러한 품격의 만남은 향후 500년 동안은 절대로 성사되지 않을 게 확실해 보였다. 모임에 참석한 일급의 여급, 그러니까 빨간 립스틱은 누구의 비위를 맞춰야 될지 몰라 허둥댔다. 화류계에 투신한 지 10년이 넘었지만, 그녀가 이렇게 당황하는 것은 그 누구도 보지 못했다. 서로 다른 화제와 서로 다른 성장 배경, 서로 다른 지성 그리고 서로 다른 취향을 가진 이들은 그런대로 잘 말을 섞었다. 하지만 물과 기름의 만남은 언제나 예상치 못한 결과물 혹은 돌연변이를 낳기 마련인데, 바로 지금이 그 순간이었다. 수천 킬로미터 지하의 용암이 대지를 뚫고 나오기 직전의 그 상태. 과묵한 용암이 상쾌한 공기와 만나 펄펄 끓기 직전의 바로 그 상태. 검은 화산재와 시뻘건 용암이 순종적인 대지를 적시기 직전의 바로 그 상태. 태풍전야의 윙윙대는 낯선 공기의 흐름이 방 안을 가득 채운 것 같았다. 모두들 아무 말 없이 자신의 술잔을 비우느라 바빴다. 김도술 회장만이 이 광경을 날카롭게 지켜보았다.

초가을 한낮의 공동묘지 같은 정적을 깨트린 것은 김도술 회장이었다.

"자, 이렇게 모이기도 힘든데, 다들 함께 한 잔씩 하지. 잔을 높이 들자고. 이 자리를 만들어준 우리 양 팀장. 대단한데? 글줄 쓰는 서생인 줄 알았는데, 멋지구먼. 자, 우리의 지나간 젊음을 위하여. 여전히 푸르른 그대들의 젊음을 위하여. 건배"

노크 소리가 들렸다. 해적 셔츠를 입은 미니스커트가 커다란 쟁반을 들고 방으로 들어왔다. 쟁반에는 김이 모락모락 나는 음식이 잔뜩 놓여 있었다. 양희석이 손짓으로 해적을 불렀다. 해적이 쟁반을 얌전히 놓고 나갔다.

"회장님을 위해 특별히 준비한 안주가 왔습니다. 광화문에서 방금 공수된 대창 요리와 개고기 수육. 거기에 오늘 파티의 특별 메뉴인 감자 요리까지. 마음껏 즐기십시오."

불쾌한 얼굴로 양희석이 외쳤고, 이를 들은 김 회장은 헛웃음을 지었다.

"이 친구……, 참 재미있는 사람이구먼. 그나저나 한 이사? 애는 건강하지?"

난데없는 김 회장의 질문에 한정수가 깜짝 놀라 일어났다. 한정수는 원피스의 가슴에 얼굴을 묻고 있던 참이었다. 한정수의 뺨에 빨간 립스틱 자국이 선명했다.

"그럼요. 덕분에 무사합니다. 무럭무럭 잘 크고 있습니다."

"암, 그래야지. 그래야 마땅하지. 그런데 이 시바스리갈 좀 치우지? 이 술만 보면 기분이 상해서 말이야."

"그런가요? 럼주로 가져오겠습니다. 해적들이 마시던 럼주로요."

김 회장의 핀잔에 양희석이 일어나 밖으로 뛰쳐나갔다.

술이 서너 순배 돌았다. 모두가 술을 잘 마셨다. 하지만 김 회장은 입술을 축이는 정도에서 멈췄다. 국정원 이 과장이 술잔을 들고 김 회장의 옆으로 다가왔다. 이 과장의 접근을 본 권준도 사장도 김 회장의 옆으로 몸을 옮겼다.

"회장님. 나스닥 상장이 무사히 완료되었다고 들었습니다. 저희 쪽에서도 신경 많이 쓰고 있습니다. 저희 계산으로는 대략 나스닥에서 5억 달러가 들어오는데요. 그 돈을 뜻깊게 나눌 수 있도록 저희가 모종의 역할을 할 계획입니다. 이건 상부의 지시입니다."

"……."

김도술 회장은 침묵을 지켰다.

"물론, 제 개인적인 용무로도 이 자리에 왔습니다. 회장님의 문화 벤처기업에 개인적으로 투자하고 싶습니다. 그 투자는 순전히 개인적인 일입니다. 제 주머니에서 나온 돈으로요. 저 친구들이 하는 회사인가 본데요. 저 친구들 개성 넘치네요. 마음에 듭니다. 그리고 미래피아 계열사들도 투자 대상입니다. 지분 참여 기다리는 분들이 있습니다. 안승호 사장에게서 들으셨죠? 회장님의 옛 부하 안승호 사장 말입니다. 브이아이피 막내아드님 그리고 그 옛날 회장님이 모셨던 각하의 직계 자식들도 참여시켰습니다. 회장님 입장에서는 감회가 새로울 거라 사료됩니다. 옛날의 권력과 현재의 권력 그리고 미래 권력이 몸을 섞었습니다. 대한민국이 망하지 않는 한 절대 깨질 염려가 없는 구성입니다. 이념은 다르지만 돈을 위해 똘똘 뭉친 그런 조직입니다. 제가 그런 분들을 모아서 일종의 사모펀드를 조성했습니다. 벤처 펀드라고 할까요? 제 개인적인 일인 동시에 저를 넘어서는 일이기도 합니다. 솔직하게 말씀드리는 것이지요."

이기헌이 또박또박 자신의 용건을 말했다. 망설임이 없는, 자신의 패를 온통 까서 보여주는 듯한 말투였다.

"아……, 회장님. 선배님이라고 부르고 싶습니다. 지금도 선배님 이야기가 우리 회사에 남아 있습니다. 전설의 요원, 요원 중의 요원 김도술. 정말 존경합니다. 선배들에게 그 당시 이야기 많이 들었습니다."

"……."

침묵으로 일관하던 김도술 회장이 손짓으로 빨간 립스틱을 불렀다. 립스틱이 럼주가 가득 담긴 술잔을 가져왔다. 립스틱은 꽃무늬 재킷을 벗고 하얀 블라우스 차림이었는데, 블라우스의 가슴 부분이 더러워져 있었다. 양희석이 남긴 손바닥의 흔적이었다. 김 회장이 단숨에 럼주를 들이켰다.

"선배? 자네 지금 선배라고 했나? 자네 마음대로 하게. 선배라고 하든 선생이라고 하든 자네 마음이니까. 그리고⋯⋯, 자네 지금 상부라고 했나? 상부의 지시? 내가 모은 돈을 자네 회사에서 관리를 하겠다 이거지. 그래? 좋아. 네놈들이 원하는 걸 가져가봐. 한번 해보자고. 내 원하던 바였어. 상부? 자네의 상부라는 그놈들 상판 한번 보고 싶구면. 관리를 하고 싶으면 직접 와야지. 새파란 애송이를 보내는 건 선배에 대한 예의가 아니지. 그렇지 않나?"

예의 미소를 가득 지은 김도술 회장이 껄껄 웃으며 국정원 요원의 등을 토닥여주었다. 국정원 벤처 담당 팀장이라는 이기헌의 얼굴이 벌게졌다. 그는 아무 말도 하지 못하고 쩔쩔맸다. 애송이 중의 애송이 같아 보였다.

"권 사장. 자네가 이 친구 접대 좀 하지. 자네 후배라면서? 나는 일정이 있어서 이만 가보겠네. 한 이사! 이사 맞지? 자네 덕분에 오늘 좋은 구경 많이 했네. 굉장하구먼. 요즘 젊은이들 멋져. 아주 멋져. 나도 젊었으면 밖에 친구들처럼 놀았을 거야. 후배님. 오늘 마음껏 즐기게. 여기 권 사장이 대작할 걸세. 이 팀장이라고 했지? 자네에겐 내가 오늘 빚을 졌군. 힘들 때 언제든지 오게. 그 빚을 갚아주지. 그리고 오늘 자네에게 들었던 말은 없던 걸로 하지. 우린 과묵하니까. 정보원의 생명이 뭔 줄 아나? 정보를 캐는 게 아냐. 정보를 숨기는 거야. 보고도 못 본 척, 듣고도 못 들은 척, 말하고도 안 한 척. 바로 그거지. 명심해. 그리고 하나 더. 정보원은 고마움을 알아야 해. 못된 계집애처럼 고마움을 망각하면 곧바로 망해버리지. 바로 그게 정보원의 핵심이야. 고. 마. 움. 생큐 소 머치, 마이 프렌드."

김 회장이 밖으로 나갔다. 어느새 점퍼 두 명이 김 회장을 호위하듯 감쌌다. 덩치가 작은 이는 최수철이었다. 몸집이 큰 점퍼 차림의 중년 남자가 이기헌을 향해 씩 하며 웃음을 지어주었다. 걱정하지 말라는 표정이었다.

권준도 사장이 이기헌의 잔에 술을 따랐다. 빨간 립스틱과 하늘색 원피스가 어느새 권 사장과 이기헌 옆으로 자리를 옮겼다. 한정수와 양희석은 서로 마주 보며 열변을 토하느라 바빴다. 해적 셔츠를 입은 미니스커트가 한정수의 옆에 앉더니 껌처럼 찰싹 붙었다.

"형님! 형님이라고 불러도 되죠? 제가 국정원 비밀요원을 만나다니. 이것 참 영광입니다. 제 술 한잔 받으세요."

양희석이 이기헌의 앞에 놓인 빈 잔에 럼주를 가득 부었다. 이기헌은 쓸쓸한 표정을 지었다. 권준도가 국정원의 등을 살짝 두드렸다.

"우리 영감님 알지 않나. 자네가 이해하게. 일은 잘될 걸세. 그럴 일은 없겠지만, 서운해하거나 심술부리지는 말게."

"그럼요 선배님. 옛날의 안기부가 아니에요. 국정원으로 바뀐 다음에 저 못 볼 꼴 많이 겪었습니다. 이런 일은 일도 아니에요. 걱정 마세요."

"그래. 앞으로 잘해보세. 우리의 세상이 펼쳐질 거야. 당분간은 말이지. 이 친구들하고도 잘 지내보게. 자네가 보살펴줘야 될 거야. 이 친구들 아무것도 모르니까. 세상 물정이라고는 술과 여자와 문학과 예술밖에는 모르는 친구들이야. 양 팀장, 한 이사! 오늘 마음껏 취하자. 내가 자네들 사장이니까, 오늘은 내가 한잔 사지. 자리 옮기자고."

권준도 사장의 말이 떨어지기가 무섭게 빨간 립스틱과 하늘색 원피스가 자리에서 일어났다. 그 뒤를 따라 권준도와 이기헌이 엉거주춤 몸을 일으켰다. 한정수와 양희석은 아쉽다는 듯 입맛을 다셨다. 해적 셔츠는 똥 마려운 강아지 같은 표정을 지었다.

권준도와 이기헌, 양희석과 한정수가 의류 매장 밖으로 나왔다.

강남의 거리가 깊은 밤에서 새벽으로 막 향하는 참이었다. 파티는 끝났지만 거리엔 사람들이 넘쳤다. 무척이나 다양한 종류의 여자들. 크기와 색깔과 모양새가 제각각인 여자들로 웅성거리는 서울 강남의 거리에 네 명의 남자가 추가되었다.

얼굴이 시뻘겋게 달아오른 주정뱅이 무리, 머리를 노랗게 붉게 물들이고 코와 귀에 커다란 피어싱을 한 전위적인 여성 무리, 팔짱을 끼고 주위를 느긋이 감상하는 좀생이 무리, 시끄러운 음악과 난잡한 청춘들에게 진절머리가 난다는 듯한 표정을 짓는 샌님 무리가 골고루 섞여 있는 거리엔 여전히 활기가 넘쳤다.

한밤을 지나 새벽으로 막 접어든 강남의 거리에는 온갖 쓰레기가 수북이 쌓여 있었다. 쓰레기와 토사물로 뒤덮인 강남의 거리 위로 유흥업소를 홍보하는 전단지가 낙엽처럼 흩날렸다. 장지갑 크기의 전단지를 장식한 것은 피처럼 선명한 빨간 입술과 '풀 서비스, 3만 9천 원'이라는 카피와 휴대전화 번호였다. 초현실적풍의 아방가르드와 팝아트 기법의 디자인이 절묘하게 뒤섞인 전단지였다. 낙엽처럼 흩날리는 유흥업소 전단지 수백 장은 완벽하게 추한 광경과 완벽하게 멋진 광경이 새벽 거리에 펼쳐지는 순간을 기념하는 장식품이었다.

새벽이 막 시작되는 강남 거리. 따뜻하고 안락한 유일한 공간은 ATM 기기 부스였다. 주황빛 조명이 불을 밝힌 ATM 부스 속에 긴 생머리에 늘씬한 여자가 자발적으로 갇혀 있었다. 20센티미터 높이의 하이힐에 꽉 끼는 청바지를 입은 그녀는 허리를 잔뜩 숙였는데, 탱탱한 엉덩이가 인도 쪽을 빤히 쳐다보았다. 욕망의 공간에서 쾌락의 수단을 찾는 완벽하기 짝이 없는 욕망과 쾌락의 구멍을 한정수는 빤히 쳐다보았다. 돈이 예상대로 나오지 않는지, 완벽한 엉덩이가 좌우로 실룩거렸다.

"무허가 술집으로 가자. 그런 데가 좋은 곳이야. 무허가 여자들에 무허가 술, 그리고 무허가 웨이터가 내놓는 무허가 안주들. 그게 바로 최상급 술집이야."

권준도가 조용히 중얼거렸다. 권준도와 그 일행은 대기하고 있던 대형 승용차에 올라탔다.

교활한 삐끼, 만취한 여대생, 비틀거리는 박봉의 직장인, 끝도 없이 늘어선 택시, 심야 포장마차, 바람에 흩날리는 쓰레기와 전단지, ATM 부스 속의 늘씬한 여자, 새벽의 교접을 끝낸 앳된 젊은이와 볼이 발그레 달아오른 중년의 여자가 마주 앉은 지저분한 감자탕집, 처연한 눈빛으로 서로를 바라보는 학구적인 얼굴의 중년 남자와 색기와 푼수기가 가득한 젊은 여자 그리고 어중이떠중이들이 마구 떠드는 와인

바, 우울한 얼굴로 신문을 읽는 늙은 남자가 홀로 앉아 있는 심야 커피숍, 심야 옷 가게, 심야 음반 가게, 심야 극장, 굉장한 미인과 형편없는 여자, 거만과 오만과 가식으로 똘똘 뭉친 심야의 사람들을 지나 그들이 향한 곳은 강남대로 뒤의 주택가였다.

시끄럽고 눈부신 대로변과는 달리 뒷골목은 적막하기 짝이 없었다. 밤하늘을 올려다보면 달과 별이 보일 정도로 깨끗하고 쥐새끼가 기어가는 소리가 들릴 정도로 조용한 뒷골목 구석에 승용차가 스르르 멈췄다. 그들이 향한 곳은 무허가 비밀 룸살롱이었다. 강남 뒷골목 주택가에 자리 잡은 회원제 무허가 비밀 룸살롱.

무허가 술집에서 무한의 자유를 얻은 남자들이 밤새도록 술을 마시기 시작했다.

초반 분위기는 점잖기 짝이 없었다. 남자들은 두런두런 얘기를 나눴다.

키 큰 점퍼와 키 작은 점퍼도 합류했다. 키 큰 점퍼는 자신을 '재미교포 무기중개상 안승호'라고 소개했다. 키 작은 쪽은, 김도술 회장의 수행비서이자 미래피아 시설부장인 최수철이었다. 이기헌은 점퍼 둘을 '전설의 중정 요원 선배님들'이라 불렀다. 평범한 중년 남자가 된 전설의 중정 요원 둘은 어깨동무를 하고 술집에 나타났다. 소주 한잔 걸친 모양새였다. 최수철은 연신 웃었고 안승호는 여유 가득한 미소로 화답했다. 둘은 주거니 받거니 조니워커 블루를 주고받았다.

오늘경제신문 벤처 데스크인 이형곤 부장이 뒤늦게 도착했다. 삼겹살에 마늘 냄새를 잔뜩 풍기며 나타난 그는 '마감 때문에 늦었다'면서 양주를 연신 들이켰다. 그를 상대해주는 사람은 거의 없었다. 그는 묵묵히, 익숙하다는 듯 술만 마셨다.

권준도와 이기헌은 심각하게 얘기를 나눴다. 양희석은 이기헌에게 뭔가를 계속 물었다. 이기헌은 대꾸도 없었다. 권준도는 연신 고개를 끄덕거리며 줄담배를 피웠다. 한정수는 홀짝홀짝 혼자 술을 들이켜느라 바빴다. 빨간 립스틱과 하늘색 원피스는 공손한 손길과 상냥한 미소로 시중을 들었다.

어떻게 된 영문인지 해적 셔츠도 우발적으로 합류해 아양을 떨었다. 해적 셔츠는 여전히 한정수의 곁에 찰싹 붙어 있었다.

강남 뒷골목의 2층 단독주택을 개조한 무허가 비밀 술집에 남자들의 웃음소리가 작게 울려 퍼졌다.

*

이상락은 강남 뒷골목 무허가 비밀 술집의 대기실에서 죽치고 앉아 있었다. 차고를 개조한 대기실은 썰렁했다. 작은 석유난로에서 매캐한 냄새가 풍겼다.

자칭 재미교포 무기중개상, 안승호의 호출을 받고 출동한 이상락은 그가 항상 달랑달랑 들고 다니는 남성용 핸드백에서 만화책을 꺼냈다. 비즈니스맨의 고군분투를 다룬 일본 만화였다. 이상락은 20대 초반의 힙합 애호가 청년으로 보이는 인상이었다. 술 취한 월급쟁이들의 지갑을 터는 강남의 악랄한 젊은 삐끼 같은 차림새였다.

무허가 비밀 술집 밖에 세워놓은 카니발 승합차에는 이상락이 관리하는 여급 셋이 타고 있었다. 물고 빨고의 최고 전문가인 이상락의 여급들은 만반의 출동 태세를 갖춘 상태였다. 늙은 웨이터가 가져다 준 불어터진 라면을 먹으며 만화책을 열심히 읽는 이상락의 표정에 무료함 따위는 털끝만큼도 없었다.

비운의 전직 중앙정보부장 이유평의 숨겨진 아들, 이상락의 직업은 여급 공급책이었다. 최고급 보도방을 운영하는 젊은이였다. 썩어 빠진 VIP들에게 싱싱한 여급을 제공하는 강남 제일의 VIP 보도방 사장이 바로 그였다.

중소기업 사장, 얼굴이 알려진 연예인과 프로 운동선수, 제법 풍류를 안다고 나불대는 정치인이 그의 주요 고객이었다. 돈벼락을 맞은 젊은 벤처기업 사장들도 최근 이상락의 고객 대열에 합류했다. 돈 있는 남자를 상대하는 아름답고 착한 여성들이 그의 주요 자산이었다.

오늘은 또 어떤 놈들이 한잔 빨고들 있나.

진지한 표정으로 만화를 들여다보던 이상락이 왼쪽 손목 위의 오메가를 쳐다보았다. 새벽 한시를 막 넘긴 시간이었다.

슬슬 들어갈 때가 되었군그래.

크게 하품을 하며 이상락은 휴대폰을 꺼내 들었다.

안승호 사장. 아버지의 옛 부하였다며 자신 앞에 불쑥 나타난 안승호 사장에게 전화를 넣을 타이밍이었다. 휴대폰의 통화 버튼을 누르려던 순간, 터질 것 같은 근육을 자랑하는 젊은 남자가 대기실로 쑥 들어왔다.

이상락은 불쑥 들어온 짧은 머리의 젊은 남자를 흘깃 쳐다보았다. 신호가 길게 이어졌지만 안승호는 전화를 받지 않았다. 이상락은 휴대폰을 주머니에 쏙 집어넣더니 유일한 취미 생활인 만화책 보기를 계속 즐겼다. 대기실에 들어온 근육질의 덩치는 불어터진 라면을 쳐다보며 입맛을 다셨다. 먹다 남은 라면 그릇을 이상락이 덩치 쪽으로 슬쩍 밀었다. 근육질이 이상락을 노려보았다. 이상락은 만화책 한복판에 시선을 고정한 채 피식 웃었다. 그는 말보로 레드 한 개비를 꺼내 물었다.

"한 대 피울래요?"

이상락이 덩치에게 담배를 권했다. 덩치는 고개를 가로저었다. 호기심 반 짜증 반이 덩치의 눈동자에 섞여 있었다. 덩치가 휴대폰을 꺼내더니 통화 버튼을 눌렀다. 반응 없는 휴대폰을 쳐다보던 덩치의 얼굴이 일그러졌다.

"담배 하나 줘봐. 라이터도."

덩치가 이상락에게 말했다. 이상락이 씩 웃더니 검지와 중지 사이에 담배를 끼워 건넸다.

요란하게 차려입은 여급 셋이 우르르 대기실로 들어왔다. 나비넥타이를 맨 늙은 웨이터와 함께였다.

"오빠! 우리 언제 들어가? 오빠만 라면 먹냐? 아저씨, 우리도 라면 줘요."

파티복을 차려입은 쭉쭉빵빵의 여급 셋을 본 덩치의 눈동자가 휘둥그레졌다.

덩치는 이기헌의 보디가드로 출동한, 국정원 신참내기 경호요원 조준우였다.

조준우는 이기헌의 직속상관인 김만수 국정원 2차장의 까마득한 고향 후배였다. 대학에서 유도를 전공한 후, 지방 나이트클럽에서 기도 노릇을 하고 있던 그는 선배를 잘 둔 덕에 짭짤한 용돈을 벌고 있던 중이었다.

위세도 당당한 국정원 고위 관료 경호.

명함도 없었지만 조준우는 어깨에 힘을 주고 다니던 중이었다. 이기헌의 부름을 받은 것은 오늘이 처음이었다.

1999년의 어느 여름밤, 강남 뒷골목의 무허가 비밀 술집이었다.

4

"잘 들어 형씨. 나는 미스터 최야. 최 부장이라 불러도 좋아. 여기는 내 구역이야. 형씨 구역이 어디인지 나는 몰라. 아무튼, 다시는 내 나와바리에 발 들여놓지 않는 게 신상에 좋을 거야. 얼씬거릴 생각도 하지 말란 말이지."

은테 안경을 쓴 왜소한 체구의 남자가 고개를 쳐들고 말했다. 유행이 한참 지난, 후줄근한 점퍼를 입은 50줄의 사내였다.

깊고 우묵한 회색빛의 눈동자와 한일자로 꼭 다문 가느다란 입매, 작은 키에 어깨도 좁은 미스터 최라 불리는 이가 올려다봐야 하는 상대는 젊고 육중했다. 몸에 딱 붙는 셔츠 아래로 푸른 힘줄이 꿈틀거렸다. 금방이라도 폭발할 듯한 강력한 근육과 고압 호스 같은 질긴 힘줄을 가진 남자였다.

30대 초반으로 보이는 젊고 큰 남자가 늙고 왜소한 남자를 내려다보며 헛웃음을 지었다. 덩치의 곁에는 평범한 얼굴에 평범한 옷차림을 한 안경을 쓴 남자가 어정쩡한 자세로 서 있었다. 왜소한 체구의 늙은 남자는 안경잡이보다 머리 하나가 더 작았다. 덩치는 안경잡이보다 머리 하나가 더 컸다.

"절뚝거리며 집에 가면 그나마 다행이야. 기어갈지도 몰라."

미스터 최가 안경을 벗었다. 그는 점퍼 안주머니에 안경을 얌전하게 찔러 넣었다. 미스터 최의 회색빛 눈동자가 반짝였다. 덩치가 살짝 웃었다. 어이없다는 웃음이었다.

미스터 최의 왼쪽 주먹이 주름진 양복바지 주머니로 슬쩍 들어갔다. 짤랑대는 동전 소리가 작게 울려 퍼졌다. 최 부장의 주먹이 주머니에서 나오는 것과 동시에 날이 선 동전 몇 개가 덩치의 면상을 향해 직선으로 날아갔다. 덩치가 거칠고 굵은 손바닥으로 얼굴을 움켜쥐며 고개를 숙였다. 눈두덩과 이마, 콧잔등에 동전을 정통으로 맞은 덩치는 찍소리도 내지 못했다. 동전 하나가 덩치의 미간에 콕 박혔다. 덩치의 얼굴에서 피가 천천히 흘러내렸다. 실 같은 붉은 피가 굵고 커다란 덩치의 손가락 사이로 조금씩 새어 나왔다. 두꺼운 양 손바닥으로 얼굴을 감싸 쥔 덩치가 고개를 숙였다. 덩치의 얼굴이 어느새 피범벅이 되었다. 강아지처럼 낑낑거리는 소리가 덩치의 입에서 새어 나왔다.

미동도 없이 서 있던 미스터 최의 작은 구둣발이 덩치의 육중한 정강이를 가볍게 걷어찼다. 미스터 최는 뾰족하고 딱딱한 구둣발이 덩치의 정강이뼈에 닿는 느낌을 만끽했다. 얼굴을 감싸 쥐고 낑낑거리던 덩치는 정강이뼈가 쩍 쪼개지는 듯한 촉감을 온몸으로 느끼며 입을 크게 벌렸다. 덩치의 무릎이 힘없이 꺾였다. 덩치를 올려다보던 미스터 최는 어느새 고개를 숙이고 덩치의 정수리를 내려다보고 있었다. 미스터 최 혹은 최 부장이라 불리는 왜소한 사내의 눈 아래로 덩치의 커다란 머리통이 오들오들 떨고 있었다.

미스터 최는 떨고 있는 머리통의 중심부를 향해 침을 찍 뱉었다. 하얗고 끈적한 침 덩어리가 반질반질한 덩치의 정수리에 쩍 붙었다. 새벽의 가로등 불빛에 비친 침 덩어리가 노랗게 보였다. 피와 섞인 침 덩어리가 덩치의 얼굴로 천천히 흘러내렸다. 버러지가 기어가는 소리가 났다.

치명적 타격을 가할 것인가 이대로 끝낼 것인가.

미스터 최는 잠시 고민했다.

'조질 때는 확실히 조져라. 조지지 않으면 네가 죽을 것이다.'

미스터 최는 자신이 신입 요원들에게 강조했던 구절을 떠올렸다.

미스터 최는 발바닥을 손등처럼 사용했던 것으로 명성이 자자했던 전직 중앙정보부 무술 교관, 최수철이었다. 미래피아 김도술 회장의 수행비서 겸 운전기사인 전설의 중정 요원 최수철.

최 부장의 구둣발이 작은 무지개 모양으로 반원을 그렸다. 반원을 그린 구두 굽 모서리가 침과 피가 엉겨 붙은 덩치의 정수리를 우아하게 찍었다. 두개골에 금이 가는 소리가 울려 퍼졌다. 덩치의 머리 꼭대기에서 붉은 핏덩어리가 스멀스멀 새어 나왔다. 무릎을 꿇고 있던 덩치의 고개가 앞으로 픽 숙여졌다. 붉은 피가 줄줄 흐르는 덩치의 얼굴이 아스팔트에 가볍게 부딪혔다. 픽 소리가 나더니 덩치의 앞 이빨과 코뼈가 깨지는 경쾌한 소리가 이어졌다. 덩치는 아스팔트 바닥에 개구리처럼 엎드려 부들부들 떨었다. 덩치의 곁에 서 있던 안경을 쓴 남자의 얼굴이 하얗게 질렸다.

치욕을 주지 않고 상대를 제압하는 싸움의 고수. 하지만 치욕을 원하는 치에겐 단 한 번도 겪어보지 못한 치욕을 안기는 고수 중의 고수. 약자에게 강하고 강자에게 약한, 건방지기 짝이 없는 놈들을 상대하는 것을 즐기는 고수. 자신이 고수인 줄 아는 착각에 빠진 하수를 제대로 혼쭐내는 고수. 급소를 피해 있는 대로 상처를 줄 수 있는 고수.

최수철은 고수 중에서도 일급의 고수였다.

인적 없는 서울 강남 골목길의 나트륨 가로등 아래에서 벌어진 일이었다. 시간은 새벽 두시를 막 넘긴 참이었다. 희미하게 빛나는 모텔의 네온 입간판 뒤에 숨어 있던 작은 체구의 남자가 최수철과 바닥에 쓰러진 덩치를 쳐다보았다. 그는 잽싸게 눈을 내리깔았다. 젊은 포주 혹은 신참 보도방 업주 같은 분위기를 풍기는 젊은 남자는 주머니에서 서둘러 무언가를 꺼냈다. 구겨진 담뱃갑이 그의 주머니에서 낑낑대며 나왔다.

"이젠 집에 갈 시간이야. 기어서는 갈 수 있겠지? 세상모르고 까불면 이렇게 되는 거야. 누가 널 보냈는지는 모르겠는데, 억울하면 가서 전해. 다른 놈으로 한 번 더 보내라고. 알았어?"

최수철이 손바닥을 탁탁 털며 말했다. 바닥에 납작 엎드린 덩치가 고개를 연신 끄덕였다. 덩치는 강아지처럼 여전히 낑낑거렸다.

최수철의 눈길은 안경을 쓴 이를 향해 있었다.

덩치의 옆에 서 있던 안경을 쓴 이는 국가정보원 비밀요원, 정확히 벤처팀장, 이기헌이었다. 그의 삶에서 이런 날은 단 한 번도 없었다. 이기헌은 굳은 얼굴로 최수철을 쳐다보았다.

"선배님. 큰 실수 하신 겁니다. 이런 방식은 이제 통하지 않아요. 지금이 어떤 세상인데 이런 사고를 치십니까? 이 친구도 우리 회사 사람이에요. 이 친구가 도대체 무엇을 실수했습니까? 혈기가 넘쳐서 그런 것이지요. 아, 진짜 미치고 환장하겠네."

이기헌이 풀이 죽은 목소리로 말했다. 하지만 그의 목소리는 여전히 자신만만했다. 태도도 태평하기 짝이 없었다. 비밀요원으로 단련된 목소리와 태도였다.

"이 친구 병원에 데려다줘. 치료비는 내 앞으로 청구하게. 자네 회사 돈으로 처리할 수 있으면 더 좋지. 그런데 오늘 일이 후배님 공적인 임무였어? 그러면 내가 정말 큰 실수를 한 것인데……, 그렇다면 미안하네, 자네에겐 말이야. 그런데 내 실수는 이 친구의 실수 때문이야. 이 친구 말이지. 오늘 실수한 게 맞아. 내가 모시는 사장님을 모욕하면 곤란하지. 나는 나대로의 임무가 있네. 자네도 자네대로의 임무가 있는 것처럼. 담배 있으면 하나 주라고."

최수철이 이기헌을 쳐다보며 말했다.

이기헌이 모텔 간판 뒤에서 웅크리고 있던 젊은 남자를 불렀다.

"이상락 씨! 그만 이쪽으로 나와요. 겁먹을 것 없다니까. 이거야 원."

모텔 입간판 뒤에 숨어 있던 남자가 조심스럽게 걸어 나왔다. 십 분 전까지 신나게 웃고 떠들며 술자리의 분위기를 띄우느라 정신이 없었던 젊은 남자는 이상락이었다. 김도술과 최수철과 안승호의 손에 의해 남중국해에 수장된 비운의 중앙정보부장 이유평. 그의 숨겨진 아들 이상락.

어둠 속에 숨어 있던 이상락이 환한 가로등 아래로 모습을 드러냈다. 진정한 음지의 세상에 숨어 살았던 이상락. 진짜배기 음지에서 태어난 이상락. 순결한 음지의 삶을 만끽하느라 정신이 없었던 이상락. 그가 환한 불빛 아래 드러나던 바로 그 순간, 바닥에 엎드려 있던 덩치가 끙 소리를 내며 몸을 일으켰다. 이기헌이 덩치를 부축하느라 애를 먹었다. 황급히 뛰어온 이상락이 덩치의 한쪽 팔을 잡았다. 손등으로 얼굴의 피를 닦던 덩치가 최수철을 잠시 노려보았다. 이상락의 가느다란 팔을 뿌리친 덩치가 캭 소리를 내며 아스팔트 바닥에 침을 뱉었다. 침 덩어리에 붉은 피와 하얀 이빨 조각이 섞여 나왔다. 덩치는 미간에 박혀 있던 500원짜리 동전을 엄지와 검지로 슬쩍 빼냈다.

최 부장은 담배에 불을 붙였다. 그는 힘겹게 몸을 일으키는 덩치를 무심한 표정으로 지켜보았다.

"준우야. 인사드려라. 이쪽은 최수철 부장님. 우리 선배님이지. 도대체 너, 내가 화장실 갔다 온 사이에 무슨 짓을 한 거냐?"

"이분이 그 최수철이에요?"

최수철이라는 이름 앞에서 덩치, 즉 이기헌의 부하이자 국가정보원 계약직 경호요원인 조준우의 표정이 환해졌다. 정수리와 코와 이빨과 정강이가 깨지고 쪼개진 것 따위는 아랑곳없다는 듯 그는 미소까지 지었다.

"선배님 존함은 익히 들어서 잘 알고 있습니다. 제가 몰라뵀습니다."

덩치가 고개를 숙이며 말했다. 정중한 몸짓에 정중한 목소리였다.

"병원으로 가보게. 목소리 들어보니 그리 많이 다치지는 않았구먼. 다행이네."

"괜찮습니다. 몰라뵈서 죄송합니다."

조준우가 커다란 머리통을 연신 조아리며 말했다. 커다란 머리통에서 흘러나온 핏덩이는 어느새 굳어 있었다. 놀라운 신체 회복력을 소유한 사내가 분명해 보였다.

양희석과 한정수가 어둠 속에서, 조용히 나타났다.

개구리처럼 나부라졌다가 겨우 일어난 덩치, 하얀 얼굴에 구닥다리 안경을 쓴 이기헌, 전설의 싸움 고수 최수철 옆을 양희석과 한정수가 유유히 스쳐 지나갔다. 한정수의 옆에는 해적 셔츠가 껌처럼 달라붙어 있었고, 양희석은 이상락이 데리고 온 여급의 어깨에 팔을 두르고 있었다. 그들은 흥미진진한 표정으로 최수철과 이기헌과 이상락을 쳐다보았다. 어둠이 짙게 깔린 강남 골목길을 비틀비틀 걸어가던 그들은 히죽거렸다. 자신들과는 아무 상관이 없다는 듯한 걸음걸이로 양희석과 한정수와 여자 둘은 최수철과 이기헌 그리고 이상락, 조준우를 스쳐 지나쳤다.

언제나 그렇듯, 순찰을 돌던 경찰관 두 명이 상황이 종료된 후에야 천천히 걸어왔다. 무슨 일인가 싶어 당황한 듯한 경찰의 면상을 향해 이기헌이 신분증을 꺼내 보였다. 졸린 표정이 가시지 않은 늙다리 경찰관이 경례를 붙였다. 젊은 경찰관은 고개를 갸웃거리며 어리둥절하다는 표정을 지었다. 늙은 경찰관이 젊은 경찰관의 옆구리를 살짝 찔렀다. 그들은 유유자적한 걸음으로 새벽 순찰길에 다시 나섰다.

우리의 자랑스러운 국가정보원 정예 요원 이기헌이 두 번째 망신을 당하던 참이었다. 국정원 계약직 경호요원인 조준우가 난생 처음 박살이 난 참이었다. 이 개망신과 개박살은 주식회사 미래피아 김도술 회장과 권준도 사장 덕분이었다.

*

국가정보원 경제단 벤처팀장 이기헌이 미래피아 김도술 회장을 직접 만난 것은 오늘이 처음이었다. 대학 선배인 권준도 사장을 통해서였다.

최고의 변태들이 우글거리던 강남 의류 매장 옥상의 레인보 파티장에 마련된 골방에서 이기헌은 김도술에게 망신을 당했다. 하지만 어쩔 도리가 없었다. 늙은 영감의 말이 전적으로 옳았기 때문이었다.

이기헌은 강남역 뒷골목의 무허가 룸살롱으로 자리를 옮겨 권준도 사장과 젊은 호색한 두 놈, 그리고 뒤늦게 합류한 안승호, 최수철과 함께 술을 마셨다. 술자리 중간에 이상락이 여급 셋을 데리고 출동했다. 경호원으로 데리고 온 조준우도 얼떨결에 술자리에 합류했다. 경호원으로서의 임무를 망각한, 허가받지 않은 술자리 합류였다. 경호원이 임무를 잊으면 박살이 나는 것은 당연한 진리였다.

왕년의 대통령 경호실장도 총을 차지 않고 술자리에 합류했다가 개죽음을 당하지 않았던가?

이기헌은 중징계를 내리고 싶은 마음이 굴뚝같았다. 하지만 계약직 경호원에게 징계 따위는 무의미했다.

술자리가 무르익었을 무렵, 이기헌을 막 대하는 권준도의 행태를 목격한 조준우가 갑자기 폭발했다. 혈기왕성에 어리석음, 거기에 명청함으로 똘똘 뭉친 조준우는 굵은 목소리로 권준도에게 경고를 보냈다.

'어이 형씨. 이분이 누구시라고 그렇게 막말을 하쇼.'

조준우의 난데없는 돌출 발언에 분위기가 싸늘해졌다. 권준도는 슬쩍 웃었다. 그러더니 더욱 심한 막말을 이기헌에게 퍼부었다. '국정원이면 국정원답게 똑바로 처신해라. 너희 같은 공무원들이 왜 회사

일에 신경을 쓰느냐? 국정원의 도움 따위는 필요 없다' 등등이 권준도의 입에서 흘러나온 막말의 내용이었다.

권준도의 막말 퍼레이드에 조준우가 벌떡 일어났다. 그는 테이블 위의 술병을 쓸어버렸다. 그러더니 테이블까지 엎었다. 권준도의 옆에 있던 최수철이 즉시 개입했다. 안승호는 실실 웃고 있었다. 하필이면, 이기헌은 반짝반짝 빛나는 좌변기에 앉아 있었다. 그가 묽은 똥을 줄줄 쌀 때 벌어진 일이었다.

술자리는 거기서 끝이 났다. 머슴과 하인 그리고 축생에게는 술을 주지 말라는 선조들의 가르침을 잠시 망각해서 벌어진 사건이었다. 이기헌이 상쾌한 걸음으로 술자리에 합류했을 때, 최수철과 조준우는 사라지고 없었다. 호색한 두 놈은 여급의 가슴을 떡 주무르듯 만지며 술을 마시느라 정신이 없었다.

그런데 그놈들, 이름이 뭐였더라?

호모 같은 표정에 학꽁치 같은 체형 그리고 주둥이로는 요설을 일삼던 껄다리 새끼. 그리고 또 한 놈. 난잡함으로 똘똘 뭉쳤고 못생기기까지 했으며, 더러운 손으로 예쁘장한 여급의 젖통을 마구 주무르던 변태. 거기에 싸가지는 다꽝인 키 작은 그 새끼.

아 맞는다. 한정수와 양희석.

어이없는 상황에서 더 어이없는 인간들과 밤을 새워 술을 마시느라 바빴던 이기헌. 전도유망한 국정원 최고 실세 요원 이기헌이 새벽의 강남 뒷골목에서 조준우의 어깨에 손을 얹었다. 그는 고개를 절레절레 흔들었다.

"이 양반 이름 들어봤지? 최수철. 프로 중의 프로. 이빨은 빠졌지만 여전하시네. 너 한 수 잘 배운 거야. 영광으로 생각해라."

최수철에게 박살이 난 조준우가 멋쩍게 웃었다. 반쯤 깨진 조준우의 앞니 뒤로 시커먼 어둠이 반짝 빛났다. 졸고 있던 쓸쓸한 표정의 가로등 불빛이 세 남자의 어깨를 비췄다. 새벽 뒷골목의 가로등보다 더 쓸쓸한 어깨를 가진 밤의 사나이들이 담배를 꺼내 물었다. 푸르스름한 담배 연기가 주황빛 가로등 불빛을 따라 조용히 퍼져나갔다.

어둠 속에서 점퍼 차림의 중년 남자가 유령처럼 모습을 드러냈다. 무기중개상 명함을 들고 한국을 찾은 김도술의 옛 부하 직원, 안승호였다.

"이야. 이 친구야. 실력 여전하구먼. 구경 잘 했네."

담배를 피워 문 안승호가 빙글거리며 말했다. 최수철은 무표정했다.

"그런데 말이지. 나도 나대로의 임무가 있네. 자네는 옛 친구지만, 이기헌 팀장과 이상락 군은 지금 친구들이네. 내 친구들을 곤란하게 하면 나도 곤란하지."

"그래서, 자네 임무는 도대체 무언가?"

"최 부장. 자네 현역 시절에 나랑 붙어본 적 있었던가? 내 기억에는 없는데?"

"없었지. 자네랑 내가 붙을 일이 뭐가 있어? 우리는 함께 싸운 동지였지. 목숨을 걸고 함께 싸운 전우이자 동지."

"동지? 전우? 기억도 가물가물하군. 나는 자네랑 지금 붙어봐야겠어. 자네 실력 보니 몸이 근질근질하네. 옛날 생각도 나고. 몸 좀 풀자고. 아니 진짜배기 회포를 풀어야지."

"지금? 자네랑 나랑 붙자고?"

"두말하면 잔소리지. 당장 붙어보자고."

안승호가 담배를 허공으로 툭 던졌다. 두꺼운 손가락에서 툭 튕겨진, 반딧불 같은 담배 불똥이 포물선을 그리며 천천히 날아갔다. 최수철이 바지 주머니에 손을 집어넣었다. 안승호의 얼굴에서 표정이 사라졌다. 바지 주머니에 쏙 들어간 최수철의 주먹이 단단해졌다.

국정원 계약직 경호요원 조준우의 눈동자에서 순진무구한 호기심이 넘쳐 흘러나왔다. 이상락은 멀어져가는 양희석과 한정수 그리고 자신의 소유인 특급 여급의 꽁무니를 흘끔거리느라 바빴다. 이기헌은 작게 한숨을 쉬었다.

'뭘 하자는 거야. 이 늙은이들. 이래서 내가 현장 요원들이랑 술을 안 마시지.'

이기헌이 한숨을 쉬며 속으로 중얼거렸다.

전설의 중앙정보부 비밀요원, 안승호와 최수철의 눈빛이 마주쳤다. 대형 유리에 쩍 금이 가는 소리가 새벽의 공기를 때리는 것 같았다.

안승호를 노려보던 최수철이 갑자기 뒤돌아섰다. 등을 보인 최수철은 골목 깊숙한 곳의 어둠을 향해 뚜벅뚜벅 걸었다. 안승호가 최수철의 왜소한 등판을 따라 소리 없이 걸었다. 잠시 망설이던 덩치가 절뚝거리며 그들의 뒤를 따랐다. 검지와 엄지를 동그랗게 말아 담배를 피우던 이상락이 다리를 달달 떨면서 이기헌의 눈치를 살폈다.

담배 연기를 내뿜던 이기헌이 고개를 쳐들었다.

그는 외롭게 빛나는 가로등을 흘깃 쳐다보았다.

가로등 위로 상쾌한 초승달이 불쑥 모습을 드러냈다. 처연한 달빛이 곤히 잠든 거리를 비추고 있었다.

매혹적인 여름밤이 저물고 있었다.

도시의 쓰레기 냄새, 살충제를 듬뿍 머금은 가로수에서 발산되는 싱그러운 생명의 향기가 뒤섞여 묘한 냄새를 풍겼다.

밤을 꼬박 새운 매미 한 마리가 느닷없이 절규에 가까운 비명을 질렀다.

서울 하고도 강남 뒷골목은 여전히 어두침침했다. 새벽이 오려면 아직 멀어 보였다. 이기헌은 씁쓸한 기분에 담배를 하나 더 꺼내 물었다. 새벽별과 새벽달을 쳐다보며 그때 그 시절을 회상했다. 정보요원으로 사회에 첫발을 내민 그 순간을.

*

전라북도 구석에 자리 잡은 별 볼 일 없는 소도시 출신의 이기헌은 뺑뺑이를 돌린 끝에 전북 최고의 명문 고등학교에 운 좋게 입학했다. 18년을 집권한 독재자의 죽음 이후 불쑥 등장한, 더욱 악독했고 더욱 호탕했던 대머리 독재자가 고교 평준화를 단칼에 도입한 덕분이었다.

고등학교를 졸업한 이기헌은 서울의 사립대에서 경영학을 공부했다. 사립대 경영학과 중에서는 나름 알아주는 명문이었다. 1984년이었다. 후에 주식회사 미래피아 사장이 된 권준도와 같은 대학, 같은 학과였다. 이기헌은 치밀한 눈치작전을 펼쳤고, 그 작전은 성공했다. 그의 성공 요인은 지원자 미달이었다.

운이 좋았던 이기헌은 국가안전기획부 공개채용 시험을 통해 정보원의 세계에 발을 디뎠다. 1년 반 동안의 방위 생활을 마친 후였다. 대학을 졸업하기 직전이었다. 그에게 안기부와 대기업은 별반 차이가 없었다. 우연히 국가안전기획부 공개채용 공고를 접했다. 안기부 시험은 대기업 면접 날짜와 겹쳤는데, 안기부 시험 장소가 집에서 더 가까웠다. 이기헌이 안기부에 들어간 결정적인 이유였다.

경상도 출신의 정치인이 국정 최고 책임자인 시절이었다. 이기헌의 나이는 스물여섯이었다.

안기부 공채 신입 요원 중 전라도 출신은 그가 유일했다. 극히 이례적인 상황이었다. 이기헌의 이력서를 살피던 간부들이 고개를 갸웃거리며 중얼거렸다.

'이놈이 무슨 백으로 안기부에 들어왔지?'

안기부 신입 요원, 나아가 간부 중 전라도 출신은 눈을 씻고 봐야 겨우 찾을 수 있었던 시절이었다.

약 1년 동안의 신입 요원 훈련을 마친 후 그는 강성 노동조합으로 유명했던 한 공영 방송사로 출근했다. 소위 말하는 '기관원'으로 사회생활을 시작한 이기헌은 방송사 사장실보다 더 넓고 호화스러운 방송국의 안기부 출장소에 죽치고 앉아 닥치는 대로 정보를 수집했다. 그리고 이를 적당히 취합해 상부에 보고했다.

이기헌은 선배 기관원으로부터 방송국의 정보원들을 인수인계받았다. 이제는 잊혀버린, 낡아빠진 고향의 소식을 전하는 장수 프로그램에 10년 넘게 고정으로 출연하는 무명 탤런트, 아침 방송의 수다 프로그램에 게스트로 얼굴을 비추는 늙은 코미디언. 될 대로 되라는 식의 저질 토크쇼에 얼굴을 간간이 비치며 생계를 유치하는 퇴물 가수. 연예·방송계의 온갖 소식을 듣고 기록하는 것을 소일거리로 삼은 치들. 정보 제공의 대가로 출연을 보장받은 퇴물 가수와 늙은 연기자와 평생 무명의 코미디언. 그들이 이기헌의 주요 정보원이었다. 이기헌은 방송계와 연예계를 떠다니는 쓰레기 같은 정보를 정성껏 포장해 안기부 정보분석실로 전송했다.

이기헌은 자신이 생산한 정보가 어떻게 사용되는지 알 수 없었다. 정보의 분석과 활용은 그의 몫이 아니었다. 갓 데뷔한 어린 여배우가 촬영 현장에서 쓰러졌는데, 알고 봤더니 임신이었다는 가십, 한참 잘 나가는 인기 최고의 10대 후반 여가수가 고약한 성병에 걸려 크게 고생했다는 헛소문, 야당의 유력한 정치인과 인연이 깊은 여성 탤런트가 다단계 사업을 통해 큰돈을 벌었다는 루머 등등. 이기헌은 방송국 구석에서 돌고 도는 정보를 깡그리 취합해 보고서를 작성했다. 보고서 작성 및 전송이 끝나면 할 일이 없었다. 매일 밤 방송국의 국장급 간부들과 술을 마셨다. 술을 마시는 것도 그의 중요한 임무 중 하나였다. 술자리에 신인 탤런트가 동석할 때도 있었다. 세상 물정에 어두우며 콤플렉스 가득한 무명 탤런트의 젖통을 주물럭거리며 술을 들이켜던 이기헌. 비록 사회 초년생이자 초보 요원에 불과했지만, 이기헌은 자신의 임무를 충실히 수행할 자신이 있었다. 그리고 맡은 바 소임을 누구보다 훌륭한 방식으로 이뤄냈다. 하지만 이기헌은 자신이 쓰레기 더미에 묻혀 있다는 현실을 잘 알고 있었다.

정보요원으로서의 삶. 그것은 이기헌의 천직이었다. 멋대로 찾아가도 환대를 하는 이들이 천지였다. 제멋대로 굴어야 대접을 받았다. 큰 소리를 뻥뻥 쳐도 무방했다. 엿보기를 좋아하고 남의 뒤를 캐기 좋아하는 천성이 그의 가슴 깊은 속에서 꿈틀거렸다.

이기헌에게는 '국가의 안위를 책임진다, 음지에서 일하며 양지를 지향한다' 따위의 사명감과 의무감이 없었다. 권력이 아닌 적당한 권한을 보장받는 공무원의 삶. 무사태평과 안일함이 습관이 되고 권태를 지겨워하지 않아도 되는 그럴듯한 정보요원으로서의 일상. 그것이 그가 추구하는 바였다. 이기헌은 문민정부 시대의 안기부 말단 요원 생활을 만끽했다. 가뜩이나 존재하지 않았던 도덕관념도 내다 버렸다. 무신경함과 부도덕함이 이기헌의 최대 자산이었다.

이기헌이 방송국 기관원 생활을 한참 만끽하던 중 강성 노동조합의 장기 파업이 터졌다. 이른바 '정치적'인 파업이었다. 노동조합은 뉴스 제작의 자율성, 방송의 민주화 등 정치적인 목소리를 높였다. '월급을 올려달라, 유급휴가를 받아먹겠다'는 등 지금까지의 파업과는 질이 다른 투쟁이었다. 샌님 같은 인상의 아나운서가 파업을 주도했다. 창백한 얼굴에 안경을 쓴 곱상한 인상의 아나운서는 결국 구속 수감되었다. 새하얀 사제 수의를 입고 법정에 나타난 그는 출소 후 출세가도를 달렸다. 그는 나중에 민영 방송국의 사장이 되었고, 50줄에 선출직 지방자치단체장에 올랐다.

파업이 한창이던 와중에 이기헌은 망신을 당했다. 노동조합 소속의 한 멍청이가 방송사 복도에 이기헌의 사진을 떡하니 붙였다. 멍청이 말단 조합원은 이기헌의 사진 옆에 붉은색 매직으로 이렇게 적어 놓았다.

'권력의 충견 노릇을 하는 안기부 기관원. 목격 즉시 노동조합으로 신고 요망.'

안기부 역사상 유례를 찾을 수 없는 사건이었다. 기관원의 얼굴과 실명이 파렴치한 범죄를 저지른 지명수배자처럼 공개되어 방송국 복도에 붙은 어이없는 사고였다. 노동조합 내부에서도 기관원에 대한 나름의 배려와 대접이 있었는데, 파업 주동자가 구속되고 사태가 최악으로 치닫던 무렵 벌어진 우발적인 사건이었다.

이기헌은 본부로 소환되었다. 간단한 조사가 진행되었다. 늙은 감찰관은 허허 웃으며 이기헌에게 미소를 보냈다. '어떻게 이런 일이 일어날 수가 있느냐? 너 뭐 하는 놈이냐?'라는 비아냥이 감찰관의 표정에서 묻어났다.

이기헌은 징계를 받지 않았다. 안기부 고위층은 이기헌을 정보분석3실의 말단 책상으로 보냈다. 방송국, 신문사, 통신사에 상주하는 기관원들이 작성한 온갖 종류의 정보를 취합하고 정리하는 일이 그의 임무였다. 일종의 직위 상승이 일어난 셈이었다.

이기헌은 방송국 파업 덕분에 마침내 쓰레기를 줍고 치우는 일에서 벗어났다. 그가 새로 맡은 일은 쓰레기를 분류하는 것이었다. 재활용 쓰레기장에서 일하는 인부처럼 이기헌은 성실히 일했다. 남산 자락에 위치한 안전기획부 건물 지하의 우중충한 사무실에서 이기헌은 삐걱대는 의자에 엉덩이를 걸치고 앉아 끝도 없이 몰려드는 활자를 쳐다보았다.

기웃거리기를 그 누구보다 좋아했던 이기헌은 이른바 '비밀요원'의 세계에 관심을 돌렸다. 비밀요원이 된 입사 동기를 통해 그들의 세계를 염탐하며 남는 시간을 때웠다. 정치계에도 눈길을 줬다. 정치 쪽에서 올라오는 정보들은 방송·연예계보다 더 쓰레기 같았다. 하지만 제일급의 정보요원을 꿈꾸던 이기헌은 정치계 정보에 눈독을 들였다. 그리고 그 정보를 갈고 닦아 그럴듯한 정보 보고서를 만들었다. 하지만 그 누구도 이기헌의 보고서를 칭찬하지 않았다. 호시탐탐 기회를 노리기만 하는 개 같은 시간이 길게 이어졌다.

쓰레기 재활용 분류 담당자로서의 생활은 한동안 계속되었다. 그는 안기부 직원들의 일상을 유심히 살폈다. 이기헌의 상상은 보란 듯이 빗나갔다. 제임스 본드를 닮은 요원은 드넓은 사무실 어디에도 없었다. 동네 아저씨, 아줌마 들이 비밀 임무를 수행하고 있었다. 평일 오후, 동네 뒷산에서 매일 만날 수 있는 러닝셔츠 차림의 아저씨들이 일급의 비밀요원이었다. 주름진 양복바지에 흰색 양말을 신은 중년의 남자들이 비밀 정보를 수집하고 분석하느라 분주했다.

슬리퍼에 발가락 양말을 신고 점심시간 후에는 꼭 입가에 치약 거품을 묻히고 나타나는 초로의 남자, 인자하지만 말이 많은 막내 이모 같은 얼굴의 중년 여자, 무료한 동사무소 만년 주임 같은 분위기의 중년 남자. 평범한 옷을 입고 평범한 일을 하고 있는 평범한 사람들. 태연하고 명랑하며 이기적이지 않은 표정을 지닌 평범한 사람들이 사무실을 지키고 있었다. 공무원과 대기업 직원 사이에 위치한 회색 얼굴의 사람들. 안기부 직원들의 대부분은 그랬다. 하지만 그들이 하는 일은 알 수 없었다. 그들의 신분도 드러나지 않았다. 복도에서 만나는 사람들은 서로에게 무관심했다.

바로 이곳이야.

이기헌은 본능적으로 알 수 있었다. 자신이 있어야 할 자리에 온 행운아. 가끔씩 반짝이는 날카로운 눈빛, 완벽하게 숨길 수 없는 희미한 열정, 하품을 할 때 입속에서 불쑥 드러나는 활기, 허름한 옷차림의 말라깽이 철학자로 위장한 살인청부업자들. 권력 유지를 위해 선발된 특급 선수들 속에 이기헌도 자연스럽게 섞여 들었다.

이기헌은 쓰레기 분류장과 같은 정보분석실에서 묵묵히 버텼다. 전라도 출신의 그에게 출세가 보장된 알짜 부서로의 발령은 절대로 내려오지 않았다. 그렇게 이기헌은 서른 살이 되었다. 자신의 본성이 무엇인지 아직은 알 수 없는 나이였다. 하지만 다른 사람의 의중은 한 눈에 알 수 있을 정도로 이기헌은 성장했다. 깝죽대는 아첨꾼, 너그럽게 웃는 겁쟁이, 음담패설을 지껄이느라 몰두하는 얼간이를 한눈에 구별할 수 있었다. 타고난 정보요원의 눈. 관상쟁이가 됐어도 성공했을 눈. 자신과 타인을 구분해 응시할 수 있는 깊고 커다란 눈을 이기헌은 키우고 있었다.

이기헌은 늙다리 요원 몇몇과도 친해졌다.

'전진할 것인가 후퇴할 것인가. 빨리빨리 결정해. 우두커니 있다간 죽도 밥도 안 되는 법이야.'

'안기부에는 병신들이 꼭 있어. 그들과 어울리면 끝이지. 나처럼.'

만년 과장으로 정년 은퇴한, 안기부에서 사상 유례를 찾아볼 수 없었던 복지부동과 줄서기의 달인이 그에게 남긴 말이었다.

그런데 그 양반 어떻게 생겼더라?

이기헌은 복지부동과 줄서기 달인의 얼굴을 기억할 수 없었다. 어디에서도 눈에 띄지 않는 평범한 표정, 허둥대는 발걸음, 정보요원으로는 치명적인 결격사유인 건망증과 말 더듬음이 이기헌이 기억하는 그의 이미지였다.

그 모든 것이 치밀하게 계획한 위장술이 아니었을까?

쓰레기 분류에 몰두하던 이기헌은 갑자기 생각했다.

선천적인 정보요원을 만년 과장으로 내버려둔 무능한 상부? 아니지. 그 양반 지금 비밀요원으로 활동하고 있을지 몰라. 어디에선가 말이지. 사람 속은 알 수 없는 법이니까.

쓰레기 재활용 분류 업무가 계속되자 이른바 '망상'이 그의 머릿속에서 무럭무럭 자랐다. 시도 때도 없이 찾아오는 망상. 망할 놈의 망상이었다. 하지만 이기헌은 굴복하지 않았다. 지하의 사무실에서 끝도 없이 쏟아지는 활자 쓰레기와 망상에 괴롭힘을 당하면서도 이기헌은 끊임없이 관찰력을 키워나갔다. 관찰과 기억은 비밀 정보요원의 필수 조건이었다. 이기헌은 출퇴근길에서 만나는 계단의 숫자를 기억하려 애썼다. 간판의 전화번호와 주소를 달달 외웠다. 퇴근 후 종종 들르던 술집의 테이블과 의자의 숫자와 디자인을 헤아렸다. 생맥주 잔을 대령하던 웨이터의 턱에 난 점과 수염 모양을 똑똑히 새기려 노력했다. 망상과 편집증. 일급의 정보요원을 꿈꾸던 이기헌에게 돋아난 일종의 직업병인 셈이었다.

이기헌은 애매한 부분을 분명하게 밝히는 것을 증오했다. 그는 애매함을 더욱 애매함 속에 놔두는 사람이었다. 애매함 속에 진실이 있다고 믿는 인간이었다. 특정 지역 출신을 끔찍하게도 싫어했으며 태조 왕건이 남긴 훈요10조의 극히 일부분을 신봉하던, 그리고 이기헌을 그토록 갈구던 악랄하고 기회주의적인 상관의 표현에 따르면, 애매함은 '전라도 북부 개새끼들'의 특징이었다. '전라도 북부 개새끼'인 이기헌은 애매모호한 태도로 일관했다. 정치적인 입장을 드러내지도 않았고, 튀는 행동도 하지 않았다. 그것은 그의 본능이자 천성이었다.

하지만 이기헌은 마음속으로 뇌까렸다.

내 언젠가는 네놈들의 머리 꼭대기에 올라가고 말겠다.

그 뇌까림은 망상과 편집증, 애매모호함 뒤에 숨겨진 그의 진심이었다. 이기헌은 묵묵히 기회를 기다리던 중이었다.

이기헌은 안기부에서 살아남은 이들을 유심히 살폈다. 그들에게는 공통점이 있었다.

다중인격과 약간의 사이코패스 기질.

권력이 바뀌어도, 직속상관의 목이 순식간에 뎅겅 잘려도, 돌이킬 수 없는 비리가 만천하에 들통나던 순간에도 그 위기를 별것 아닌 듯이 극복한 이들. 그들에게는 선천적인 다중인격과 약간의 사이코패스 기질이 있었다. 그런 놈들이 안기부에서 오래 버텼다. 인격과 기질을 바꾸려고 부단히 노력한 것은 이기헌에게 당연한 일이었다.

지루하기만 했던, 암흑과도 같았던 이기헌의 정보분석실 근무가 마침내 끝났다. 문민정부의 마지막 해였다. 이기헌은 해외 근무를 명령받았다. 새롭게 외교 관계를 맺은 동남아 국가의 영사관 파견 근무였다. 미국과의 전쟁에서 유일한 승리를 거뒀다는 자부심으로 똘똘 뭉친 나라였다. 하얀 수염이 인상적인 전설의 지도자를 거리에서, 지폐에서 볼 수 있는 나라였다. 하지만 그 누구도 가기를 꺼리는 기피 국가였다. 한직 중의 한직이었다.

하지만 이기헌은 망설임 없이 짐을 챙겼다. 영사관 직원으로 신분을 위장했다. 해외에 나갔어도 이기헌의 일상은 큰 변화가 없었다. 오히려 더 바빠졌다. 이기헌은 여전히 예의 보고서를 쓰고 또 썼다. 아무나 할 수 있는 초라한 잔심부름도 그의 몫이었다.

해외 비밀공작 요원? 지나가던 개나 주라지.

이기헌은 욕설을 내뱉으며 보고서를 작성했고 끝도 없이 밀려드는 잔심부름을 수행했다. 이를테면 해외 정보부 고위 인사 접대, 영사관을 방문한 국내 유력 인사를 안내하는 일 등등. 접대와 술자리에서 보고 들은 내용 중 일부는 보고서로 작성되었다. 정보부 본청의 문서실과 컴퓨터 하드디스크를 꾸역꾸역 채울, 도통 쓸모없으며 의무감에 작성된 초라한 정보들. 이기헌은 여전히 정보를 취합하고 배열하고 제출하는 사람이었다. 정보를 분석하는 쪽은 아니었다.

열기 가득한 동남아의 시끄러운 도시에서도 우리의 이기헌은 여전히 잡무를 수행하고 있었다. 하지만 그 시간들. 잔심부름과 예의 보고서 작성과 속절없는 접대로 점철된 보잘것없는 말단 정보요원으로서의 시간들은 이기헌에게 특별한 능력과 재능을 선사했다. 세상만사에 별 관심이 없는 듯한 하급 공무원의 표정, 유리잔에 가득 담긴 소주를 한입에 들이켜고도 끄떡없는 엄청난 주량. 무념 무실 무상의 표정과 상상 이상의 주량은 나중에 이기헌의 큰 무기가 되었다. 주위 사람을 안심시키기에 충분한 야망 없는 얼굴, 벼락출세한 자들을 위로하는 엄청난 주량 덕분에 이기헌은 잠시나마 출세가도를 향해 분수처럼 솟구쳤던 전설적인 인물이 될 수 있었다.

또 하나가 더 있었다.

어느새 이기헌은 노련한 정보원으로 성장했다. 터무니없는 정보에

도 동요하지 않는 노련한 정보원으로서 자신이 쟁취한 가치를 이기
헌 자신만 모르고 있었다.

그 어떤 상황에서도 감정과 표정을 통제하는 훈련과 습관, 그리고
반복적인 자기최면 덕분에 이기헌의 외모는 전형적인 스파이로 변했
다. 어디에서도 눈에 띄지 않으며 평범함 속에 비범함을 숨긴 노련한
일급의 스파이.

이기헌은 미래를 생각하지 않는 남자였다. 그렇다고 과거 속에 빠
져 있지 않았다. 오직 현재만을 위해 움직이고 생각하는 이기헌. 그의
표정은 신중했고 목소리는 쾌활했다. 우중충한 골방에서 쓰레기를 뒤
적거리던 이기헌의 모습은 어디론가 사라져버렸다. 눈빛은 변함이 없
고 오로지 턱짓으로 말하는 남자. 그가 바로 이기헌이었다.

*

마침내, 이기헌의 시대가 열렸다. 1997년 12월이었다.

거짓말 같은 일이 일어났다. 전라도 출신의 노회한 정치인이 대통
령에 덜컥 당선되었다. 나라가 망했기 때문에 벌어진 일이었다. 나라
경제가 순식간에 거덜 났고 장밋빛 미래를 꿈꾸던 평범한 이들이 길
거리에 나앉았다. 국가 안위 시스템, 정확히 말하면 정권 유지 시스템
이 제대로 작동되지 않았다. 덕분에 전라도 출신에 사형선고를 받고
도 살아난 늙은 정치인이 대통령에 당선되었다.

거짓말 같았던 정권 교체와 함께 이기헌은 골방에서 햇빛 찬란한
양지로 뛰어나왔다. 양지에 나온 이기헌은 순식간에 저 높은 곳으로

날아올랐다. 대륙간 탄도미사일의 속도였다.

방송국 복도에 공개수배 포스터가 붙어 망신을 당한 상식 밖의 기관원 이기헌. 쓰레기 분류 기술자를 자처하며 골방에서 보냈던 인고의 시절이 거짓말처럼 종결되었다. 후끈한 거리를 더욱 끈적하게 적시던 스콜을 맞으며 뛰어다녔던 잔심부름꾼의 시절이 끝났다. 평생을 민주화 운동에 헌신했다는 늙은 정치인이 대통령에 당선된 직후, 이기헌은 본부로부터 다급한 호출을 받았다. 이유도 설명도 없는 급박하고 즉각적인 귀국 명령이었다.

최고급 슈트를 걸친 이기헌은 보무도 당당하게 안기부 본청으로 입성했다. 그가 본부의 널따란 사무실에서 만난 이는 정보 부서 업무는커녕 공무원 경력도 없는 대통령 당선인 집사 출신의 정치인이었다. 그는 국내 정보를 담당하는 2차장으로 내정된 상태였다. 이기헌의 고등학교 직속 선배였다. 집사 출신의 2차장이 믿을 만한 인간은 고교 후배인 이기헌밖에 없었다.

'믿을 놈이 없어. 여기 놈들은 다 개새끼들이야. 자네만 믿네 나는.'

희번덕거리는 눈매가 인상적인 2차장 내정자 김만수의 일성이었다. 안기부를 접수한 2차장과 그 무리는 허둥지둥했다. 그들의 표정엔 당황함과 당혹감이 역력했다. 어디서부터 누구까지를 정리하고, 조직을 어떻게 배열해야 하는지 그들은 도무지 감을 잡지 못했다. 프로 중의 프로가 우글대는 조직에 아마추어 무리가 뛰어든 꼴이었다.

자신의 시대가 왔음을 직감한 이기헌은 2차장 김만수와 그 일당을 진심으로 그리고 성심과 열의를 다해 도왔다. 쓰레기 하치장에서 잔뼈가 굵은 기본기 튼튼한 정보원인 동시에 안기부 조직 구성의 약한 고리를 정확히 파악하고 있으며 거기에 해외 정보요원으로서의 근무 경험까지. 이기헌의 초년고생은 대격변의 시대에 든든한 자산이 되었다.

지금껏 이기헌은 뒷전에서 눈치만 살폈다. 스스로 결정과 판단을 내리고 잽싸게 실행하는 그 어떤 일도 하지 않았다. 뒷짐 진 노인네처럼, 이기헌은 남의 뒤를 졸졸 따라다녔다. 하지만 이제는 아니었다. 눈부신 처세술이 시급했다. 인생에서 가장 큰 변화가 시작되려는 찰나였다. 이기헌은 희미한 점처럼 보이는 사람들과 희뿌연 대지를 향해 몸을 던졌다.

이기헌은 완장을 찬 안기부 접수자들의 신임을 단박에 얻었다. 프로 정보요원을 난생 처음 만난 아마추어 정치인 김만수는 희색이 만면했다. 싱글벙글하며 이기헌을 침이 마르도록 칭송했다. 다행히 2차장 내정자는 용의주도했고 직관과 상식과 잔머리가 있는 위인이었다.

이기헌은 2차장 내정자와 그 일당을 도와 안기부 조직 개편 작업에 착수했다. 경상도에서 태어나 서울대를 나왔으며 서울대 혹은 육사 출신의 상관을 평생 모셨던 이들. 음지 안의 양지에서 평생을 보냈던 이들은 그 작업에서 철저히 제외되었다. 한직을 떠돌며 묵묵히 버텼던 이들. 어깨를 잔뜩 웅크려야 하는 음지 중의 음지에서 일한 전라도 출신의 요원들이 핵심 요직에 발탁되었다. 당시 안기부 직원들 중 전라도 출신인 이들은 씨가 마른 상태였는데, 조부 심지어 아내가 전라도 출신이라는 이유로 핵심 보직에 발탁된 경우도 있었다.

잔심부름과 쓰레기 보고서를 만들던 이기헌과 집사 출신이 대부분인 안기부 접수자들은 이름도 거창한 '국가안전기획부'를 역사에서 아예 없애버렸다. 정확히 말하면 명칭 변경. 이기헌과 그 일당들은 담배 연기 자욱한 회의실에서 몇 시간의 논의 끝에 안기부를 대신할 새로운 국가 정보기관의 이름을 골랐다. 그 영광의 이름은 '국가정보원'이었다.

국가정보원이 탄생하던 그 순간. 이기헌은 '국가정보원 2차장 비서실장'이라는 공식 직함을 얻었다. 나 이런 사람이오, 라고 누구에게나 말할 수 있는 새로운 종류의 정보원이 탄생하는 순간이었다.

최고 권력자가 확 바뀌었다. 안기부는 국정원이 되었다. 국가 정보기관의 최고 책임자 또한 확 바뀌었다. 한직을 떠돌던 이들이 인사와 돈을 좌지우지하는 핵심 요직에 발탁되었다. 따뜻한 햇빛을 만끽하던 음지 속의 양지 지향자들. 그들의 대부분은 대기 발령 조치를 당했고 얼마 후 아예 보따리를 쌌다. 물론, 그 일부 중 살아남은 이들도 있었다. 바퀴벌레처럼 생명력이 뛰어난 자들. 이기헌은 그들에게 매정하게 굴지 않았다. 이기헌은 알고 있었다. 결국 언젠가는 그들이 또다시 안기부 아니 국정원의 주인이 될 것이라는 사실을. 이기헌은 쓸쓸한 어깨로 국정원을 빠져나가는 그들에게 연민을 느꼈다. 정보요원에게 연민은 죄악이나 마찬가지였다.

'연민을 느끼는 그 순간이 오면 직을 던져라.'

언젠가 산전수전 공중전 출신의 베테랑 교관이 넌지시 말했었다.

연민의 순간?

이기헌은 연민의 뜻을 알고 있었다. 연민, 불쌍하고 가련히 여김.

연민? 개뿔, 개나 주라지 연민 따위는.

주인에게 버림받은 강아지를 보고 연민의 감정을 느낀 적은 있었지만, 인간에게서 연민을 느낀 적은 단 한 번도 없었다. 연민이 없는 영혼을 가진 남자. 이기헌은 그런 사람이었다. 하지만 연민을 이용할 수는 있었다. 연민을 컨트롤할 수 있는 능력. 이기헌은 그 능력까지 갖춘, 높디높은 직위로 올라간 사람이 되어 있었다. 얼떨결의 벼락출세자, 상식 밖의 졸부와는 차원이 다른 상승이었다.

국가정보원 조직 개편 작업에 참여한 이기헌은 국정원의 국내 업무를 총괄하는 2차장 김만수의 오른팔 역할을 묵묵히 수행했다. 하지만 그 시간은 길지 않았다. 정보기관의 정 자, 보 자도 모르는 일개 정치인인 2차장의 비서 역할에 이내 진력이 났다.

전혀 다른 삶을 살아보겠다.

이기헌의 판단이었다.

나라의 경제가 거덜 난 후, 즉 IMF 사태 후 정권을 잡은 이른바 '국민의 정부'는 경제 재건에 전력투구했다. 국가정보원의 역할도 경제 살리기에 초점을 맞췄다. 국정원 내에 경제단이 창설되었다. 쫄딱 망해버린 나라의 경제 재건을 지원한다는 취지였다. 이기헌은 새로 창설된 조직인 경제단에 자원했다. 안기부 입사 후 '자원'은 이번이 처음이었다. 엄두도 내지 못하던 '자원'을 통해 이기헌은 국정원 경제단 벤처팀장 직함을 얻었다. 서울 사대문 안의 오성급 호텔 스위트룸에 사무실을 차렸다.

아직 망하지 않은 대기업 총수, 갑자기 졸부 반열에 오른 잘나가는 벤처기업 대표들, 정부의 돈을 애타게 기다리는 은행장들, 경제 담당 검찰 고위 간부들, 기업인들에게 하늘과 같은 존재인 고위 공직자들을 사무실로 불렀다. 그들은 30대 중반의 이기헌 앞에서 강아지처럼 꼬리를 흔들며 아양 떨었다.

'벤처기업 육성.'

이기헌이 속한 정부가 사활을 건 정책이었다. 벤처는 말 그대로 모험이었다. 쪽박 아니면 대박. 살코기와 현찰이 우선인 카지노의 논리가 경제계에서도 통용되던 시절이었다.

그럴듯한 벤처기업을 선정해 물심양면으로 돕는 것이 국정원 경제단의 역할이었다. 정부가 전적으로 책임을 지는 '눈먼 돈'이 넘쳐나는 시대였다. 그저 꿀꺽 삼키기만 하면 되는 달콤한 눈먼 돈. 누군가는 그 돈으로 착실한 회사를 설립했다. 어떤 이는 그 돈으로 환락을 쫓았다.

정부의 눈먼 돈이 제대로 선정되고 지출되는지를 감찰하는 것도 경제단의 중요한 임무였다. 경제단 벤처팀장 이기헌은 정부가 주도하는 벤처 육성 자금 조성과 집행을 좌지우지할 수 있는 자리로 올라갔다. 무소불위의 절대적 권한이 이기헌의 앞에 놓여 있었다.

경제문제는 정보요원의 일이 아니었다. 이기헌은 자신의 앞에 놓인 새로운 세계의 한복판으로 불쑥 들어갔다. 지금까지의 습관을 모조리 내다 버려야 했다. 이기헌은 과감히 정보요원의 외투를 벗어던졌다.

이기헌은 지금까지 자신이 하는 일을 주위에 말할 수 없었다.

벼락출세의 기회?

언감생심, 지나가는 개에게나 주는 말이었다. 그런데 시대가 갑자기 달라져버렸다. 이기헌은 하는 일을 과감히 떠들어야 했다. 안기부 7급 직원에서 차관급으로의 벼락출세. 장관보다 권력과 권한이 훨씬 센 자리로 이기헌은 순간이동 했다. 총칼로 권력을 찬탈한 군인들, 헛소리로 세상을 바꿨던 천재적 예술가들, 세 치 혓바닥으로 부귀영화를 누렸던 희대의 아첨꾼이나 누릴 수 있었던 찬란한 그 순간이 이기헌의 코앞에 놓였다. 쿠데타에 목숨을 건 군인들, 천재적 예술가들, 희대의 아첨꾼들의 모든 특징이 한곳으로 집중되었다. 그곳의 정점이 바로 이기헌이었다. 그런 일은 향후 500년 이내에는 결코 일어나지 않을 터였다. 이기헌의 생각이었다.

말단 정보요원에서 천문학적인 돈줄을 쥔 고위 중의 고위 경제 관료로 순간 이동한 이기헌은 삶을 대하는 태도 자체를 바꿨다. 이기헌은 정보요원의 가슴에 사업가의 태도를 얹었다.

정확히 말하면 스파이 마인드와 비즈니스 애티튜드.

하지만 이기헌은 정보요원으로서의 본분을 절대 잊지 않았다.

이기헌에게는 원대한 꿈이 있었다. '정보요원 출신으로 가장 성공한 기업가'를 꿈꿨다. 그에게 찾아온 갑작스러운 삶의 목표였다.

이기헌은 노회한 사업가처럼 굴었다. 나랏돈으로 자기 사람을 만들고자 애썼다. 망한 기업가도 만났고, 야무진 꿈으로 가득한 청년 벤처 사업가도 만났다. 사치와 환락을 꿈꾸는 무명 예술가와도 가끔 술을 마셨다. 일확천금과 벼락출세를 꿈꾸는 정치 검사를 만나 입에 발린 소리를 늘어놓았다. 허름한 대폿집에서 울분에 찬 목소리로 나라의 안위를 걱정하다가 순식간에 차관급의 관료로 신분이 바뀐 늙은 직업 정치인들에게 아양을 떨었다. 평생을 정보요원으로 일하다 정권 교체와 함께 보따리를 싼 최정예 선배들도 가끔 챙겼다.

이기헌은 정보요원으로 갈고 닦은 기술을 총동원했다. 술을 좋아하는 놈에게는 비싼 술을 사줬고 거기에 눈이 빠질 정도로 예쁜 여자를 덤으로 얹어줬다. 여자를 좋아하는 놈에겐 최상급의 최음제를 몰래 타 먹였다. 거기에 반짝반짝 빛나는 유방과 중년 색골남의 혼을 빼놓는 섹스 기술을 가진 여자를 보태줬다. 돈을 좋아하는 놈에겐 장밋빛 미래를 살짝 보여줬다. 독약 같은 돈이 철철 넘치는 썩어빠진 장밋빛 미래.

이기헌은 술과 여자 그리고 독약 같은 현찰로 각계각층의 얼간이들을 꾀었다. 이기헌은 그들에게 침을 뱉고 싶었다. 하지만 그 앞에서는 찬사를 늘어놓았다. 본능적이며 저급하기 짝이 없는 오입질을 사랑의 원천이라 우기는 중늙은이 검찰 간부에게 최상급의 매춘부를 붙여주느라 혼이 났다. 그런 일들의 연속이었다. 뚜쟁이, 채홍사, 아첨꾼, 사기꾼, 천부적인 거짓말쟁이, 위악적인 예술평론가, 자존심이 망가진 매춘부 등등의 역할을 이기헌은 묵묵히 수행했다. 100명 중에 아흔다섯은 넘어갔다. 하지만 굴하지 않는 놈들도 분명히 있었다.

골치 아픈 교조주의자 새끼들.

그들에게는 자기 과신, 자기 망상을 이용했다. 천박하기 그지없는 진리를 우아하게 포장했다. 이기헌의 특별한 능력이었다.

이기헌은 이렇게 경제계와 정치계에 자기 사람들을 만들어나갔다. 이기헌의 사람들은 기하급수적으로 증가했다. 기업가를 꿈꾸는 정보요원 이기헌은 뿌듯하고 또 뿌듯했다. 조직을 장악하지 못한 얼치기 상관들은 이기헌을 신임하고 또 신임했다.

이기헌은 원대한 삶의 목표를 위해 가정도 버렸다. 아이를 둘이나 낳은 아내와 과감히 이혼했다. 이혼의 이유는 단순했다. 가끔 잠을 같이 자는 여자에게 끊임없이 거짓말을 하는 것이 힘들었다.

그래, 난 천부적인 정보요원이야. 정상적인 가정을 꾸릴 수는 없지. 이혼이 마땅해.

이기헌은 그렇게 스스로를 위안했다. 그의 상사들은 이기헌을 위로했다. 하지만 한편에서는 무서운 개새끼라 손가락질했다.

*

이기헌은 현역 비밀요원이자 경제 관료를 부리는 이상야릇한 공무원에게 어울리는 애인도 만들었다.

남들의 눈에 띄지 않는 비밀요원의 평범한 외모와 옷차림을 캄프라치 할 수 있는 대단한 패셔니스트. 남자들, 특히 돈 많은 늙은이들이 환장할 만한 외모와 심성의 소유자. 거기에 일급 정보원으로서의 가치도 충분한 여자. 한 가지를 덧붙이자면, 뭇 남자들을 녹여버리는 필살기를 지닌 여자. 이정아의 필살기는 남자의 물건을 녹일 듯한 펠라티오였는데, 그 가공할 위력의 펠라티오는 나중에 이정아를 나락으로 떨어지게 만드는 원인이 되었다.

이기헌은 자신의 권한을 이용해 그 여자를 애인으로 삼았다. 그의 애인은 젊디젊었고 탱탱했다. 지나가는 모든 남자들이 그녀를 보면 휘파람을 불 정도였다. 휘파람은 불지만 차마 말은 걸 엄두를 낼 수 없는 당당함도 갖추고 있었다.

그녀를 처음 만난 것은 국정원 교육장에서였다. 사업차 혹은 각종 학문 연구 교류차 북한을 방문하는 이들을 대상으로 한 교육장이었다. 이기헌은 다른 일로 교육장에 들렀는데, 경상도 출신이라는 이유로 땡보직에서 한직으로 발령받은 국정원 동기로부터 그녀를 소개받았다.

그녀는 이기헌을 보고 웃었다. 그 미소는 주위를 환하게 만들었다. 이기헌은 그렇게 생각했다. 이기헌의 입장에서, 그 생각은 사랑이라면 사랑이었다. 북한의 심장부인 평양에 란제리 공장을 세우겠다는 야심만만한 여성 사업가 이정아. 바로 그녀가 이기헌의 애인이 된 여자였다. .

이정아의 목은 가늘고 짧았으며 몸매는 사내아이 같았다. 거기에 키는 작았다. 실제 그녀의 키를 알고 나면, 백이면 백 이렇게 말했다.

생각보다 큰데?

가슴도 매우 작아 보이는 것은 말할 가치도 없었다. 하지만 이정아는 자신의 가슴에 자부심을 갖고 있었다.

사이즈 75B.

란제리 업체 경영자인 동시에 프리랜서 큐레이터였던 이정아는 자신이 상위 10퍼센트에 속하는 우월한 여자임을 강조했다. 몸을 섞던 첫날 밤이었다. 이기헌은 상위 10퍼센트의 가슴을 정성껏 빨았다. 상위 10퍼센트의 우월한 가슴은 한입에 쏙 들어왔다. 예상 밖의 한입거리. 후다닥 사정한 이기헌은 이정아의 주장에 코웃음을 쳤다. 하지만 그 코웃음은 가슴 깊은 곳에서만 울렸다. 왜냐하면, 그녀에게는 이기헌이 가지지 못한 권력이 있었기 때문이었다. 이기헌은 그녀의 권력을 사랑했다.

이기헌의 애인, 이정아에게 월급을 받는 이는 100명이 넘었다. 미국 경영학 석사, 이탈리아에서 디자인을 공부한 부잣집 막내딸, 서울대 박사 출신의 얼뜨기 회계 전문가 등등이 매달 20일 이정아에게 손을 벌렸다.

그녀는 100명 중에 얼뜨기가 98명이며 나머지 두 명도 얼간이와 멍청이 근처에 속한다고 주장했다. 이기헌도 그녀의 주장에 맞장구를 쳤다.

얼간이와 얼뜨기, 멍청이 외에 누가 남에게 월급을 받으며 일을 한단 말인가. 얼간이와 멍청이와 얼뜨기가 아닌 인간은 애당초 월급을 받지 않는다. 월급을 주거나 돈 따위는 스스로 찍는 것이다.

이정아는 만고불변의 진리를 애저녁에 깨달은 여자였다. 불행히도, 이기헌은 그 진리를 최근에서야 깨달았다.

이정아는 말 많은 여자들을 혐오했다. 자신도 여자이지만 그녀는 익히 알고 있었다. 남자들, 심지어 여자들도 말을 하는 여자보다는 말을 들어주는 여자를 좋아하기 마련이라는 것을.

이정아는 남자를 이용할 줄 아는 똑똑한 여자였다. 이기헌은 이정아를 이용한다고 생각했다. 이정아는 비밀요원 이기헌을 마음껏 이용했다. 이기헌은 그것을 사랑이라고 생각했는데, 그 생각은 머지않아 산산이 부서지고 말았다.

이정아는 사실 남자들을 혐오했다. 그녀가 만난 대부분의 남자들은 이러했다.

부자이지만 열등감 덩어리, 똑똑한 것 같지만 잔머리에 사기꾼, 달콤한 말을 쉴 새 없이 늘어놓는 거짓말쟁이, 피스톤 운동의 일인자임을 자부하지만 정작 만족을 주지는 못하는 일차원 섹스 머신, 섬세하고 자상하며 다정하지만 결국은 의처증 환자, 학벌이 좋다는 과거를 가슴에 품고 사는 완벽한 멍청이,

정직하고 쓸모도 있지만 자기 여자한테는 쓸모없는 얼간이 중의 얼간이, 조용하고 성실하며 근면하지만 가끔 자신의 감정을 폭발시켜 주위를 매우 곤란하게 만드는 얌전한 또라이 등등.

사업 확장을 위해 전력투구 중이었던 이정아는 병신에 얼간이에 얼뜨기에 멍청이인 흔해빠진 남자들에게 진력이 난 상태였다.

평양에 란제리 공장을 세우겠다는 동시에 북한의 미술품을 남쪽으로 옮겨 전시회를 열겠다는 다소 황당한 계획을 세운 이정아는 때맞춰 시작된 대북한 경제협력 사업에 몸을 실을 수 있었다. 북한 사업은 인맥이 가장 중요했다. 하지만 든든한 백그라운드가 없었던 이정아는 난관에 부딪혔다. 바로 그때 이기헌이 짠 하고 나타났다. 그렇게 이기헌과 이정아는 애인이 되었다.

벼락출세의 부작용. 그것은 외로움과 공허함이었다. 38년산 위스키로 폭탄주를 만들고 현역 탤런트인 고급 창녀들과 섹스도 했지만 이기헌은 그 망할 놈의 공허함을 견딜 수 없었다. 바로 그때, 이정아가 짠 하고 등장했다. 이기헌은 그녀를 즉시 애인으로 삼았다.

이기헌은 그녀에게 최대한의 지원을 퍼부어줬다. 이정아는 국정원 실세 이기헌의 도움으로 평양 란제리 공장 설립을 추진했다. 미술품 교류 사업도 착수했다. 그녀는 평양을 뻔질나게 드나들었다. 북한과의 경제협력이 막 시작된 무렵이었다. 북한 시장 개척자이자 대북 경제, 문화 교류의 척후병이 된 이정아는 북한 고위직 관료들을 만나 어울렸다. 이기헌은 이정아를 최상급의 정보원으로 활용했다. 똑똑한 정보요원 하나를 이정아의 직원으로 위장해 붙여줬다. 그녀가 보고 듣고 기록한 모든 정보는 이기헌에게 집중되었다. 이기헌은 그녀의 정보를 보고서로 만들어 북한 담당 총책임자인 1차장에게 직보했다. 1차장은 권력이 바뀌는 격변기에도 살아남은 줄대기의 명수였다. 2차장 김만수와 1차장 정승훈의 전폭적인 신임 덕분에 국정원에서의 이기헌의 위치는 더욱 공고해졌다.

이기헌은 이정아의 반들반들한 육체를 진심으로 사랑했다. 비밀요원에게 어울리는 여자를 만나기란 쉽지 않은 일이었다. 이기헌은 자신에게 대운이 찾아왔다고 결론지었다. 물론, 그 결론은 착각에 불과했지만.

*

벼락출세와 끝이 보이지 않는 권한, 상식 밖의 무책임, 호텔 스위트룸에서의 업무 그리고 아름답고 사랑스러운 여자.

이기헌은 찬란한 봄날을 만끽했다. 하지만 느닷없이 만개한 수천수만의 사쿠라 같았던 이기헌의 찬란한 봄날은 오래가지 못했다. 반짝이는 공기 중을 떠다니던 꿈결 같았던 무한의 사쿠라는 속절없이 추락할 운명이었다.

이기헌의 추락은 미래피아 김도술 회장과의 만남을 통해 시작되었다.

김도술 회장과 이기헌 사이에 이유평의 아들 이상락이 서 있었다. 이상락을 연결해준 이는 중정 넘버 스리 김도술의 옛 부하이자 비밀요원 출신인 안승호였다. 1980년, 독재자가 죽은 후 중정을 그만두고 미국으로 건너간 안승호는 미국에서 유학 중인 대통령 막내아들의 후원자를 자처하며 펑 하며 나타났다.

미국에서 무기 브로커 일을 하고 있다는 안승호가 이유평의 존재를 이기헌에게 슬쩍 흘렸던 것은 바로 며칠 전이었다. 덕수궁이 내려다보이는 특급 호텔 스위트룸에 마련된 국정원 경제단 벤처팀 사무실에서였다.

기회일까 쥐약일까.

이기헌은 고개를 갸웃거렸다. 금테 안경을 쓴 전설의 비밀요원 안승호가 씩 웃고 있었다. 중정 역사상 가장 더러운 암살 작전 양. 계. 장. 을 안승호는 아무렇지도 않게 술술 불었다. 한국 최초의 나스닥 상장 기업 주식회사 미래피아 회장 김도술. 반역자로 낙인 찍혀 소리도 없이 사라진 전직 중앙정보부장 이유평. 그리고 그의 아들 이상락이 안승호의 입에서 쏟아져 나왔다.

이것 봐라.

이기헌은 가죽 의자에 등을 잔뜩 기댔다. 깍지를 낀 손바닥을 뒤통수에 갖다 댔다. 의자에 앉은 이기헌이 고개를 들어 안승호를 쳐다보았다. 안승호의 두툼한 손가락 사이에서 누렇게 변색된 종이 몇 장이 펄럭거렸다.

"얼마 전 잘린 중정 아니 이제는 국정원이죠? 모가지가 달아난 국정원 정보실 직원이 내게 건넨 물건입니다 이게. 물건이 될지 보물이 될지 아직은 모르겠네."

"여기에 내 이름도 있고, 김도술 회장님 존함도 있지요. 아⋯⋯, 내 오랜 친구, 최수철이도 여기에 들어 있어요. 이게 우리의 자산이 될 수도 있습니다. 밑져야 본전, 아니 밑져야 이익이니, 우리 한번 같이해봅시다. 지금 아니면 이거 못 해요."

"미래피아 계열사들 주식 말이에요. 잘 아시겠지만, 그거 황금입니다 황금. 이번 기회 아니면 힘들어요. 우리 후배님, 아니 팀장님이 말한마디만 슬쩍 해주면 됩니다. 간단해요. 가봅시다 우리."

"아…… 브이아이피 막내아드님 잘 아시죠? 저랑 같이 들어왔습니다. 김도술 회장님도 아드님 한번 보기로 했어요. 공부만 한 젊은 친구가 명민하고 셈에 밝아요. 다음에 술이나 한잔 같이하시죠."

이 늙다리 새끼 봐라.

이기헌은 담배를 꺼내 물고 안승호를 다시 한 번 쳐다보았다. 안승호가 주머니에서 라이터를 꺼냈다. 반짝반짝 빛나는 다이아몬드가 박힌 황금빛 라이터에서 눈이 부시게 푸른 불꽃이 부드럽게 튀어나왔다. 황금 덩어리에서 튀어나온 에메랄드를 닮은 불빛을 이기헌은 외면했다. 그는 주머니에서 일회용 라이터를 꺼내 불을 붙였다. 안승호가 씩 웃으며 작은 황금 덩어리 같은 티파니 라이터를 이기헌의 책상위에 올려놓았다. 푸르스름한 담배 연기가 이기헌의 머리 위로 스멀스멀 피어올랐다. 이기헌은 낡은 슬리퍼를 걸친 두 발을 책상 위에 턱하니 올려놓았다. 안승호의 웃는 얼굴이 푸르스름한 연기 사이로 어른거렸다.

"하나 더 있습니다. 이놈이 핵심이지요. 이유평 부장의 아들 이상락. 브이아이피의 막내아들과 반역자의 아들놈이 우리의 자산이 될 겁니다."

안승호의 두툼한 손가락 사이에서 누런 종이가 펄럭거렸다. 그는 무표정했다. 전형적인 비밀요원의 얼굴이었다. 보험 판매원, 정수기

외판원의 달관한 듯한 표정을 가진 사나이. 이기헌은 안승호를 조용히 쳐다보았다.

이유평? 양계장 모이로 분쇄되었다는 그 뚱뚱이? 이상락은 또 누구야? 이유평의 아들 이상락이 살아 있다고? 이거 환장하겠군. 그게 나랑 김도술이랑 무슨 관계야?

안승호의 은밀한 제안. 그 제안을 이기헌은 받아들였다. 그 결과로 김도술과 권준도 그리고 호모 같은 인상의 얼치기 양아치들을 만났다. 강남의 새벽 거리에서 개망신을 당했다. 하지만 상관없었다. 밑져봤자 본전, 아니 밑져봤자 이익이었다.

1999년, 따분하기 짝이 없던 어느 초여름의 오후였다.

5

"권준도 사장은 어디로 가셨나? 화장실 다녀왔더니 사라지셨네?"

점퍼를 벗은 안승호가 물었다. 그는 등받이도 없는 싸구려 플라스틱 의자에 앉은 채였다.

"권 사장 댁이 여기서 가깝네. 머리통 박살 난 저 친구가 꼴값을 떨길래 내가 보내드렸지. 아마 집에 가셨을 거야."

점퍼를 여전히 걸치고 있던 최수철이 안승호를 쳐다보며 답했다. 그는 팔짱을 끼고 있었다. 안승호와 최수철 사이에는 푸른색 플라스틱 테이블이 놓여 있었다. 카바이드 불빛이 어울리는 그 옛날의 포장마차에 어울릴 법한 테이블이었다.

"같이 있던 젊은 친구 둘은 어디로 갔어?"

"……."

최수철은 침묵을 지켰다. 그는 어느새 테이블 위에 팔꿈치를 얹고 있었다. 손가락은 깍지를 꼈다.

"아까 보니까 여자애들 끼고 어디론가 가던데요? 지금쯤 계집들 품속에 들어가 있겠지요. 아휴, 이 망할 호색한 놈들."

피곤한 기색이 역력한 이기헌이 스테인리스 물컵에 담긴 물을 쭉 들이켠 후 말했다.

물컵은 차가웠다. 물은 미지근했다. 이기헌은 안승호의 옆에 축 늘어진 자세로 앉아 있었다. 플라스틱 의자에서 금방이라도 떨어질 것처럼 보였다. 노련한 정보요원의 모습은 어디서도 찾을 수 없었다. 복지부동으로 일관하는, 전형적인 중년 공무원의 모습이었다.

"계집들의 품이라. 허허. 젊음이 좋긴 좋네. 나는 부럽구먼. 그런데 아까 계집아이들 말이야. 저기 저 친구가 데려온 여급들 아닌가?"

담배를 꺼내 문 최수철이 구석 쪽의 테이블에 조용히 앉아 있던 이상락을 흘깃 쳐다보며 말했다. 이상락은 고개를 푹 숙이고 만화책과 휴대전화를 번갈아 들여다보느라 바빴다. 이상락의 앞에는 머리통이 깨진 조준우가 앉아 있었는데, 그는 허겁지겁 라면을 먹고 있었다.

"저 친구, 직업이 보도방 업자예요? 전직 중정 부장 아들이 보도방이라. 세상이 진짜 바뀌긴 바뀌었나 보네."

"그런데 말이야. 보도방 보도방 하던데 그거 뜻이 뭐야?"

"보지 도매. 줄여서 보도방."

"허허, 그것 참."

최수철이 궁금한 표정으로 물었고 이기헌이 심드렁하게 답했다.

"두 분 붙으신다면서요? 여기서 붙을 작정입니까? 짭새라도 출동하면 골치 아파요. 나가서 붙으세요, 제가 심판이라도 볼까요?"

이기헌이 늘어지게 기지개를 켜며 안승호와 최수철에게 물었다. 그의 겨드랑이는 축축이 젖어 있었다. 게으른 중년 여자의 팬티 같은, 이기헌의 겨드랑이에서 칙칙한 암내가 풍겼다.

"링이나 운동장에서 붙으라고? 그게 붙는 거야? 진짜배기 실력은 이런 비좁은 공간에서 나오는 법이야. 버스 안 혹은 승용차 좌석 아니면 여기처럼 비좁은 술집도 좋지. 퇴로 없는 싸구려 호텔방도 딱이야. 그런 곳에서 잘 싸우는 놈이 진짜 실력자라고. 우리 이 팀장님, 국정원 특수 훈련 다 까먹었소?"

안승호가 무표정하게 말했다.

"아……, 그런 거예요? 제가 무슨 특수요원입니까? 저는 펜대 출신입니다. 그걸 아셔야지."

이기헌이 피식 웃더니 주머니에서 라이터를 꺼냈다. 그는 최수철의 담배에 불을 붙여줬다. 황금 덩어리 같은 티파니 라이터가 플라스틱 테이블 위에 얌전히 놓였다. 푸른 플라스틱 테이블과 앙증맞은 황금빛 라이터는 예상보다 잘 어울렸다.

"자, 이제 진짜 붙어봐야지. 이 친구야."

안승호가 활짝 웃었다. 그는 양팔을 브이 자로 벌렸다. 금방이라도 최수철을 안을 기세였다.

"이 친구 보게나. 암, 그래야지. 이게 도대체 얼마 만인가?"

최수철이 환하게 웃으며 말했다. 그가 내뿜은 하얀 담배 연기가 술집의 좁은 공간에 가득 퍼졌다.

강남 뒷골목의 실내 포장마차였다. 테이블 네 개짜리 심야 영업 술집이었다. 전직 정보요원 둘, 현직 정보기관의 실세, 반역자로 처단된 중정 부장의 아들, 건달 출신 경호요원 외에 다른 손님은 아무도 없었다.

안승호와 최수철이 드디어 붙었다.

전설의 요원 둘이 진짜 붙었다.

그들은 술로 붙었다.

안승호가 졸고 있던 술집 여사장을 불렀다. 그는 '대크라스'로 불리는 맥주잔을 가져오라 말했다. 대크라스 두 개, 25도짜리 소주와 커다란 맥주병이 테이블 위에 쌓였다. 최수철이 대크라스에 소주와 맥주를 일대일 비율로 들이부었다. 안승호가 한숨에 대크라스를 들이켰다. 입가를 싹 닦은 안승호가 비율 일대일의 소맥을 다시 제조했다. 최수철도 단숨에 대크라스를 들이켰다. 그렇게 그들은 몇 순배를 주고받았다. 이기헌은 평범한 유리 소주잔에 소주를 직접 따랐다. 홀짝홀짝, 참새가 물을 마시듯 이기헌은 술을 마셨다. 안주는 멍게 한 접시와 서비스로 나온 말라붙은 개불 몇 조각이 다였다.

"이제 진짜 붙어봐야지. 자네 기억하나? 그 옛날 우리 스승 뻘인 선배 요원이 개발한 술 말이야. 포클레인주와 개다리주."

"당연히 기억하지. 비밀요원이라면 모두 그걸 통과해야 했지. 포클레인과 개다리. 그 자세 통과 못 하면 요원 취급 받지 못했지? 정말 정겨운 기억이구먼. 자네 머리 아직 쓸 만한데? 그걸 다 기억하고 말이야."

최수철이 껄껄 웃었다. 안승호도 껄껄 웃었다.

"이 팀장님은 모르시나? 포클레인주와 개다리주. 안기부, 아니 이제는 국정원이라지. 국정원에서 이 술 취급하지 않아요?"

"그게 폭탄주 이름이에요? 처음 들어보는데요."

"저 친구 불러봐요. 대갈통 깨진 우리 후배님. 한번 물어나 보자고. 전설의 중정 폭탄 명맥이 끊기다니. 이거야 원."

"저 친구 우리 회사 들어온 지 얼마 안 됐어요. 그리고 공채 직원도 아니에요. 집사 출신 차장 백으로 온, 건달 출신의 경호요원이랍니다.

말이 좋아 경호요원이지, 뭐 그냥 차장 개인 부하라고 보면 됩니다. 가끔 제 부하 노릇도 하고요."

안승호와 최수철과 이기헌이 술잔을 쨍 하고 부딪치며 말을 섞고, 술을 섞었다.

"세상 말세로군. 국가 정보기관에 개인 부하가 활개를 치다니. 우리 때는 상상도 못 했던 일인데 말이야. 안 그런가? 이게 다 민주화 때문인 거야. 그 망할 놈의 민주화. 유신 시절이 가끔 그리울 때도 있네. 이런 말 하면 이 팀장 이 친구가 잡아갈지도 몰라. 그렇지 않나?"

"나야 모르겠네. 그 회사 언제 나왔는지 기억도 안 나. 회사에서 무슨 짓을 했는지도 깡그리 잊었어. 운전기사 주제에 뭘 알겠나?"

최수철이 대크라스에 소주와 맥주를 절반씩 섞으며 안승호의 물음에 답했다.

"아무튼 말이지. 이 팀장님? 저 친구 잠깐 불러봅시다. 옛날 중정 폭탄 계승해야지."

"조준우! 이쪽으로 와봐. 우리 선배님께서 한 수 지도하신다네."

이기헌이 조준우를 쳐다보며 작게 외쳤다. 라면을 먹던 조준우가 벌떡 일어나더니 헐레벌떡 달려왔다. 조준우는 실내 포장마차 간이 화장실에서 세수를 한 모양이었다. 그의 얼굴은 의외로 깨끗했다. 전설의 중정 요원 둘과 국정원 최고 실세가 모여 있는 허름한 술집의 한가운데, 조준우가 열중쉬어 자세로 똑바로 섰다.

"편히 쉬게. 여기 앉으라고. 뭘 그리 서 있나?"

안승호의 손짓에 조준우가 이기헌의 눈치를 살폈다. 이기헌이 조준우를 향해 고개를 끄덕였다. 조준우가 이기헌 옆에 등판을 꼿꼿하게 펴고 자리를 잡았다.

"자……, 시작하지. 중정 폭탄 투하해볼까?"

*

전설의 중정 폭탄, 포클레인주 등장. 도전자는 안승호.

소주와 맥주가 일대일 비율로 섞인 대크라스가 플라스틱 테이블 위에 놓였다. 안승호가 대크라스를 경건한 눈빛으로 쳐다보았다. 대크라스 표면에는 물방울이 송골송골 맺혀 있었다. 그러기를 한참. 안승호가 벌떡 일어났다. 열중쉬어 자세를 한 안승호가 허리를 90도로 숙였다. 그가 가차 없이 대크라스를 꽉 물었다. 아래, 위 이빨로 대크라스를 씹듯이 물었다. 유리잔을 씹어 먹을 듯한 기세였다.

대크라스를 입에 문 안승호가 허리를 꼿꼿하게 폈다. 그의 표정에서 결연한 의지가 엿보였다. 안승호는 여전히 뒷짐을 지고 있었다. 심호흡을 한 안승호가 고개를 뒤로 천천히 젖혔다. 안승호는 대크라스를 꽉 물고 있었다. 갈색의 액체가 안승호의 입술을 거쳐 목구멍 속으로 들어가기 시작했다. 꿀꺽꿀꺽 소리가 퍼졌다. 잔에 담긴 소주와 맥주가 천천히 안승호의 위장 속으로 들어갔다. 안승호의 얼굴이 벌겋게 변했다. 갑자기 안승호가 캑캑거렸다. 완강했던 안승호의 앞니 사이에 틈이 생겼다. 대크라스가 바닥으로 뚝 떨어졌다. 유리 파편이 튀었다. 갈색의 액체가 사방에 흩뿌려졌다. 안승호가 한숨을 쉬며 고개를 푹 숙였다.

"실패."

최수철이 고개를 끄덕이며 말했다. 그의 목소리에서 다정함이 묻어났다.

"어처구니가 없군. 이제 나도 다 됐나 보네."

안승호가 고개를 절레절레 흔들었다. 그는 웃고 있었다.

두 번째 중정 폭탄, 개다리주 등장. 도전자는 최수철.

테이블 위에 소주와 맥주가 담긴 대크라스가 준비되었다. 최수철이 차려 자세로 섰다. 그는 닳아빠진 와이셔츠 소매를 팔꿈치까지 걷어붙였다. 최수철이 닭싸움 자세를 취했다. 그의 왼 손가락은 오른 구둣발을 꼭 잡고 있었다. 조금 전, 조준우의 머리통을 우아하게 쪼개버린 구둣발이었다.

왼쪽 다리 하나로 똑바로 선 최수철. 대크라스를 꽉 움켜쥔 최수철의 오른 주먹이 허벅지와 종아리 사이로 튀어나왔다. 고개를 숙인 최수철의 입술이 대크라스에 겨우 닿았다. 최수철의 목과 허리가 아래 방향으로 스프링처럼 구부러졌다. 그의 상체가 뒤쪽으로 활처럼 휘어졌다. 다리 하나로 중심을 잡고, 목과 허리와 손과 입술이 완벽한 하나가 되어야 완성될 수 있는 일명 개다리주가 천천히 모습을 드러내고 있었다. 유연함과 탄력, 거기에 척추의 탄탄한 힘이 있어야 가능한 서커스 묘기 같은 자세였다.

최수철의 흰자위에 붉은 핏줄이 꿈틀거렸다. 그의 목울대가 팽팽해졌다. 상체가 거의 뒤로 넘어간 최수철이 힘겹게, 힘겹게 잔 속의 액체를 목구멍 속으로 밀어 넣었다. 꿀꺽꿀꺽하는 소리가 간헐적으로 나왔다. 잔이 절반쯤 비워졌을 무렵, 최수철이 뒤로 벌러덩 자빠졌다.

최수철의 뒤통수가 시멘트 바닥에 닿기 직전, 그가 허공에서 가볍게 몸을 틀었다. 최수철이 팔꿈치와 손바닥을 이용해 정확하게 착지했다. 대크라스가 바닥에 떨어져 산산조각 나는 순간, 그의 눈동자는 유리 파편의 궤적을 정확히 좇고 있었다.

"역시 실패."

최수철의 개다리주 도전을 지켜보던 안승호가 우스워 죽겠다는 듯 박장대소했다. 최수철이 멋쩍다는 듯 뒤통수를 손바닥으로 긁었다.

술집 바닥에 유리 파편이 가득했다. 소주와 맥주가 섞인 폭탄액이 흥건했다.

카운터에 앉아 하품을 하던 술집 여사장이 한심하다는 듯 최수철과 안승호를 쳐다보았다. 그녀는 혀를 끌끌 찼다. 구석 자리에 앉아 있던 이상락은 여전히 만화 읽기에 집중하고 있었다. 개다리주, 포클레인주 따위는 이상락의 안중에 없어 보였다. 열중쉬어 자세로 전설의 중정 요원의 폭탄 시범을 감상하던 조준우가 갑자기 쪼그려 앉았다. 그는 바닥에 나뒹구는 유리 파편을 맨손으로 서둘러 치우기 시작했다. 조준우는 아무렇지도 않다는 듯, 날카로운 유리 파편을 손바닥으로 움켜쥐었다. 조준우의 손바닥에서 가느다란 핏줄기가 슬며시 흘러나왔다. 조준우는 빙글빙글 웃으며 술집 바닥을 깨끗하게 정리했다. 순식간이었다.

이기헌은 여전히 느긋했다. 그는 아무 말도 하지 않았다. 이기헌은 딴생각을 하고 있었다. 그의 머릿속에는 최고 권력자의 막내아들과 실세 정치인들이 다수 참여한 일명 벤처 사모펀드와 김도술 회장의 계열사 주식 매입 작전이 가득 들어 있었다. 오늘 새벽이 다 가기 전,

안승호와 최수철을 통해 그 문제를 마무리 지어야만 했다. 권준도 사장과는 이미 이야기가 다 끝난 상태였다. 계약서에 도장을 쾅 찍을 일만 남아 있었다.

"우리도 이제 다 죽었군. 술도 제대로 마시지를 못하네. 안 그런가?"

"그러게 말이야. 우리 나중에 다시 만날 때는 꼭 성공했으면 좋겠네. 우리 둘 다."

"성공이라. 성공의 날이 올까? 성공의 날에 다시 만날 수 있을까?"

"내가 볼 때, 자네 이미 성공했어. 나도 성공했지. 오늘이 바로 성공의 날 아니겠나? 자네는 어엿한 사업가가 되어 내 앞에 나타났네. 그것도 높으신 우리 후배님과 함께. 나는 지금 운전기사 일을 하지만, 여전히 회장님을 모시고 있어 영광이라 생각하네. 한번 모신 상관을 지금까지 모실 수 있어서 행복하다네."

"그런가? 갑자기 우리 마지막 작전이 생각나네. 1979년 10월. 자네 기억나나?"

"그날을 어떻게 잊겠는가? 자네와 나와 김 회장님이 함께였지. 헌병 놈들에게 끌려가던 부장의 마지막 얼굴이 요즘도 꿈에 나온다네."

"그래? 나는 기억이 없네. 자네와 과장님, 아니 회장님이지. 자네와 회장님 얼굴만 기억하네. 나쁜 기억은 깡그리 잊으려 애를 썼어. 그렇게 헤어지고 오늘이 처음이지 아마?"

"그런가 보네. 이 무심한 친구야. 미국으로 가면서 어떻게 연락도 없이 갔는가?"

"이렇게 왔지 않나? 너무 서운해하지 말게."

"그런데 한국에는 어떤 일로 왔나? 아까 술자리에서는 자네 사업이야기 물어보지도 못했네. 언제까지 있을 계획인가?"

"내가 자네하고 할 일이 있네. 자네하고 나하고 이기헌 팀장하고 또 저기 이상락 군하고 말이야. 자네 도움이 꼭 필요하네. 우리의 노후를 위한 일이라네. 우리도 이제 사람답게 살아봐야지 않겠나. 언제까지 윗사람 뒤치다꺼리만 할 셈인가?"

"뒤치다꺼리? 허허, 그게 내 인생이네. 나는 뒤치다꺼리 체질이야. 우리가 젊었을 때 한 일도 사실 뒤치다꺼리였지. 남이 싸놓은 오물 치우는 게 우리 일 아니었나. 똥통과 오물 구덩이 속에서 죽치고 있었지. 우리 둘 다. 자네 노후 준비나 잘 하게. 나 신경 쓰지 말고."

"……."

전설의 중정 폭탄 투하에 실패한 최수철과 안승호가 타임머신을 탄 것처럼, 그때 그 시절로 돌아가고 있었다.

이기헌이 똑바로 앉았다. 그는 조준우에게 구석 테이블로 가라는 손짓을 보냈다. 조준우가 고개를 갸웃하며 이상락의 자리로 돌아갔다.

안승호가 최수철을 똑바로 쳐다보았다. 다정함이 사라진 눈빛이었다. 최수철이 안승호에게 소주를 한 잔 따라주었다. 다정함이 가득한 손길이었다.

"자자. 폭탄 투하도 실패한 우리 선배님들. 이제 일 이야기 좀 해봅시다. 뭐, 그리 큰 일도 아닙니다."

이기헌이 어깨를 숙이더니 테이블 위에 팔꿈치를 살짝 얹었다. 안승호가 오른손으로 턱을 괴더니 허리를 숙였다. 최수철은 팔짱을 끼고 등판을 뒤로 살짝 젖혔다. 이기헌이 주위를 살짝 살폈다.

특급 정보요원들의 눈빛이 교차되는 그 순간, 술집 여사장은 늘어지게 하품을 했다. 이상락이 하품을 하는 여자에게 소주와 닭발 안주를 시켰다. 술집 사장이 엉거주춤하며 힘겹게 일어났다. 조준우는 꾸벅꾸벅 졸기 시작했다.

이기헌의 입이 열리려는 그 순간, 느닷없이 휴대폰 벨소리가 울렸다. 이기헌의 검정색 모토롤라 스타택이 새벽의 매미처럼 울었다. 이기헌은 스타택의 절규를 애써 무시했다. 하지만 전화벨 소리는 멈출 기미가 없었다. 집요하고 끈덕진 새벽의 전화였다. 얼굴을 잔뜩 찌푸린 이기헌이 스타택의 폴더를 열었다.

"여보세요."

"누구라고?"

"거기가 어디야?"

"내가 출동해야 될 상황인가?"

"알았어. 잠깐만 버티고 있어. 내 곧 가겠소."

안승호와 최수철이 다시 과거로 향하는 타임머신을 탔다. 그들은 싱글벙글하며 옛날이야기를 하기 시작했다.

"십오 분 안에 오겠습니다. 여기 꼭 계셔야 합니다."

안승호와 최수철이 플라스틱 의자에서 벌떡 일어난 이기헌을 쳐다보지도 않고 알았다는 손짓을 보냈다.

이기헌이 조준우에게 손짓을 보냈다. 잠이 든 조준우를 이상락이 툭 쳐서 깨웠다. 조준우가 커다란 손등으로 입가의 침을 쓱 닦았다.

"잠깐 나갔다 오자. 정신 차리고 기구 챙겨라."

"기구요?"

"마약 검사 기구. 아니다. 그 기구 차에 있지? 그냥 나와."

조준우가 어리둥절한 표정을 지었다. 이기헌이 술집 밖으로 천천히 나갔다. 조준우가 허둥지둥하며 이기헌의 뒤를 따랐다. 소주를 들이켜던 최수철이 조준우의 커다란 등판을 흘깃 쳐다보았다. 여전히 터질 것 같은 울퉁불퉁한 등판이 바삐 움직였다.

이상락이 소주를 한 잔 마시더니, 최수철과 안승호의 테이블로 조용히 걸어왔다. 안승호가 이상락을 위해 플라스틱 의자를 뺐다. 최수철이 조준우가 남긴 술집의 문틈 밖을 슬쩍 쳐다보았다. 허름한 문 틈 사이로 드러난 서울 강남의 뒷골목은 여전히 한밤중이었다.

*

"자기야. 오늘 나랑 자야지. 나는 자기 같은 스타일이 딱 좋아. 가슴은 탱탱하고 엉덩이는 빼빼하고 다리는 젓가락. 그리고 잘록한 허리. 자기 젖꼭지도 작겠지? 까맣고 단단하고 작은 젖꼭지. 나는 그게 참 좋아. 요즘에 핑유 핑유 하던데 말이야. 핑크색 젖꼭지는 사실 별로야. 그건 실익이 없어. 까맣고 단단한 젖꼭지가 나는 참 좋아. 자기 젖꼭지도 아직 만지지 못했는데, 오늘 좀 만져도 될까?"

양희석이 이상락의 여급에게 말했다. 한밤과 새벽의 경계에 놓인 8차선의 강남대로 인도에서였다. 파티복에서 평상복으로 갈아입은 여급은 주위를 두리번거렸다. 길가에 길게 늘어선 택시들은 졸고 있었다. 서둘러 집으로 향하는 취객들이 간간이 눈에 띄었다.

"오빠. 나 비싼 년이야. 나 2차 안 나가. 오빠 템프로 몰라? 이 오빠

생긴 것과는 달리 참 교양이 없네. 택시나 잡아줘요. 불안하니까 모범으로."

허리를 휘감고 있던 양희석의 손길을 슬며시 뿌리친 여급이 말했다. 냉담한 내용과는 달리 그녀의 어조는 다정했다. 여급의 눈길은 길게 늘어선 택시를 향해 있었다.

"뭐라고? 술집 년이 2차를 안 나가? 노동자가 노동을 하지 않겠다는 소리지 그건. 한 이사야. 그렇지 않냐? 이거 완전히 싸가지 다꽝이네."

양희석이 한정수를 쳐다보며 말했다. 응원과 성원 그리고 동조를 기대하는 어린아이 같은 눈동자였다.

"2차를 나가든 3차를 나가든 그건 여자 마음이지. 네가 뭐라고 할 성질이 아니야."

한정수가 말했다. 단호한 표정에 결연한 어투였다.

"그나저나, 해적 셔츠는 어디 갔냐? 내일 면접 보러 오라고 했는데. 마침 경리 사원이 필요했거든."

"면접? 너는 술집 여자 고르듯 직원도 그렇게 뽑냐?"

"그게 아니고. 그 친구가 글쎄 초급대학 출신이래. 전문대라고 하나 요즘엔? 거기서 회계도 공부했다던데? 오늘 파티 일은 아르바이트. 그래서 내가 내일 사무실로 오라고 했지. 나랑 함께 일하게 될 거야. 예쁘고 착하잖아? 그런 친구 구하기도 힘들지."

"그 친구, 오늘 나랑 같이 있자고 하는 눈치던데. 내가 집에 가라고 보냈어. 나 착하지? 내가 보니까 말이야. 그 친구, 밑 주고 뺨 맞기를 반복하는 순정파 계집아이 같더라고."

양희석과 한정수가 실없는 대화에 열중하는 사이, 여급은 냉큼 택시에 올라탔다. 모범택시 뒷좌석의 창문이 스르르 내려갔다. 하얗고 작은 손바닥이 불쑥 튀어나왔다. 정다움이 듬뿍 담긴 손바닥이 흔들거렸다.

"오빠. 나 여기서 일해. 접대할 일 있으면 여기로 오세요."

하얀 손바닥이 명함 한 장을 내밀었다. 양희석이 급히 뛰어가더니 명함을 챙겼다.

"그래. 조만간 꼭 가지. 그때는 젖꼭지 만지게 해줄 거지?"

"오빠 하는 거 봐서. 안녕."

"너도 안녕이다. 잘 가라."

택시의 차창이 천천히 올라갔다. 이상락의 여급이 올라탄 모범택시는 그렇게 멀어져갔다.

프랑스산 코냑, 해적들의 럼주, 싸구려 와인까지 마신 양희석과 한정수. 둘째가라면 서러운 술꾼인 그들에게 지금 필요한 것은 또 다른 술이었다. 술꾼의 하루를 마무리 짓는, 치명적인 싸구려 알코올.

강남대로의 인도에 선 양희석과 한정수는 하이에나 같아 보였다. 엄청난 고깃덩어리를 씹어 삼키고도 여전히 배가 고픈 가련한 하이에나. 고기가 아닌 술을 찾아 도심을 어슬렁거리는 알코홀릭 하이에나.

"어디서 한잔 더 빨자. 마무리가 중요해. 끝이 분명한 놈. 바로 그게 남자야."

"그런데 어디로 가냐? 너 아는 데 있냐?"

"감자탕집으로 갈까, 아니면 순댓국?"

"글쎄다. 아무튼 가보자."

양희석과 한정수는 강남 뒷골목을 향해 걸음을 재촉했다. 적막감이 감도는 무허가 술집의 골목이 아닌, 여전히 불야성인 싸구려 술집들의 골목.

길바닥 곳곳에 고약한 냄새를 풍기는 토사물이 보였다. 그들은 부비트랩을 피하는 척후병처럼 걸었다. 그들의 발걸음은 민첩했고 경쾌했고 발랄했다. 마지막 술잔을 기대하는 기쁨이 묻어나는 진정한 술꾼들의 발걸음. 그들은 걸으면서 키들키들 웃고 미소 지었다. 슬픔과 낙담은 그들 주위 어디에서도 찾을 수 없었다.

술을 찾아 헤매는 하이에나 얼굴의 젊은이 둘이 강남 뒷골목의 술집을 들쑤시고 다녔다. 벌집을 쑤시겠다는 기세였다. 하지만 그들은 성에 차는 술집을 발견하지 못해 애를 먹었다.

신세를 한탄하는 빈털터리 월급쟁이, 무일푼의 노름꾼, 가장 심각한 가난뱅이, 절대로 어려운 일은 하지 않으려는 동시에 무모하리만큼 편안함을 추구하는 사내, 걱정스러운 얼굴로 입을 꼭 다물고 있는 여자들이 모여 있는 술집들을 그들은 들여다보고 이내 나왔다.

"여기 강남엔 문학적인 분위기를 풍기는 술집이 없어. 이왕이면 더 큰 잔에 술을 따르고, 이왕이면 더 큰 잔에 술을 마시는 그런 술집. 펄럭거리는 주황색 천막 사이로 카바이드 불빛이 어른거리는 그런 술집. 참새구이를 앞에 놓고 혼잣말을 중얼거리는 중증 임질 환자를 볼 수 있는 술집 말이지. 그런 술집, 정말 없을까?"

"에라, 병신 같은 놈."

한정수가 양희석을 핀잔했다.

천하의 술꾼들도 힘이 빠졌다. 양희석과 한정수는 냄새 나는 골목길을 터덜터덜 걸었다. 그들에게 힘을 불어넣은 이는 강남 뒷골목의 젊은 삐끼였다. 고주망태들의 주머니를 탈탈 터느라 골몰하는 삐끼 중의 악질 삐끼.

"사장님들. 좋은 데로 가시죠. 2차까지 두당 10만 원에 모시겠습니다. 17년산 양주에 과일은 기본입니다. 저희도 불경기라 이렇게까지 합니다. 단돈 10만 원! 자, 가시죠?"

대학 진학에 전혀 관심이 없는 삼수생 같은 분위기를 풍기는 젊은 삐끼의 유혹에 양희석은 지대한 관심을 보였다. 삐끼의 태도와 말투는 대단히 친절했다.

"어쭈, 이것 봐라? 진짜 10만 원에 2차까지 있어? 모텔비도 포함이야?"

"형님 아니 사장님도 참……, 모텔비는 당연히 별도죠. 모텔비 포함이면 저희가 어떻게 먹고삽니까? 저희 술집 걸어가면 됩니다. 아주 가까워요. 저를 믿으세요."

"우리 둘이 가면 총 20만 원이네?"

"두말하면 잔소리죠. 가실까요? 저렴한 술과 고급 음악과 예쁜 언니들이 있는 곳으로요."

추리닝 바지에 하얀색 반팔 남방 그리고 삼선 운동화를 신은 삐끼가 양희석의 팔짱을 꼈다. 정답기 그지없는 손길이었다.

"가자. 한 이사야. 오늘은 여기서 마감하자. 오케이?"

양희석이 환하게 웃으며 말했다. 한정수는 고개를 끄덕였다. 그의 눈동자는 붕어처럼 끔뻑거렸다.

*

양희석과 한정수는 삐끼를 따라 걸었다. 그들의 발걸음은 여전히 희망과 기대를 잔뜩 품고 있었다. 삐끼가 향한 곳은 강남 뒷골목의 막다른 곳에 위치한 지하 1층, 지상 3층의 허름한 건물 앞이었다. 1층은 카센터, 2층은 교회, 3층에는 PC방 간판이 걸려 있는 건물이었다.

삐끼가 양희석의 팔짱을 풀었다. 짧은 머리에 하얀 양복바지를 입은 건장한 중년 남자가 가게 앞에 나와 있었다.

"여기야? 두당 10만 원짜리 술집이?"

"그렇습니다. 마음껏 즐기십시오. 그럼 전 이만 가보겠습니다."

삐끼가 하얀 양복바지에게 눈을 찡긋했다. 하얀 양복바지가 정중한 손길로 양희석과 한정수를 안내했다. 그들은 지하로 향하는 계단으로 향했다. 계단은 가팔랐다. 시큼한 냄새가 났다. 계단 아래 지하 1층으로 내려간 하얀 양복바지가 술집 문을 열어젖혔다. 삐걱하는 소리가 들렸다. 어두침침한 술집 안에서 싸구려 향수 냄새가 훅 풍겼다. 양희석은 정신을 가다듬었다. 싸구려 향수 입자가 둥둥 떠다니는 공기 속에 썩은 맥주와 찌든 담뱃진, 분 냄새가 섞여 있었다. 오묘한 향기였다. 양희석은 숨을 크게 들이쉬었다. 양희석과 한정수는 커다란 룸으로 쏙 들어갔다. 그들은 중간이 푹 꺼진 커다란 소파에 등을 푹 묻었다.

"잠깐만 기다리시지요. 아이들 대령하겠습니다."

하얀 양복바지가 고개를 푹 숙이며 말했다.

"술이나 먼저 주쇼."

양희석이 빨리 나가보라는 손짓을 하며 말했다.

잠시 후, 새끼마담으로 보이는 30대 초반의 여성이 여자들을 몰고 룸으로 들어왔다. 여자들은 일렬로 쭉 섰다. 그들의 얼굴에는 피곤이 가득했다. 양희석과 한정수는 손가락이 가는 대로 여자들을 지목했다. 그들은 여자 따위에는 관심이 없어 보였다. 그들이 원했던 건 한 잔의 술이었다.

어려 보이는 여자가 양희석의 옆에 앉았다. 피곤해 보이는 여자가 한정수의 곁에 엉덩이를 걸쳤다. 새끼마담도 앉았다. 과도를 든 닭발 같은 마담의 손가락이 말라비틀어지기 일보 직전의 사과를 깎기 시작했다. 사과 껍질과 과육이 분리되는 소리가 나지막이 울려 퍼졌다.

"오빠! 지갑 좀 줘봐. 내가 종이학 만들어줄게. 행운의 종이학. 천 원 짜리로 만드는 거야. 오빠 지갑에 천 원짜리 있지?"

사과를 깎던 새끼마담이 양희석에게 말했다. 술 한 잔을 쭉 들이켠 양희석이 뒷주머니에서 지갑을 꺼냈다.

"이왕이면 만 원짜리로 만들어라. 천 원이 뭐냐? 쪽팔리게."

"알았어. 오빠. 조금만 기다리세요. 내가 뚝딱 만들어드릴게요."

새끼마담이 과일을 깎다 말고 푸른색의 지폐로 종이학을 접기 시작했다. 하얀 양복바지가 양주병과 맥주 그리고 우유가 담긴 커다란 유리병이 담긴 쟁반을 들고 나타났다. 새끼마담이 양복바지에게 뭔가를 슬쩍 건넸다. 양복바지는 싱긋 웃었다. 새끼마담은 무표정했다.

양희석과 한정수는 서둘러 술을 마셨다. 그들의 옆에 앉은 여자들은 하얀 물수건으로 입가를 닦으며 술을 쏟아내느라 바빴다. 가짜가 분명한 17년산 양주가 순식간에 동이 났다. 가짜 양주가 연달아 공수되었다. 양희석은 정신이 혼미해졌다. 양주 몇 잔에 머리가 핑 돌았다.

한정수는 소파에 널브러진 채 잠이 들었다. 양희석은 고개를 절레절레 흔들었다.

취객의 뒤통수를 치는 악질 술집이 분명했다. 여급들은 어디론가 자취를 감췄다. 양희석은 술이 확 깼다. 룸 구석에 양주 대여섯 병과 맥주 수십 병이 얌전하게 놓여 있었다. 양희석은 큰 소리로 마담을 불렀다.

"여기 20만 원. 계산 맞지?"

양희석이 만 원짜리 스무 장을 대충 세더니 마담에게 건넸다. 마담이 작게 웃었다. 하얀 양복바지가 문을 열더니 쑥 들어왔다. 그의 손가락 사이에서 계산서가 팔락거렸다. 하얀 계산서 한 장이 양희석의 얼굴 앞에 불쑥 나타났다. 검정색 사인펜으로 쓰인 정결한 계산서였다. 단정하기 짝이 없는 필체였다. 계산서에는 이렇게 적혀 있었다.

'합계 2,780,000원.'

"17년산 양주 다섯 병하고 과일안주 그리고 마른안주, 거기에 봉사료까지 포함되었습니다. 맥주는 서비스. 2차 포함은 당연하지요. 우리 전속 영업사원이 특별히 모시고 온 손님이니, 모텔비도 우리가 부담하겠습니다. 특별한 경우지요. 오늘은."

하얀 양복바지가 험상궂은 표정으로 말했다. 양희석은 애써 쌓아놓은 술기운이 확 달아남을 느꼈다.

'아하, 이 자식들. 말로만 듣던 뒤통수 전문 술집이네. 이것 봐라. 이거 재미있네. 종이학 접어준다고 지갑 가져가서 카드 한도 확인했겠지? 어디 한번 해보자.'

삼수생 같은 어설픈 삐끼, 지폐로 만든 종이학, 룸 안으로 대충 던져진 피곤한 행색의 여자들, 닳고 닳은 새끼마담, 3류 조폭 흉내를 내는 지배인의 얼굴이 주마등처럼 양희석의 머릿속을 획획 스쳐 지나 갔다. 한정수는 어느새 잠에서 깼다. 그는 반쯤 남은 가짜 양주병에서 술을 더 따르더니 단숨에 들이켰다.

"한 이사님. 더 마시고 싶으면 더 마셔. 그런데 여기 술이 별로야. 술이 맛이 없어. 머리도 아프고. 그렇지 않냐?"

양희석의 말에 한정수가 어리둥절하다는 표정을 지었다.

"오케이. 278만 원? 약속한 것과 열 배 차이 나네. 내가 지금 현금이 없으니 전화 한 통 합시다. 술 한 병 더 가져오시고."

"카드 됩니다. 사장님 좋은 카드 있던데요? 아까 우리 마담이 봤다고 하던데. 저희 업소는 카드로 결제해도 추가 수수료 없습니다. 성실 납세 업소지요. 일단 계산은 하시고 술을 더 드세요. 아무 문제 없습니다. 저희는 손님이 원할 때까지 오케입니다."

"나도 카드로 긁고 싶은데, 이게 법인카드야. 유흥업소에서 결제하면 감사과 징계 먹는다고. 징계 먹으면 끝장이지. 알았소?"

양희석이 손날로 목을 자르는 시늉을 하며 말했다. 하얀 양복바지는 여전히 무표정했다.

양희석이 뒷주머니에서 검정색 애니콜을 꺼내 들었다. 휴대폰은 터지지 않았다. 악질 뒤통수 술집 어딘가에 설치된 특수 장치 때문이었다. 취객의 신고를 불가능하게 만드는 전파 차단 장치가 양희석의 휴대폰을 엄중히 차단하고 있었다.

"어라? 전화가 불통이네? 나가서 전화 한 통 하고 올 테니, 술상이나 한 상 더 차리쇼, 주인 양반."

양희석이 술집 밖으로 천천히 걸어 나갔다. 하얀 양복바지가 똥 씹은 표정으로 양희석의 뒤를 따랐다. 잠에서 깬 한정수는 태연하게 술 한 잔을 더 마셨다.

양희석이 1층으로 올라갔다. 휴대폰의 통화 신호가 선명히 보였다. 양희석은 이름과 휴대폰 번호만 적힌 명함을 주머니에서 꺼냈다. 비밀요원의 명함은 꼬깃꼬깃해져 있었다. 양희석은 버튼을 눌렀다. 통화 대기음이 길게 이어졌다.

'전화 좆나게 안 받네. 국정원 개새끼 같으니라고.'

양희석이 중얼거렸다. 양희석은 포기하지 않았다. 마침내 상대의 목소리가 들렸다. 하얀 양복바지는 1층으로 올라오지 않았다. 그는 계단 아래의 술집 입구에서 담배를 피우고 있었다. 양복바지의 흘끔거리는 눈길이 1층까지 이어졌다.

"형님! 접니다. 아직 이 근처시지요?"

"좀 와주세요. 여기 지하 룸빵인데요, 아 글쎄, 이놈들이 뒤통수를 치지 뭡니까. 형님의 도움이 절실합니다. 저희 좀 살려주세요. 형님 안 오시면 저희 못 나갑니다. 맞아 죽을지도 몰라요. 글쎄, 10만 원 술 마셨는데, 300이 나왔지 뭡니까?"

"아……, 바로 오신다고요? 역시, 우리 국정원은 멋져요. 그럼 얌전히 기다리겠습니다. 여기 위치가……, 아저씨! 여기 위치 좀 설명해드려요."

하얀 양복바지가 쿵쾅거리며 계단을 올라왔다. 그는 여전히 담배를 물고 있었다.

"담배 좀 끄쇼. 이 양반이 손님 앞에서 담배나 뻐끔거리고 말이야."

양희석이 하얀 양복바지에게 휴대폰을 건네며 말했다. 양희석이 계단 아래로 쿵쾅거리며 내려갔다. 하얀 양복바지는 술집 위치를 설명하느라 땀을 흘렸다.

*

"오셨어요? 어서 이쪽으로 앉으세요. 환영합니다. 음지에서 일하시는 분이라면, 진정한 음지의 술집도 와보셔야죠. 제가 볼 때, 여기가 진짜배기 음지 술집 아닐까요?"

조용히 룸 안으로 들어온 이기헌은 천천히 주위를 살폈다. 얼굴에 반창고를 붙인 조준우가 이기헌의 뒤를 따라 소리도 없이 들어왔다.

"앉기에는 내가 시간이 없네. 계산서 어디 있어? 빨리 처리하자고. 사장 오라고 해."

이기헌의 말이 떨어지기가 무섭게 양희석이 테이블 위에 놓여 있던 계산서를 냉큼 건넸다. 그와 동시에 하얀 양복바지가 문을 쾅 열더니 들어왔다. 무례함으로 똘똘 뭉친 퀴퀴한 공기도 함께 밀려들어왔다.

"당신이 사장이야? 여기 아가씨들 뽕질 한다고 신고가 들어왔어. 다들 데려와. 지금 당장. 마담도 함께. 당신도 여기 그대로 있어야 해. 어디 가면 곤란해. 당신도 검사 대상이야."

하얀 양복바지가 잠시 어리둥절하다는 표정을 짓더니 킥킥 웃기 시작했다.

"이 양반이 지금 뭔 소리를 하는 거야? 술값이나 내고 가실 일이지, 이게 도대체 무슨 개소리람."

하얀 양복바지가 연신 웃음을 터트렸다. 그는 배를 잡고 웃었다.

"여기 계산서 있수다. 278만 원. 이거 내기 전에는 못 나갑니다. 당신들 모두."

"이 새끼가 무슨 말이 이렇게 많아? 어서 아가씨들 데려오라고."

이기헌의 뒤에 얌전히 서 있던 조준우가 신분증을 꺼내 들며 양복바지의 앞으로 나갔다. 그의 신분증에는 이렇게 적혀 있었다.

'대검찰청 마약수사대 수사관 조준우.'

신분증을 본 양복바지가 웃음을 뚝 멈췄다. 그의 얼굴이 사색이 되었다. 이런 일은 처음이라는 표정이 그의 얼굴에 역력했다.

"이분은 국정원 소속이야. 마약 수사는 대검과 국정원이 함께 하는 거야. 어서 아가씨들 데려오라고. 이 새끼야."

조준우가 하얀 양복바지의 정강이를 살짝 걷어찼다. 실전 싸움의 고수, 최수철에게 배운 우아한 발길질이 분명해 보였다. 계약직 경호 요원 신세였지만 학습 능력은 뛰어나 보였다. 베테랑 세탁업자의 정성스러운 다림질로 탄생한 하얀 양복바지의 날 선 정강이 부위에 시커먼 구둣발 자국이 선명하게 찍혔다.

'아휴 씨발. 이게 무슨 일이야. 이것들 뭐지?'

하얀 양복바지가 정강이에 찍힌 구둣발 자국을 내려다보았다. 그는 한숨을 푹 쉬며 속으로 중얼거렸다.

졸린 표정의 아가씨 아홉 명이 룸 안을 가득 채웠다. 새끼마담과 양복바지가 아가씨 아홉 명의 양 끝에 얌전히 섰다. 아가씨 아홉 명 모두 하늘하늘한 원피스를 입고 있었다. 치맛자락을 들추는 즉시 욕망을 해소할 수 있는, 룸빵 여급의 전통적인 의상이었다.

"자, 시작하지. 종이컵 하나씩 앞에 놓고 서. 그리고 가랑이를 벌린 후 쪼그리고 앉아. 그 상태에서 오줌 콸콸. 종이컵은 마약 검사용 샘플이니 흘리면 곤란. 한 방울이라도 흘리면 다시 싸야 된다고. 오줌은 정확히 3분의 1만 컵에 채우는 게 원칙. 바꿔치기 할 수도 있으니, 반드시 내가 보는 앞에서 싸야 해. 어이! 당신들도 같이 싸라고. 마담도 사장도 예외는 없어. 약물 조사의 세계에 특별 대우는 없지. 대통령 부인이라도 내 앞에서 가랑이를 벌린다고."

조준우가 근엄한 표정으로 말했다. 이기헌은 팔짱을 끼고 룸의 한 귀퉁이에 서 있었다. 술이 번쩍 깬 양희석과 한정수는 흥미진진한 눈동자를 번득였다. 그들은 턱을 괴고 소변 샘플 채취 구경에 집중했다.

아홉 명의 아가씨 중 일곱 명이 짜증을 부렸다. 한숨 소리도 들렸다. 철이 없는 아가씨 한 명은 킬킬댔다. 일진 출신의 나머지 한 명은 하하 웃었다.

"빨리 싸. 내가 보는 앞에서. 가랑이 쫙 벌려야 안 흘린다. 어서 싸. 우리 시간 없어."

조준우가 사무적인 목소리로 말했다. 아가씨들 중 일부가 주섬주섬 원피스 치맛자락을 허리 위로 올렸다. 한둘은 과감히 쪼그리고 앉아 팬티를 내렸다. 두셋은 어쩔 줄 몰라 하며 하얀 양복바지와 새끼마담을 쳐다보았다.

멍하니 서 있던 양복바지가 황급히 이기헌 쪽으로 뛰어오더니 고개를 숙였다. 이기헌은 아무 말도 하지 않았다. 하얀 양복바지가 시원하게 무릎을 꿇었다. 상황 파악이 빠른 무허가 술집 경영자임이 분명해 보였다. 무모한 도전을 자제하는 절제력 만점의 룸빵 경영자.

"죄송합니다. 제가 잘못했습니다. 한 번만 눈감아주세요. 저희도 다 먹고살자고 하는 짓입니다. 여기 아가씨들 무슨 죄가 있겠습니까?"

비굴함이 가득 담긴 목소리로 양복바지가 말했다. 심지어 그는 울먹였다.

"이봐요, 사장님. 우리 공무수행 중이에요. 그냥 오줌만 싸면 돼요. 현행범 아니라니까. 그저 신고가 들어와서 우리가 온 것이에요. 왜 무릎을 꿇어요? 우리 시간 없습니다. 빨리 싸세요. 자자, 다들 쌉시다."

조준우가 쾌활하게 외쳤다. 아가씨 몇몇의 오줌 줄기 소리가 쏴 하고 룸 안에 퍼졌다. 여자들의 표정은 피곤했다. 하지만 그녀들의 오줌 줄기 소리는 경쾌했다. 젊음이 가득 담긴 오줌 줄기 소리였다. 양복바지는 여전히 무릎을 꿇고 있었다.

"어이, 아줌마. 종이학 접은 아줌마. 아줌마는 안 싸요? 아줌마 싸는 거 보고 싶은데."

양희석이 빙글거리며 말했다. 오줌을 재촉하는 양희석의 말에 새끼마담이 입술을 꼭 깨물었다. 팔짱을 끼고 이 광경을 지켜보던 이기헌이 시계를 쳐다보았다.

"사장 양반, 그만 일어나요. 그럼 이렇게 합시다. 여기 이 친구들 말 들어보니, 한 사람에 10만 원 결제하기로 했다면서? 약속대로 계산하고 끝냅시다. 그러면 서로 불만 없을 것 같은데? 대신에 2차 포함에 모텔비도 포함. 그것도 약속이니까. 여기 가짜 양주도 있다던데? 주세법 위반은 그냥 눈감아드리리다."

하얀 양복바지가 벌떡 일어나더니 머리를 조아렸다. 그리고 고마움을 표시했다.

"다음에는 정식 손님으로 모시겠습니다. 제가 제대로 한번 대접하겠습니다. 대접할 수 있는 영광을 주신다면요."

양희석이 두 손으로 20만 원을 건넸다. 하얀 양복바지가 얌전히 돈을 받았다. 한정수가 아쉽다는 듯 입맛을 다시며 자리에서 일어났다. 양희석이 종이학을 집어 들었다. 만 원짜리로 만든 작은 종이학이 허공으로 두둥실 떠올랐다. 허공으로 잠시 솟구친 종이학은 이내 더러운 술집 바닥으로 추락했다. 비상을 꿈꾸던 종이학이 오줌 더미에 푹 적셔졌다. 종이컵에 소변을 본 여급 둘은 물수건으로 사타구니를 닦았다. 일곱 명의 여급은 입술을 삐죽거렸다.

제복을 입은 경찰 두 명이 룸 안으로 쑥 들어왔다. 강남 뒷골목에서 마주친 늙고 젊은 경찰들이었다. 이기헌이 경찰을 흘깃 쳐다보았다. 늙은 경찰이 사무적인 경례를 올렸다. 늙은 경찰은 깜짝 놀라는 표정을 애써 지었다.

"여기는 무슨 일입니까? 간첩이라도 왔습니까?"

늙은 경찰이 빈정대듯 말했다.

"그건 당신이 알 것 없고. 그만 가자고, 조 계장!"

"그런데 말이야, 당신 경찰에 신고했어? 국정원 요원을 사칭하는 수상한 사람들 왔다고?"

이기헌은 늙은 경찰에게 눈길도 주지 않으며 말했다. 이기헌이 하얀 양복바지를 노려보았다.

"아……, 그게 아니라. 저 경찰분들이 저희 쪽 담당입니다. 제가 국정원 요원은 처음이라서요. 수상한 분들이 술집에 출동해서 경찰에 신고했습니다. 잘 아시면서……."

"음지를 순찰하는 음지 전문 경찰도 있군 그래. 음지는 우리 담당인
데. 이러면 곤란한데."

이기헌이 중얼거렸다. 하얀 양복바지가 경찰들에게 서둘러 나가라
는 손짓을 했다.

이기헌과 조준우가 먼저 나갔다. 양희석과 한정수가 뒤를 따랐다.
하얀 양복과 새끼마담, 음지 담당 경찰 둘이 배웅을 하듯 따라 나왔다.

"2차 아가씨들 지금 나와요?"

양희석이 새끼마담을 쳐다보며 물었다.

"2차요?"

새끼마담이 어이없다는 표정으로 답했다. 하얀 양복바지가 새끼마
담의 옆구리를 찔렀다.

"준비해서 따라오라고 하쇼. 2차를 빼먹으면 곤란하지. 약속은 약
속이니까. 두당 10에 2차까지가 당신 삐끼와의 약속이었으니까. 형
님! 같이 갑시다. 한 이사! 빨리 가자."

양희석이 이기헌을 쫓아갔다. 한정수가 살짝 비틀거렸다. 창백한
표정의 여급 둘이 한정수의 뒤를 따라 힘없이 걸었다. 하얀 양복바지
는 한숨을 길게 내쉬었다. 새끼마담은 담배를 꺼내 물었다. 음지 순찰
담당 경찰 둘은 입맛을 다시며 제 갈 길을 갔다. 늙은 경찰이 고개를
옆으로 돌리며 한마디를 툭 던졌다.

"국정원은 우리도 어쩔 수가 없어. 아무리 민주화가 되었다지만, 국
정원은 국정원이지. 암, 그렇고말고."

젊은 경찰이 아하 하며 고개를 끄덕였다. 늙고 젊은 경찰의 축 처진

등판이 느릿느릿 어둠 속으로 사라져갔다.

앞서가던 이기현이 시계를 쳐다보았다. 싸구려 카시오 시계였다.

"삼십 분이나 지났네. 예상보다 십오 분 초과. 빨리 움직이자. 안승호, 최수철 선배와 할 얘기가 남았어."

이기현이 중얼거리며 빠르게 걸었다. 양희석이 이기현의 곁에 찰싹 붙었다.

"형님! 진짜 멋집니다. 이야, 역시 국정원은 국정원이야. 이렇게 멋질 수 있다니."

"양 팀장님이라고 했나? 이게 처음이자 마지막이오. 오늘 같은 일은 다시는 없을 거요. 알겠소? 이 친구 참 재미있네."

"알다마다요. 당근이죠. 그런 일이 없어야겠지만, 제가 형님을 구할 수 있는 상황이 온다면 말이죠. 제가 목숨을 걸고 꼭, 반드시 구해드리겠습니다. 약속드릴게요. 사나이 대장부의 약속입니다."

양희석이 빙긋 웃었다. 이기현이 양희석을 슬쩍 쳐다보았다. 이기현의 입가가 살짝 올라갔다. 다시 양희석이 크게 웃었다. 이기현이 앞을 정조준하며 뚜벅뚜벅 걸었다. 조준우는 비틀거리는 한정수를 부축했다. 조준우는 2차 담당 여급들이 어디로 새지 않을까 하는 의심스러운 눈초리로 가끔 뒤를 살폈다. 조준우는 자신의 임무를 수행하는 중이었다. 비밀요원 경호가 그의 직업이었다.

그들이 향한 목표 지점은 전설의 중정 폭탄이 투하되었던 술집이었다. 전설의 중정 요원과 비운의 중정 부장 아들이 기다리고 있는 허름한 술집.

강남의 새벽이 막 시작되려는 참이었다.

6

4,500시시 엔진의 검정색 리무진 세단이 소리도 없이 멈췄다. 블루 톤의 양복을 빼입은 젊은 남자가 운전석에서 잽싸게 내렸다. 종종걸음으로 달려간 그는 정숙한 손짓으로 뒷좌석의 문을 열었다. 배가 나온 한 남자가 뒤뚱거리는 몸짓으로 차에서 내렸다. 압구정동의 한 빌라였다. 차에서 내린 이는 주식회사 미래피아 신임 사장 권준도였다.

권준도가 사장에 취임한 후 처음 내린 결정은 4,500시시 에쿠스 리무진 구매였다. 국산 자동차 중 가장 비싼 종류였다. 김도술 회장이 타던 자동차보다 세 배는 비싼 차였다. 그가 처음으로 채용한 이는 사장 전담 운전기사였다. 사장으로 취임한 첫날에 이 모든 결정이 집행되었다. 전임 사장은 자신이 직접 운전대를 잡았다.

미래피아의 임원진 및 고위 간부들은 신임 사장의 행보에 깜짝 놀랐다. 검소하고 소탈하기로 유명한 김도술 회장과는 결이 다른 신임 사장의 행보에 모두가 할 말을 잃었다. 하지만 임원진 모두 눈치만 살폈다. 수십 년을 함께한 원년 멤버를 제치고 미래피아의 수장에 오른 젊은 사장, 권준도의 등장에 모두가 숨을 죽였다. 파격적인 인사에 어울리는 파격적인 행보였다.

차에서 내린 권준도는 고개를 들어 자신의 새로운 보금자리를 올려다보았다. 나뭇잎 사이로 파란 가로등이 보였다. 가로등 불빛 위로 미래피아 사장 사택의 거실 불빛이 어른거렸다. 그의 집은 빌라 3층이었다. 잠실 18평 주공아파트에서 살았던 권준도는 엊그제 이 빌라의 3층으로 이사했다. 방 다섯에 두 개의 대형 욕실, 여덟 명이 앉아도 넉넉한 대리석 식탁이 놓인 주방 등을 갖춘 빌라의 면적은 80평이 넘었다. 주식회사 미래피아 사장에게 제공되는 주거 시설이었다. 권준도가 결재를 올렸고 김도술의 사인으로 탄생한 주식회사 미래피아 소유의 부동산이었다. 사장 부임 당일, 자동차와 부동산 구입이 완료되었다.

빌라 입구에서 엄청난 덩치의 검정색 개가 꼬리를 흔들었다. 굵은 줄에 묶인 개는 폴짝폴짝 뛰었다. 미래피아의 계열사인 인터넷 검색 업체의 광고 모델로 활동한 개였다. 개의 이름은 '리코스'였다. 헤라클레스에 의해 죽은 그리스신화 속의 인물인 동시에 늑대라는 뜻도 있었다. 리코스는 검색 업체의 마스코트이자 광고 모델이었다. 리코스의 등장과 함께 검색 업체는 국내 2위의 인터넷 포털 회사로 뛰어올랐다. 비싼 몸값을 주고 데려온 고급 인력과 수백억 원의 광고비 집행 덕분이었다.

광고대행사는 적당한 몸집에 적당한 표정을 가진 개를 찾을 수 없었다. 미래피아 회사 차원에서 이 개를 직접 구입했다. 영국에서 항공기를 타고 건너온 검정색 래브라도 리트리버였다. 광고 촬영 후 이 개는 마땅히 살 곳을 찾지 못했다. 그사이 리코스는 무럭무럭 자랐다. 너무 자랐다. 혈통서가 조작된 것이었는지는 알 수 없었다. 강아지는 예상을 뛰어넘는 거대한 개가 되었다.

미래피아 연구소의 공터에 방치되다시피 한 이 개를 신임 권준도 사장이 직접 기르겠다 자처했다. 리코스는 엊그제 압구정동으로 옮겨졌다. 빌라 입구의 경비실 옆에 작은 집 크기의 개집이 건설되었다. 빌라 관리비에 개 관리비가 포함되었다. 빌라 관리실 측이 책정한 개 관리비는 예상보다 훨씬 높았다. 권준도가 살던 18평 아파트 관리비의 두 배가 넘었다. 거기에 사료값은 별도였다.

개를 학대하는 놈들은 죽어 마땅해. 개를 학대하면 사람도 학대하기 마련이지. 순진하고 말 못 하는 짐승을 괴롭히는 놈은 나쁜 새끼가 틀림없어. 천하의 나쁜 새끼들 같으니라고. 개를 방치하는 인간은 자식도 방치하기 마련이야. 죄책감이라는 걸 모르는 인간이야 그 놈들은. 그런 놈들의 마음속에는 자의식이라는 게 없어. 남을 보듯 자신을 쳐다보지.

개를 지극히 사랑하는 권준도의 지론이었다. 권준도는 리코스의 커다란 머리통을 쓰다듬으며 중얼거렸다. 리코스의 굵은 꼬리가 힘차게 팔락거렸다.

"잘했어. 리코스."

권준도는 검정 개의 턱을 간질이면서 다정하게 말해주었다. 리코스가 컹컹 짖었다.

커다란 개와 커다란 집과 커다란 자동차. 권준도는 커다란 것들에 포위된 남자가 되어 있었다. 커다란 것들과 함께 있을 때, 권준도는 마음이 불안해짐을 느꼈다. 커다란 게 꼭 좋은 것만은 아니었다.

"크다고 다 좋은 것은 아니지. 암."

권준도는 자신의 아랫도리를 내려다보며 중얼거렸다.

사장 명패를 받고 사장 명함을 찍은 직후였다. 바쁜 하루였다. 오늘은 다소 특별한 인간들을 만났다. 국정원 실세 이기헌, 당돌함과 치기 외에 장점이라고는 눈을 씻고 봐도 찾을 수 없는 양희석과 한정수, 회장 수행비서와 중정 요원 출신인 안승호 그리고 경제신문의 벤처 담당 데스크. 거기에 보도방 사장과 명청해 보이는 국정원 경호원까지.

그들과의 술자리는 느닷없이 종결되었다. 이기헌을 경호하겠다고 나선 경호원의 돌발적인 행동 때문이었다. 사고 발생 직후, 권준도는 술집 밖에서 정중하게 대기하고 있던 에쿠스 리무진에 올랐다.

권준도가 집에 막 도착했을 때, 시간은 새벽 두시를 넘기고 있었다. 권준도는 정중하게 서 있는 운전기사에게 대기하라는 지시를 내렸다. 갓 고용된 젊은 기사는 고개를 까닥 숙였다.

권준도는 휴대폰을 꺼냈다. 그는 한 치의 망설임도 없이 1번 버튼을 눌렀다. 신호음이 딱 한 번 울렸다. 낯익은 목소리가 휴대폰 속에서 흘러나왔다.

"회장님. 늦은 시간에 죄송합니다. 보고드릴 게 있습니다. 지금 당장 뵙고 싶습니다. 괜찮으시면, 제가 그쪽으로 가겠습니다."

권준도 사장의 1번은 김도술 회장이었다.

"어서 오게. 그렇지 않아도 잠이 오지 않았다오. 나이가 들면 저녁 잠이 많아진다는데, 그거 다 헛소리야. 나는 그렇지 않네. 나이가 들수록 철부지가 되는 건가? 잠도 오지 않는 밤이었는데, 그거 잘됐네. 바둑이나 한 판 둬도 좋겠구먼. 자네 정신이 아직 멀쩡하다면 말이지."

"그럭저럭 견딜 만합니다. 바로 가겠습니다."

"알았네."

권준도는 리무진의 뒷좌석 문을 직접 열었다. 그는 기사에게 턱짓으로 가자 말했다. 출근 첫날, 새벽 다섯시에 집을 나서서 다시 새벽 두

시까지 근무하느라 힘이 빠진 초보 운전기사가 허둥지둥 운전석에 올라탔다.

'새벽별 보기 운동도 아니고. 사장 기사 노릇도 못 해먹겠군.'

운전기사는 엿 같은 기분이 들었다. 엿 같은 기분을 날려버리려, 운전기사는 머리 위를 스쳐 지나가는 별을 쳐다보았다. 압구정에서 청계산 기슭으로 향하는 검푸른 새벽하늘을 수놓은 수많은 별들. 별 하나가 반짝 빛났다. 운전기사는 다시 엿 같은 기분이 들었다. 별을 태우고 다니는 것도 힘든 일이었다. 뒷좌석의 권준도 사장이 한마디 툭 던졌다.

"운전 똑바로 해, 짜샤."

욕설에 가까운 어조였다. 사장의 입에서 튀어나온 '짜샤'에 젊은 운짱은 다시 한 번 엿 같은 기분이 들었다. 엿이면 다행이었다. 좆같은 날이 계속될 것이라는 아득한 전망이 그의 뇌리를 스쳤다. 기모노를 입은 여종업원이 시중을 드는 고급 일식집, 눈알이 튀어나올 만큼 예쁘장한 여자들이 줄을 선 파티장, 가슴이 환히 드러나는 쭉쭉빵빵의 아가씨들이 우르르 들어가던 2층 단독주택의 비밀 술집, 아무도 없는 새벽의 허름한 실내 포장마차.

권준도 사장이 단 하루에 방문한 그런 곳들을 나도 갈 수 있을까? 그런 술집 문을 보무도 당당하게 통과할 수 있을까?

운짱 청년은 고개를 절레절레 저었다. 자신의 인생에 권준도가 찾았던 술집은 존재하지 않을 게 분명해 보였다. 그는 자신에게 펼쳐질 끝도 없는 인생을 생각했다. 엿 같은 기분이 든 운전기사는 조심스럽게 자동차를 몰았다. 출근 첫날, 잘릴 수는 없었다. 뒷좌석에서 권준도 사장이 방향을 지시했다.

나는 로봇이야. 로봇에게는 감정이 없지. 운전기사는 속으로 중얼거렸다.

청계산 기슭의 등산로 초입에 자리 잡은 전원주택의 웅장한 철문 앞, 에쿠스가 스르르 멈췄다. 운전기사가 운전석 문의 손잡이를 잡아당기려는 찰나, 권준도가 직접 뒷문을 열고 내렸다.

"대기해. 금방 나올 수도 있고, 밤을 샐 수도 있어."

철문이 쿵 소리와 함께 열렸다. 권준도 사장이 철문 안으로 쏙 들어갔다. 운전기사는 차에서 내려 기지개를 켰다. 높다란 나무 울타리 사이로 화려한 색깔의 꽃들이 머리를 내밀고 있었다. 달빛을 품은 초여름 밤의 꽃들에서는 싱그럽고 달콤한 냄새가 났다. 별들은 여전히 반짝였다. 바람은 어느새 따뜻해졌다. 기분은 여전히 엿 같았다.

권준도의 운전기사는 운전석으로 쏙 들어갔다. 그는 운전석 좌석을 최대 각도로 눕혔다. 운전기사는 차창으로 쏟아지는 별빛을 외면했다. 눈을 질끈 감고 애써 잠을 청했다. 엿 같은 기분으로 잠에 빠진 그는 진짜 엿 같은 꿈을 꿨다. 평생 운짱으로 늙어 죽는 꿈이었다. 꿈에서, 뒷좌석에 앉은 이는 여전히 권준도였다. 자신은 늙었는데, 권준도의 얼굴은 그대로였다. 개기름이 잘잘 흐르는 전형적인 사장의 얼굴.

운전기사는 고통의 신음을 내뱉으며 불편한 잠을 잤다. 그의 등판과 겨드랑이가 엿가락처럼 흥건하게 젖기 시작했다. 그는 꿈에서도 엿 같은 기분이었다.

엿 같은 세상아. 엿이나 먹어라.

그는 끈적한 침을 흘리며 중얼거렸다.

*

청계산 기슭에 위치한 김도술 회장의 집은 갈색 벽돌로 지어진 2층 건물이었다. 1970년대에 도지사가 살았을 법한 관공서 분위기가 물씬 풍기는 관사풍의 그런 주택. 우중충한 건물과는 달리 정원은 잘 꾸며져 있었다. 달빛을 품은 정원수들은 전문가의 손질을 받은 듯한 모양새였다. 새벽이슬과 별빛을 머금은 형형색색의 꽃과 나뭇가지들이 묘한 분위기를 풍겼다.

권준도는 현관문 앞에 섰다. 암흑 같은 검은색의 철문이었다. 양옆에 기둥이 세워져 있었다. 권준도는 커다란 초인종을 눌렀다. 땡. 아날로그 초인종 소리가 나지막이 울렸다. 복싱 시작을 알리는 종소리 같았다. 인터폰이 연결되었다. 눈높이에 달린 작은 스피커에서 김도술의 목소리가 흘러나왔다.

"문은 열려 있네. 서재로 들어오게. 현관에서 정면을 보고 거실을 지나면 바로 서재네."

권준도는 구두를 벗고 얌전히 놓인 슬리퍼를 신었다. 해지고 닳아빠진 낡은 슬리퍼였다. 거실 마룻바닥에서 삐걱거리는 소리가 났다. 서재의 출입문은 반쯤 열린 상태였다. 문틈으로 따뜻한 빛이 새어 나왔다. 백열등 불빛이었다. 권준도는 노크도 없이 성큼 서재로 들어갔다.

김도술 회장은 서재 의자에 우두커니 앉아 있었다. 낡은 파자마 차림이었다. 헝클어진 머리였다. 서재에 앉은 김도술은 팔순 노인 같았다. 왜소하고 가난한 독거노인으로 보였다.

　김도술의 서재는 작은 미술관 같았다. 산수화, 현대 추상화, 풍경화 등의 각종 그림이 한쪽 벽을 가득 채우고 있었다. 조각 작품, 설치미술 작품으로 보이는 각종 미술품들이 서재 곳곳에 어지럽게 널려 있었다. 정원을 내다볼 수 있는 커다란 창에는 커튼이 쳐져 있었다. 서재의 한쪽 구석을 차지한 김도술의 책상은 탁구대 넓이였다. 책상 위에는 각종 서류들이 너저분했다. 아무렇게나 펼쳐진 것처럼 보이는 서류 뭉치는 나름의 질서가 있는 것이 분명했다. 너저분해 보이지만, 사실은 정교하게 배치된 스파이의 암호문 같은 책상 풍경이었다.

　김도술의 등 뒤로, 키가 높은 원목 책장이 보였다. 책장은 거의 비어 있었다. 책장 일부를 채운 책들은 실용서가 대부분이었다. 분재, 화초, 조경 분야의 책들이 눈높이에 꽂혀 있었다. 금형, 반도체, 인터넷 관련 책들도 간간이 눈에 보였다. 소방, 보일러, 폐수처리 자격증 관련 수험서도 책장을 차지한 책들의 일부였다. 수북이 쌓인 신용카드 명세서, 두꺼운 전화번호부, 근처 중국집의 전화번호가 완벽히 정리된 생활정보지, 홈쇼핑 카탈로그가 책장의 중앙에 떡하니 놓여 있었다.

　책상 부근을 제외한 서재는 어두침침했다. 책상의 구석에 불안하게 서 있는 스탠드가 서재를 비추는 조명의 전부였다. 중세 기사의 투구를 닮은 스탠드였다. 창문을 가린 암막 커튼은 서재를 더욱 어둡게 만들었다. 책상 표면의 상처들이 책상의 나이를 말해주었다. 김도술과 함께 늙은 책상으로 보였다. 상처와 역경을 이겨내고, 결국 승리를 거머쥔 영광스러운 책상이 분명했다.

　널따란 책상에 팔꿈치를 괴고 있던 김도술 회장이 권준도를 보더니 천천히 몸을 일으켰다.

"어서 오게. 이 서재가 온전한 내 공간이지. 누구의 방해도 받지 않는 나만의 공간. 남자라면 이런 공간이 필요하네. 여기가 내 역사라네. 이 서재의 역사가 곧 나의 역사네. 나는 이 서재를 지키기 위해 무진장 애를 썼네. 여기를 지켰더니 회사가 커졌어. 여기를 빼앗기지 않겠다는 다짐을 했더니 새로운 회사가 생겼어. 여기를 원상복구하고야 말겠다는 결심, 그 결심에 급기야 강남 한복판의 20층 빌딩도 다가왔다는 말이지. 앉게나 권 사장."

의자에서 일어난 김도술 회장이 책상 위에 놓인 은제 담배 케이스를 열었다. 골동품 같은 담배 케이스였다. 그는 담배 한 개비를 꺼냈다.

"담배 태우겠는가? 나는 하루에 한 개비 태운다네. 잠들기 전, 하루를 마감하는 담배 한 개비. 의사 놈들이 끊으라고 난리던데, 내가 담배 한 개비는 양보 못 하겠네."

김도술이 권준도에게 담배를 건넸다. 김도술은 권준도의 담배에 불을 붙여줬다. 권준도는 책상에 한 손바닥을 얹고 서 있었다. 권준도가 고개를 약간 들고 담배 연기를 내뿜었다. 김도술이 허공으로 퍼지는 담배 연기를 물끄러미 쳐다보더니 미소 지었다.

"서재라고는 하지만, 사실 책은 거의 없네. 나는 이런 서재가 좋아. 채울 부분이 아직 많이 남은 그런 서재. 그래, 이 시간에 무얼 보고하겠다고 왔는가?"

"……"

"나는 이렇게 생각해. 사실, 조직사회에서 가장 중요한 게 보고야. 중정 요원의 생명이 뭐였는지 아나? 바로 보고야 보고. 보고를 제대로 하지 못하면 죽어야 했지.

권준도는 말이 없었다. 김도술은 계속 말했다.

"요즘에는 보고 받기가 싫어. 입버릇처럼 말하지. 내게 보고 절대로 올리지 말라고. 담당자에게 직보하라고 신신당부한다고. 담당 이사에게 보고할 일을 나한테 하는 인간들이 꼭 있어. 담당 이사가 결재하면 끝날 잡스러운 일들이 내 책상 위에 놓이면 곤란한데 말이야. 그래서 요즘에는 보고를 아예 안 받아. 속이 다 편해. 보고 없는 삶. 그게 요즘 나의 일상이야. 은퇴한 기분도 든다니까. 대신 내가 보고를 하지. 직원들에게, 임원들에게. 경영자도 보고를 해야 해. 그래야 좋은 경영자 아닐까?"

김도술이 말했다. 권준도는 필터가 타도록 담배를 피웠다.

"그런데 그거 아시나? 나는 기다린다네. 혼자서 조용히 기다리지. 중정 시절의 습관이야. 그 시절에도 항상 그랬지. 은밀한 보고. 이를테면 새벽 두시의 보고. 그게 진짜라네. 사실은 말이야, 나는 권 사장의 보고를 기다리고 있었네. 오늘 당장의 보고를. 이기헌이라고 했나? 그 친구의 제안이 궁금했어. 궁금해 미칠 지경이었지. 사실, 안승호 중사의 제안도 궁금했고. 아마, 안 중사의 제안은 최수철 부장을 통해서 올라올 거야. 아……, 이미 제안 하나가 올라오기도 했고. 자네한테 어제 말했지? 캔디스닷컴에 이기헌이 집어넣으라고. 그게 안승호의 제안 중 하나였어. 그런데 말이야. 최수철 이 친구, 나에게 보고를 할까? 판단이 서질 않아. 달콤한 제안이 있을 테니까. 결코 거부할 수 없는 달콤한 제안. 최수철 이 친구도 그 달콤함을 받아들일 때가 되었지. 나는 충분히 이해하네."

김도술이 담배에 불을 붙이며 말했다. 그는 담배 연기를 폐 속으로 들이마시지 않았다. 그의 입안에 머물렀던 담배 연기가 입술 사이로 스멀스멀 흘러나왔다.

권준도가 필터만 남은 담배를 대형 크리스털 재떨이에 비벼서 껐다. 수정처럼 깨끗한 재떨이였다.

"그런데 나는 보고에 대한 원칙이 있어. 내게 보고를 올릴 만한 자격이 있는 이가 보고를 해야지. 개나 소나 하는 게 모슨 보고인가? 고자질이야 그건. 그래, 보고해보게. 내게 할 말이 무언가?"

권준도가 책상에 오른쪽 엉덩이를 살짝 기댔다. 김도술은 의자에 다시 앉았다. 그는 양 팔꿈치를 책상에 얹었다. 권준도가 은제 담배 케이스를 열더니 담배 한 개비를 다시 물었다. 담배에 불을 붙인 그는 작게 숨을 들이쉬었다.

보고를 시작하기 전, 권준도는 김도술과의 첫 만남을 떠올렸다. 망해버린 대기업의 과장이었던 시절, 그때 마주한, 형형한 눈빛의 김도술 회장을.

*

1958년 서울 출생 권준도. 1998년, 그의 나이는 만으로 마흔이었다.

서울의 명문 사립대학을 졸업하고 자리 잡은 그의 첫 직장은 자동차와 정유 회사를 주력으로 하는 신흥 재벌 기업이었다. 권준도는 정유 회사로 발령 받았다. 대학에서 경영학을 전공한 그는 감사실에서

주로 근무하며 경영 관리 전반을 익혔다. 회계 감사가 그가 직장에서 익힌 전공이었다. 사원에서 대리, 대리에서 계장 그리고 계장에서 감사실 과장까지, 권준도는 평범한 대기업 직원의 길을 묵묵히 걸었다. 튀지도 않았지만 뒤처지지도 않았다. 임원으로 승진하면 좋겠다는 희망도 있었다. 하지만 만년 부장으로 은퇴해도 그리 나쁘지 않겠다는 생각이 더 많았다. 정년으로 퇴직한 후 늙은 마누라와 여행이나 다니며 사는 안온한 삶. 권준도는 그런 평범한 삶을 꿈꿨다.

권준도는 홀어머니 슬하에서 자랐다. 억척스러운 어머니 덕분에 경제적으로 힘들지 않았다. 남들이 부러워하는 명문 사립대의 경영학부에 입학했고, 나쁘지 않은 성적으로 무사히 학업을 마쳤다. 졸업과 동시에 대기업 공채 사원으로 당당히 이름을 올렸다. 교회를 열심히 다니는 평범한 여자를 만나 평범한 가정생활을 꾸렸다. 연탄을 때는 서울 잠실의 낡고 좁은 아파트에 신혼살림을 차렸다. 결혼 10년 만에 전세로 살던 낡은 아파트를 살 수 있었다. 결혼과 동시에 아내는 아이를 가졌고, 건강한 아들을 낳았다.

알콩달콩, 평범한 일상에 만족하던 평범한 대기업 과장 권준도의 인생이 확 바뀌기 시작한 것은 1997년 겨울, 이른바 IMF 경제 위기가 오면서부터였다. 권준도가 속해 있던 기업의 오너는 자동차에 큰 관심을 가진 인물이었다. 해외 투기 자본을 끌어다 자동차 회사 설립에 전력투구했다. 수천억 원의 결과물이 웅크린 코뿔소를 닮은 SUV였다. 정유사의 회계 감사 업무를 담당하던 권준도는 회사의 유동성 위기를 잘 알고 있었다. 하지만 대한민국의 재벌 기업 모두는 거의 똑같았다. 자기 돈으로 사업을 하는 재벌은 한 군데도 없었다. 적어도 권준도가 알고 있기로는 그랬다.

이른바 'IMF 시대'가 대한민국에 출현했다. 1997년 겨울, 평생을 민주화에 헌신한, 사형선고를 받은 경력의 전라도 출신 정치인이 거짓말처럼 대통령에 당선됐다. 문어발처럼 사업을 확장하던 대한민국의 재벌들 대부분이 거짓말처럼 망했다. 수십 년을 황제처럼 군림한 재벌 오너 몇은 구속되었고, 운이 좋았던 몇몇은 해외로 도망쳤다.

대한민국의 화폐가치가 바닥으로 추락했다. 대한민국의 재벌 기업이 발행한 주식이 휴지조각으로 전락했다. 은행도 쫄딱 망했다. 대기업과 은행이 줄줄이 문을 닫자 정부가 나서 IMF, 즉 국제통화기금에 손을 벌렸다. 대한민국 정부가 거지가 된 꼴이었다. 거리에는 실업자가 넘쳤다. 양복을 입은 중년 남자들이 인근의 산으로 출근하는 진풍경이 펼쳐졌다.

권준도가 18년을 일한 정유 회사는 아주 간단한 절차를 거쳐 외국계 기업으로 넘어갔다. 돈놀이를 전문으로 하는 글로벌 사채 업체였다. 정유 회사의 오너가 한국인에서 푸른 눈에 높은 코를 가진 서양인으로 바뀌었다. 회계 감사 업무를 담당하고 있던 권준도는 거리에 나앉은 입사 동기들과는 달리 자리를 보전할 수 있었다. 권준도의 입사 동기 열여덟 중 열둘이 알량한 위로금을 받고 쫓겨났다.

미국에 본사를 둔 경영 컨설팅 업체의 새파란 젊은이들이 점령군처럼 회사로 진입했다. 권준도는 밤을 지새우며 수년 동안의 경영 장부를 정리했다. 새파란 젊은이 중 한 명이 권준도의 직속 상사가 되었다. 영어는 유창하지만, 한국말은 버벅거리기 일쑤인 검은 머리 외국인이 권준도의 직속 상사였다. 새파란 상사는 권준도에게 영어로 된 서류를 작성하라 지시했다. 업무 회의도 영어로 진행되었다. 30대 중반이던 5년 전, 과장 진급을 기념해 회사가 특별히 선사한 석 달 동안의 미국 어학연수 겸 휴가가 해외 생활의 전부였던 권준도는 버틸 재간이 없었다. 나이 마흔의 권준도가 새로운 인생을 찾아 나서게 된 것은 순전히 영어 때문이었다. 회사의 주인이 영어를 쓰는 이들로 바뀌었고, 영어에 자신이 없던 회계 감사 전문가 권준도는 다른 살 길을 찾아야 했다.

권준도는 몇몇 헤드헌터 업체에 이력서를 돌렸다. 다행히 몇 군데에서 면접을 보라는 연락이 왔다. 하지만 나이 마흔의 회계 감사 전문가를 흔쾌히 채용하겠다는 회사는 없었다. 올 테면 오고 갈 테면 가라는 안하무인으로 일관하는 그저 그런 회사의 인사 담당자를 몇 번 만난 권준도는 심한 자괴감에 빠졌다. 18년 동안의 피와 땀의 대가인 퇴직금으로 작은 치킨집을 열까 하는 생각도 들었다. 권준도는 사직서를 낡은 양복 안주머니에 넣고 다녔다. 한동안 소식이 없던 헤드헌터 업체 담당자는 '이번이 마지막'을 강조하며, 면접 기업과 날짜를 통보했다.

'주식회사 미래피아 회장 김도술.'

권준도가 조만간 만나야 할 인물이었다.

"그 양반 중앙정보부 출신이에요. 미래피아 들어보셨죠? 그 회사 작년에 상장도 했고, 지금 제일 잘나갑니다. 대기업은 아니지만 아주 알짜예요. 증권거래소에서 제일 뜨거운 회사죠. 미래피아에서 재무 담당 최고 책임자를 구하고 있어요. 원래 대기업 부장 출신이 면접을

봐야 하는데요, 김도술 회장 눈에 차는 사람이 없어요 글쎄. 큰 기대는
하지 말고 가보세요. 제가 특별히 권 과장님 챙긴 겁니다. 그 자리 원
래 과장급은 못 가요. 혹시라도, 입사하시면 저한테 한턱 크게 쏘셔야
합니다."

헤드헌터 업체 담당자의 말이었다. '밀져야 본전이니 그저 한번 가
보기나 하세요'라 말하는 것 같았다.

권준도는 면접을 앞두고 미래피아 회사 정보를 간단히 살폈다. 반
도체 제조에 꼭 필요한 장비를 개발하고 생산하는 업체였다. 간단히
말하자면, 반도체 제조 장비 업체였다. 회장의 이름은 김도술. 그에 관
련된 정보는 거의 찾을 수 없었다. 언론에 모습을 드러내기를 꺼리는
은둔형 경영인으로 보였다.

반쯤 열린 조수석 차창 사이로 파고든 음산한 바람이 권준도의 어
깨에 내려앉았다. 사람의 마음을 스산하게 만드는 초겨울의 차가운
기운이 그의 가슴속을 파고들었다. 고물 자동차의 엔진이 권준도의
심장처럼 부들부들 떨고 있었다. 권준도는 호흡을 가다듬고 브레이
크를 살짝 밟았다. 날이 선 제복을 차려입고 멋들어진 모자를 쓴 늙은
경비원이 운전석 쪽으로 다가왔다. 운전석 차창이 삐걱거리며 천천히
내려갔다.

"어떤 용무로 오셨습니까?"

반짝이는 눈동자의 경비원이 사무적인 어조로 물었다.

"아……, 회장님과 인터뷰가 있어서요."

권준도가 환하게 웃으며 말했다.

"신분증 주시고 방문증 가져가시면 됩니다."

경비원은 절도 있는 동작으로 경례를 붙이더니 정중하게 답했다.

자동차에서 내린 권준도는 경비실 입구로 가 신분증을 맡기고 방문증을 받았다. 낡은 양복 가슴팍에 방문증을 단 권준도는 고개를 돌려 자신이 만나야 할 사람이 웅크리고 앉아 있을 건물을 쳐다보았다. 오늘은 권준도의 면접 날이었다.

대기업 계열 정유 회사의 감사실 과장 권준도. 그의 명함에 써 있는 문구였다. 그는 주머니에서 자신의 명함을 꺼내 경비원에게 건넸다. 명함을 받은 경비원이 씩 웃었고, 권준도도 살짝 미소 지었다.

"오른쪽 방문자 차량 주차장으로 가시면 됩니다."

명함을 꼼꼼히 쳐다보던 경비원이 친절한 목소리로 말했다.

코뿔소를 닮은 낡은 자동차를 주차장 구석에 얌전히 세운 권준도는 양복의 옷깃을 가다듬었다. 면접 시간까지 삼십여 분이 남아 있었다. 권준도는 차창을 내렸다. 그는 담배를 하나 빼 물고 불을 붙였다.

양복 깃을 다시 한 번 가다듬은 권준도는 크게 숨을 한 번 쉬고 차에서 내렸다. 유행이 지난 양복 차림의 배가 툭 튀어나온 권준도 앞에 5층 규모의 빌딩이 모습을 드러냈다. 회사라기보다는 미술관 같은 분위기를 풍기는 하얀색 현대식 건물이었다. 주식회사 미래피아의 본사는 충청남도 천안에 자리를 잡고 있었는데, 면접 장소는 경기도 기흥 IC 인근에 위치한 미래피아 연구소였다. 세계 최고, 최대의 독일 정밀 기계 전문 업체의 연구소를 벤치마킹했다는 호화찬란한 건물이었다. 권준도는 저 멀리 아른거리는 연구소 현관을 향해 뚜벅뚜벅 걸음을 옮겼다.

면접 장소는 연구소 1층에 위치한 회장실이었다. '1층의 회장실'은 생소했다. 사장, 회장들은 대개 꼭대기 층을 쓰기 마련이니까. 현관 중앙 로비 데스크에 앉은 순진한 표정의 여직원이 환한 미소로 권준도를 반겼다.

"면접 보러 왔습니다."

권준도가 고개를 정중히 숙이며 말했다.

"네. 회장님 기다리고 계십니다. 들어가시면 됩니다."

순진한 표정의 여직원이 순진한 목소리로 대답했다.

권준도는 여직원의 뒤를 따라 걸었다. 어깨까지 내려오는 단발머리에 몸에 딱 붙는 스커트를 입은 여직원이 커다란 문 앞에서 멈췄다. 여직원은 작은 주먹으로 똑똑똑 문짝을 세 번 두드리더니 문을 열었다. 널따란 나무 책상에 팔꿈치를 얹은 왜소한 체격의 늙은이가 고개를 살짝 들었다. 입술을 꼭 다문 노인으로 보였다. 그가 자리에서 벌떡 일어났다. 권준도는 고개를 까닥 숙였다.

"권준도라고 합니다."

"반갑습니다. 김도술이오. 앉읍시다."

권준도에게 앉으라 청한 김도술의 검은 눈동자가 반짝 빛났다.

김도술은 권준도의 이력서를 찬찬히 쳐다보고 있었다. 왜소한 체격에 좁은 어깨를 가진 60줄의 남자, 김도술 회장은 한참 동안 말이 없었다. 권준도도 침묵을 지켰다. 여직원이 종이컵에 담긴 차를 가져왔다.

"듭시다. 식기 전에."

"네. 고맙습니다."

김도술 회장이 권준도를 쳐다보지 않고 차를 권했다. 그의 눈길은 헤드헌터 업체가 전한 서류 뭉치를 보고 있었다. 권준도는 뜨거운 차를 삼켰다. 그의 목구멍 깊은 곳에서 꿀꺽 소리가 났다.

"한 회사에서 18년을 일했군요. 그래요……, 지금 회사에서 하는 일은 정확히 뭡니까? 전공 말이오, 주특기라고도 하지."

"회계 감사입니다. 돈이 제대로 지출되고 있는지, 회사 임직원들이 회사 돈을 제대로 쓰고 있는지 그걸 유심히 살피는 게 제 일입니다. 예산을 정밀하게 집행하는 계획도 세웠습니다."

"돈을 버는 게 일이 아니라 쓰는 게 일이구먼. 맞지요?"

"그렇다고 할 수 있습니다. 돈을 정확히, 제대로 쓰는 게 제 일입니다. 제가 돈을 버는 사람은 아닙니다. 돈이 제대로 사용되는지를 유심히 살피는 게 제 전공이라면 전공입니다."

"좋소. 아주 좋아요."

김도술 회장이 권준도의 얼굴을 뚫어져라 쳐다봤다. 노회한 관상쟁이의 얼굴 같았다. 그의 눈빛은 냉혹하고 침착했다. 권준도도 김도술의 관상을 면밀히 살폈다. 권준도가 본 김도술의 첫인상을 한마디로 정리하자면 이랬다. '황량한 만주 벌판의 승냥이.'

"돈 버는 전문가라 자칭하는 이들은 넘치고 넘칩디다. 그런데 돈 쓰는 전문가라 말하는 사람은 내가 오늘 처음 봐요. 좀 우스운 말이긴 합니다만, 난 면접 볼 때 관상을 봅니다. 관상이라고 하기엔 좀 그렇고, 일종의 직감이죠. 경력이나 능력은 중요하지 않아요. 여기 인터뷰 올 정도면, 실력이야 거기서 거기일 것이고."

고개를 숙인 김도술 회장이 작은 미소를 지으며 말했다. 각진 얼굴에 미소가 걸릴 때, 김도술의 인상은 확 달라 보였다. 냉혹하고 냉철한 승냥이의 얼굴은 어디론가 사라져버렸고 들판에서 평화롭게 풀을 뜯는 초식동물의 얼굴이 나타났다. 권준도는 깜짝 놀랐다. 하지만 놀라움을 표정에 드러내지는 않았다. 권준도는 자신의 감정을 숨길 수 있는 남자였다.

"…… 내가 요즘 노조 때문에 골치가 아파요. 뭐, 노조원들 요구야 거기서 거긴데…… 이 사람들 요구 다 들어주기에는 내가 자존심이 상합니다. 아시겠지만, 우리 회사가 상장하면서 목돈이 좀 들어왔어요. 법인 통장에 거금이 쌓였지. 그런데, 노조원들 말이오, 이 사람들이 그 돈에 눈독을 들이고 있어요. 그 돈을 자기네 것으로 알아요. 뭐, 그렇다고 그 돈이 내 것이라는 말은 아니오. 나는 이 회사와 회사의 돈이 내 것이라고 생각하지는 않습니다. 당신이 사장이라면 노조 문제 어떻게 해결하겠소?"

김도술 사장이 진지한 얼굴로 권준도에게 물었다.

"노동조합……, 과대평가된 괴물이죠. 순진하고 천진난만한 괴물. 괴물을 괴물로 보면 그 괴물은 더욱 힘이 넘치더군요."

"과대평가된 괴물이라?"

권준도의 엉뚱한 표현에 김도술이 헛웃음을 지으며 말했다.

"회사가 커지고 돈을 벌었으면 종업원들에게도 그 몫을 줘야 마땅하다고 생각합니다. 단, 돈을 현찰로 주면 곤란하지요. 돈이 아닌 꿈과 미래 그리고 주인의식을 줘야 합니다. 그 꿈과 미래는 추상적인 개념이 아니지요. 아주 현실적인 문제입니다. 특별상여금과는 아주 다른 개념이라 생각합니다."

"꿈과 미래라……."

김도술 사장이 권준도의 얼굴을 유심히 살폈다.

"회사 이름이 미래피아 아닙니까? 미래피아의 직원들에게 미래와 이상이 없으면 곤란하지 않겠습니까?"

"꿈과 미래를 어떻게 줄 생각이오?"

"노동조합 활동을 주도하는 인물이 어떤 인간이냐에 따라 다르겠지요."

"……."

"첫째, 회사의 주식을 직원들에게 줘야 합니다. 청소하는 여직원, 밥하는 주방 아줌마에게도 줘야겠지요. 액면가 그대로. 회사가 자기 것이라는 생각을 가지면 노동조합은 없어집니다. 자기가 노동자가 아닌 사장인데, 노동조합 따위를 만들겠습니까? 액면가 주식이 곧 미래인 셈이지요."

"둘째, 욕심 많은 인간은 어디에나 꼭 있기 마련입니다. 노조를 주도하는 인물 중에서도 그런 인간이 분명히 있겠지요. 욕심이 많고 멍청하면 별문제가 아닌데, 욕심이 많은 인간 중에 똑똑한 치가 꼭 있습니다. 제 경험으로는 그렇습니다. 아마 노동조합 중에 한둘은 그럴 것이라 생각됩니다만, 그렇지 않습니까?"

김도술 사장의 표정이 확 변했다. 깊고 우묵한 눈동자가 더욱 깊게 들어갔다. 얇은 입술이 팽팽하게 늘어났다. 굵은 눈썹이 확 좁아졌다. 눈동자와 입술과 눈썹이 변한 김도술이 권준도를 빤히 쳐다보았다. '이런 맹랑한 자가 있나?' 하는 표정이었다.

"만약에 말입니다. 그런 이들을 내칠 수 있다면 내쳐야 마땅하겠지요. 그런데 내치기에 아깝다는 판단이 선다면, 그런 이들은 아예 사장을 시켜줘야 합니다. 회사 업무에 꼭 필요한 소모품, 어차피 납품을 받아야 할 잡동사니 물품을 그들이 생산하도록 만들어야 하겠지요. 이것은 당근입니다. 미래피아와 운명을 함께할 동지를 만드는 것. 그 욕심 많고 똑똑한 치가 동지로서의 가치가 있다면 말이지요."

김도술의 표정이 진지해졌다. 권준도는 한결 여유를 찾은 모습이었다. 김도술이 테이블 위에 양 팔꿈치를 얹고 권준도 쪽으로 고개를 숙였다. 권준도는 푹신한 가죽 소파에 등을 살짝 기댔다.

"그러니까, 스톡옵션이나 우리사주 그리고 분사를 말하는 건가요?"

김도술이 물었다.

"네. 그렇습니다 사장님. 제가 이 회사에 들어오고 말고를 떠나서 제 생각을 편하게 들어주셨으면 합니다. 저 여기 아니고도 갈 곳 많습니다."

"갈 데가 많다?"

김도술이 좁은 어깨를 가죽 소파에 느긋하게 기대며 환하게 웃었다. 김도술의 환한 미소가 권준도에게 전달되는 첫 순간이었다.

김도술과 권준도의 인터뷰는 세 시간이 넘게 계속되었다. 헤드헌터 업체 관계자가 전한 예상 인터뷰 시간은 십오 분이었다. 김도술은 껄껄대며 웃었고, 권준도는 가끔 미소를 지었다. 20년의 나이 차는 아무런 문제가 되지 않았다. 그들에게는 공통점이 있었다. 서로의 비슷함을 알아보는 직감이 있었다. 네 시간이 훌쩍 흘렀다. 김도술은 어느새 권준도를 자네라고 불렀다.

"돈 뜯어낼 궁리만 하는 놈들이 천지인데, 자네는 좀 다르구먼."

"아닙니다. 저도 돈 좋아합니다."

"재무 담당 책임자를 뽑으려고 내가 면접만 열댓 번 봤지. 증권, 투자, 세금, 이익, 구조 조정의 내로라한다는 전문가가 다 왔어요. 이 방에 온 그치들. 우리 회사 돈 뜯어낼 궁리만 하더군. 그런데 자네는 아냐. 자네가 만약 우리 회사에 온다면 말이지. 자네는 돈 쓸 궁리를 해야 해. 아……, 그 전에 미국 놈들 돈을 확 가져와야 하지. 나스닥 상장을 할 계획이오. 그리고 나스닥 상장을 통해 들어온 돈을 쓸 궁리를 해야지. 그 돈을 가져오는 방법을 기획해야 하네. 그리고 그 돈을 써버려야 하네. 자네가 우리 회사에 온다면 담당할 임무야. 바로 그거지."

"나스닥 상장이라뇨? 우리나라에서 아직 그 어떤 회사도 하지 못한 것으로 아는데요."

"우리가 국내 최초가 될 걸세. 미래피아 나스닥 상장. 자신 있는가? 내가 최고의 팀원들을 붙여주지. 자네가 지휘해보게."

"……."

김도술의 뜻밖의 제안에 권준도는 말문이 막혔다.

권준도는 황당한 제안을 하는 김도술의 얼굴을 유심히 살폈다. 비밀스러운 표정에 조용한 말씨를 구사하는 수수께끼 같은 남자, 교묘한 배후 조종자 같은 노인네, 완고함과 무뚝뚝한 태도에 직관력으로 똘똘 뭉친 키 작고 마른 초로의 남자가 그의 눈앞에 앉아 있었다.

"알지 모르겠지만, 나는 중앙정보부 출신이네. 비밀요원 생활도 꽤 했지. 내가 모셨던 상관이 있었는데, 그의 죽음과 함께 내 과거도 영원히 묻혔네. 그가 죽고 나서 진짜배기 내 인생이 시작된 거지. 그 전의 내 삶은 허수아비였어. 참새를 보고도 작은 소리도 내지르지 못하는 가련한 허수아비."

"중정 출신이라는 말은 들었습니다."

"중정 시절에 내가 데리고 있던 친구들이 있었는데 말이야. 내가 잘리면서 그치들도 다 잘렸지. 조직에서 잘린 비밀요원을 어디에다 써? 그놈들 회사 경비도 못 해. 그렇다고 그놈들이 기계를 돌려? 아니면 펜대를 굴려? 그놈들 주특기가 감시인데, 공장에서 감시할 일이 뭐가 있어? 감시가 그놈들의 특기이자 일인데 말이지. 자네 혹시 감시 전문 회사를 만들 수 있나? 보안 전문 회사 말이야. 나스닥 상장이 끝나면 말이야. 그런 방식으로 보안 전문 회사 같은 다양한 종류의 벤처 회사를 스무 곳은 만들 계획이네. 아니, 만드는 것이 아니라 이미 설립된 회사를 전폭적으로 지원할 계획이네, 전직 비밀요원들이 직원으로 일하는 인터넷 보안 회사, 전직 대기업 계열사의 휴대폰 개발팀장이 만든 신개념 휴대폰 회사. 그 뭐라나…… 컴퓨터가 휴대폰 속에 쏙 들어가 있다던데? 거짓말 같지만 진짜라네. 아…… 또 뭐가 있더라? 전직 의류 도매업자가 상상한 인터넷을 기반으로 한 경매 회사. 온갖 잡동사니 물건들을 인터넷 경매를 통해 판매한다고 하더구먼. 또 있어요. 글줄깨나 쓴다는 글쟁이가 창안한 인터넷 평론으로 돈을 버는 회사 등등. 수도 없이 많아 그런 회사들. 내가 보니까 말이야, 다들 골방 같은 데서 컴퓨터 몇 대 놓고 일하고 있더군. 지금이 인터넷 시대 아닌가? 인터넷을 바탕으로 한 회사 중에 알짜를 골라서 회사를 설립하고, 그 회사를 지원할 거야. 그 돈을 마련하는 게 나스닥에 들어가는 가장 큰 목적이야."

"인터넷 기업 백화점 같은 건가요?"

"바로 그거지. 인터넷 기업 백화점. 혹은 벤처 인큐베이팅. 자네 상황 판단 빠르구먼. 직관이 있어. 판세를 잘 읽어. 감이 좋아."

김도술 회장은 권준도를 앞에 놓고 껄껄 웃으며 말을 계속 이어나갔다. 그의 입가에 작고 하얀 침방울이 맺혔다.

"아까도 말했던 것 같은데, 내가 사람 볼 때 눈동자를 봅니다. 그리고 그다음에 목소리를 듣지. 눈동자와 목소리가 결합되면 인상이 보인다오. 저놈이 어디서 나왔나, 무엇이 될 것인가. 어떤 꿍꿍이를 가지고 있는가. 그런 것들이 내 머릿속에 딱 들어오지요. 물론 실수할 때도 많지. 사람 잘못 봐서 크게 낭패를 본 적도 한두 번이 아니오. 크게 손해를 입은 사건도 셀 수가 없지. 사람을 판단하는 기준? 첫인상. 그게 다야. 점쟁이나 관상쟁이랑 같지. 감각적인 거야. 말로 설명할 수 없어. 딱 보면 답이 나와. 첫인상이 결정되면 그다음에는 전적인 신뢰를 준다오. 어떻게 사람을 믿느냐고? 나는 사람을 믿는 게 아니오. 책임을 믿는 것이지. 신뢰에는 책임이 따르기 때문이니까. 꿈을 펼칠 시간을 주는 것이지. 자, 마음껏 꿈을 펼쳐보시오. 꿈이 현실이 되는 시간. 바로 그 시간이 자네에게 주어졌네."

김도술 회장이 침을 튀기며 일장연설을 하듯 말했다.

"언제부터 출근하면 됩니까?"

권준도가 정중하게 물었다.

"자네 편할 대로 하시게. 빠르면 빠를수록 좋겠지요? 당장 내일부터 나와도 좋소. 자네 여건만 허락한다면."

"알겠습니다. 정리되는 대로 당장 출근하겠습니다."

"IMF가 와서 돈 많은 이들이 많이 망했소. 그 틈에 돈 많이 번 이들도 많지. 나도 그렇고 말이오. 그런데 그거 다 거품이야 거품. 인터넷 회사 세워서 수백억, 수천억 번 젊은 친구들 있지 않소? 인터넷 전화, 인터넷 상가, 인터넷 포털 등등. 뭐든지 인터넷만 붙이면 돈이 됐지. 그런데 말이오. 그치들 대부분, 1년 버틸 수 있으면 성공한 거야. 그건 내가 장담하오. 그 돈이 자기 돈이 아닌 거요. 그런데 말이오. 실력은 있고 희망은 넘치는데 잔재주가 없는 친구들이 있소. 나는 그들에게 시간을 주고 싶은 거요. 마음껏 자신의 꿈을 펼칠 수 있는 시간. 아……, 물론, 그들이 세우고 내가 지원한 회사들 대부분은 아마도 망할 것이오. 하지만 사람은 남지. 바로 그거야, 내가 구상하는 사업의 목표가. 사람만 남으면 되는 것이지. 회사는 사람이 하는 것이니까."

김도술 회장이 연신 물을 들이켜며 말했다. 물이 담긴 종이컵을 배달하느라 여직원이 바빴다. 어느새 창밖이 어둠으로 물들고 있었다.

"내가 이렇게 말이 많은 노인이 아니오. 그런데 말이오. 아주 오랜만에 마음이 통하는 이를 만났소. 오늘 기분 아주 좋소. 이것은 분명히 칭찬이오."

"과찬이십니다, 사장님. 하지만 감사합니다. 열심히 해보겠습니다."

김도술 회장이 어깨를 쭉 펴며 목을 좌우로 흔들었다. 그의 얇은 목뼈에서 우두둑 소리가 났다.

"사람이 중요하지만 결국에는 돈이 최고지. 그건 이 사회에서 불변의 진리야. 돈이 최고가 아니라고 말하는 놈들이 있는데, 다 돈 없는 놈들이 하는 질투의 개소리요. 사실 말이오. 돈이면 뭐든지 할 수 있는 세상이지. 그것도 천하의 맞는 말이야. 자본주의 사회에서 돈 말고 다른 것으로 뭘 할 수 있어? 두말하면 잔소리지. 그런데 문제는 말이오. 돈으로 뭘 하느냐? 바로 그것이오. 돈으로 뭐든지 할 수 있다고 생각하는 놈들은 많은데, 돈으로 뭘 할까 생각하는 놈들은 거의 없어요. 잘해봤자, 잘 먹고 잘 입고 잘 자고 잘 싸고 그런 데에 돈을 다 쓴다니까. 그게 문제요. 멀리 볼 것도 없어. 뽕쟁이 회장을 봐. 그 인간 돈 우리나라에서 제일 많지? 지금도 잘 벌고 앞으로도 당분간 엄청난 돈을 벌것이오. 그런데 그 돈을 자식 놈들 다 주잖아. 난 그러지는 않을 거요. 우연히 번 돈, 그 돈은 내 돈이 아니니까. 하지만 그 돈을 내 맘대로 원 없이 써볼 생각이야. 돈 버는 것은 자기 마음대로 못 하지. 발바닥도 핥아야 하고, 가랑이 사이도 기어야 하고, 똥도 치우고 가래침도 핥으면서 벌어야 하는 게 돈이오. 돈이란 건 정말로 징글징글하지. 그런데 쓰는 건 달라요. 내 마음대로 써볼 계획이오. 알겠소? 자네는 돈을 벌라고 내가 채용하는 게 아니오. 돈을 쓰라고 뽑은 거요. 왜냐고? 자네 돈 잘 쓰게 생겼거든. 경영 전문가랍시고 하는 인간들 중에 돈 잘 쓰는 놈 없어. 눈을 씻고 찾아봐도 없지. 다 좀생이에 얼간이야. 돈 몇 푼에 벌벌 떨지. 특히 자기 돈 앞에서는. 자네는 좀 달라. 내 판단이 부디 틀리지 않길 바랍니다. 아…… 또 하나가 있소. 혈연, 학연, 지연을 초월한 회사를 만들고 싶소. 자신의 능력에 따라 마음껏 일할 수 있는 회사, 성과에 연연하지 않고 마음껏 자신의 포부를 펼칠 수 있는 그런 회사 말이오."

김도술 회장이 반말과 존댓말을 아무렇게나 섞어가며 말했다. 권준도는 묵묵히 김도술의 말을 듣고 있었다. 김도술 회장의 뜻을 헤아리느라 권준도의 머릿속에서 윙윙윙 소리가 나는 것 같았다.

"중정 시절 이야기 하나 할까? 내가 말이오. 중정 시절 이야기를 남들에게 한 적이 없소. 그런데 자네에겐 그 이야기를 하고 있는 거요. 나는 그들의 개로 20년을 살았지. 여기서 그들은 권력 그 자체요. 권력을 총으로 훔친 자들, 그 권력을 유지하겠다면 그 어떤 것도 마다하지 않는 냉혹한 자들. 죽이라면 죽이고, 죽으라면 다른 이를 죽여버리는 자들. 그들에 대한 무조건적인 충성과 복종. 그게 내 일이었어. 다른 것은 생각할 수 없었소. 자네도 20년 가까이 개로 살았겠구먼. 나는 권력을 주인으로 삼았고, 자네는 돈 가진 사람을 모셨겠지. 내가 개로 살아봐서 아는데, 내 원칙은 하나야. 내가 고용하는 사람들, 내가 돈을 주는 사람들, 내가 거두는 내 회사 사람들을 개가 아닌 사람으로 대하자는 것. 그들도 나 같은 사람이니까. 사람이 개가 될 수는 없지. 하지만 많은 이들이 스스로 개 노릇을 자처한다오. 그 개 같은 인간들은 어쩔 수 없지. 자기가 개를 자처하는데 난들 어떡해. 개냐 사람이냐. 그게 내가 인간을 보는 방식이오."

김도술이 득도한 수행자처럼 말했다. 권준도가 살짝 고개를 끄덕였다.

"재미있구먼. 내가 무슨 사람이라고 이런 개똥철학을 이야기하다니 말이오. 처음 보는 사람 앞에서. 노인네가 주책 떤다고 생각하시오. 내 다시는 이런 이야기 하지 않을 거요. 마지막으로 하나 더. 우리는 모두 우리 자신의 세계를 창조해야 될 의무가 있소. 우리 모두 신의 자식이기에. 나는 신의 존재를 믿소. 자신의 세계를 창조하지 못하면 그것은 일종의 죄악이라 생각하오. 나의 세계를 만드는 것. 그런데 그 세계를 남에게 보여줄 필요는 없지. 하지만 창조는 불가피한 문제요. 자신의 세계를 창조하는 것. 그게 사업과 인생의 관건이지."

똑똑. 똑똑. 노크 소리가 퍼졌다.

"들어오게."

커다란 문짝이 슬며시 열리더니 왜소한 체구의 한 남자가 불쑥 들어왔다. 김도술 회장과 비슷한 체구의 남자였다. 낡은 양복을 입은, 나이를 가늠할 수 없는 인상이었다.

"저녁 약속 출발할 시간입니다. 지금 출발해도 좀 늦을 것 같습니다."

"저녁 약속? 아…… 내가 까맣게 잊고 있었구먼. 서울대 의사 출신 컴퓨터 백신 전문가?"

"네, 맞습니다. 내과 의사 출신으로 인터넷 보안 업체를 설립한 젊은 사장님하고 식사 자리입니다. 국정원 2차장도 참석한답니다."

"국정원 2차장? 이름이 뭐였더라? 그 친구가 그 자리를 왜 와?"

"김만수라고, 정치인 출신입니다. 최근에 국내 담당 총책임자로 임명된 자입니다. 김만수 2차장의 직속 부하가 하도 간청해서 그러라고 했습니다. 죄송합니다. 제가 어쩔 수가 없었습니다. 김만수 차장의 직속 부하가 옛날에 저랑 같이 잠깐 일을 했습니다. 회장님은 모르시겠지만요."

양복 차림의 왜소한 남자가 고개를 푹 숙이며 조용히 말했다.

"그래? 어쩔 수 없지. 아……, 서로 인사하지. 앞으로 볼 일 많을 것이오. 이쪽은 내 수행비서 겸 관리부장인 최수철 부장. 여기는 미래피아 재무 담당 최고 책임자 권준도 상무."

최수철 부장이 권준도를 향해 고개를 까닥 숙였다.

"출근 일정은 데스크 여직원하고 상의하시오. 그쪽에 내가 이야기 해놓으리다. 최 부장. 출발하지. 약속 장소가 역삼동인가?"

"맞습니다."

"그 친구들, 오늘 또 끝까지 가겠구먼. 그 의사 친구 술 잘한다지? 오입질도 좋아하고. 2차장은 술 잘하나?"

"아닙니다. 그 친구 술 별로 좋아하지 않습니다. 여자도 별로 밝히지 않습니다. 그런데 돈에는 환장합니다."

"골치 아픈 친구구먼. 그 친구."

"권 상무? 이른 시일에 또 봅시다. 가보시오. 오늘 이 노인네 말 들어주느라 고생 많았소."

김도술 회장이 자리에서 벌떡 일어났다. 최 부장이 권준도에게 고개를 까닥 숙였다. 자리에서 천천히 일어난 권준도가 정중하게 머리를 숙였다. 최 부장이라는 남자가 권준도를 흘깃 쳐다보았다.

'미래피아 재무 담당 최고 책임자 권준도 상무.'

권준도의 직함이 순식간에 결정되었다. 대기업 경영지원팀 과장에서 중소기업 재무 담당 최고 책임자로 신분이 바뀌는 순간이었다.

1998년의 초겨울이었다.

*

권준도는 다시 현실로 돌아왔다. 김도술에게 보고를 할 시간이었다.

"간단하게 보고드리겠습니다. 이기헌의 제안은 이렇습니다. 그 친구가 벤처 사모펀드를 직접 운영한다고 하더군요. 사모펀드 운영이 이기헌 그 친구의 주력 사업입니다. 그 사모펀드는 우리와는 아무런 관계가 없습니다. 그 친구가 원하는 것은 일종의 보험입니다. 미래피아 주식, 미래피아 계열사에 대한 지분 참여를 원합니다. 잘 아시겠지만, 그 친구가 하는 사모펀드는 사기에 가까운 머니게임 아니겠습니까? 정부기금 알선해주고 그 대가로 주식 받고 거기에 전문가들 동원해서 작전 짜고. 그런 다음 먹고 튀자는 사모펀드랍니다. 정권을 잡은 실세 정치인들, 국정원 낙하산 관료들, 검찰 경찰 등 사정기관의 실세들이 참여한 벤처 펀드라고 하더군요. 이기헌이 그 펀드 사업의 총책임자 격입니다. 그 사모펀드로 얻은 돈의 일부로 우리 계열사에 지분참여를 하겠다는 것이죠. 회장님의 승인하에 이뤄지는 정식 지분 참여. 바로 그것이 이기헌의 첫 번째 제안입니다."

권준도가 쉬지도 않고 말했다.

"보험이라. 그러니까, 사기와 머니게임으로 번 돈이 불안하다 이거지? 어차피 휴지조각 될 주식이 대부분일 것이고. 개같이 번 돈으로 미래피아 계열사 주식을 매입하겠다? 그래서 얻는 것이 뭐지? 미래피아 계열사 주식도 어차피 휴지조각이기는 마찬가지야. 그걸 그 친구가 모를까?"

김도술이 태평하게 말했다. 표정은 태평했지만 그의 눈빛에는 신중함이 담겨 있었다.

"그 친구의 속셈은 잘 모르겠습니다만, 제 생각에는 이렇습니다. 불안한 미래에 대비할 수 있는 최후의 보루를 마련하자. 그 보루가 미래피아 계열사 주식이다. 뭐 대충 그런 속셈입니다."

"알았네. 두 번째 제안은 뭔가?"

"사람을 좀 키워달라고 합니다. 이기헌의 애인이랍니다. 서른둘 먹은 여자인데, 북한을 넘나들며 사업과 학술 교류를 동시에 진행하고 있다고 하더군요. 미술관 큐레이터이기도 합니다. 그 여자를 캔디스닷컴 사장으로 앉혀주기를 원합니다. 문화 관련 사업을 본격적으로 하고 싶다고 하더군요."

"여자? 비즈니스에 여자를 끼워 넣었어? 이기헌 그 친구, 그렇게 안 봤는데 싹수가 노랗구먼. 애인이라. 애인 챙겨주는 일을 나한테 떠넘긴다 이거지. 재미있네."

"제가 좀 알아봤는데, 그 애인이라는 여자 보통이 아닙니다. 똑똑하고 영리하고 사업가 기질에 예쁘기까지 합니다. 대부분의 남자들 녹아납니다. 미래피아에 도움이 될 수도 있다는 판단입니다."

"권 사장 판단이 그래? 그러면 좋네. 미술관 큐레이터라고? 마침 잘됐네. 그 방면의 전문가가 필요했어. 이기헌의 제안은 그게 다인가? 제안을 하려면 조건이 있을 터인데, 그 친구가 내게 뭘 준다고 하던가?"

"자기가 할 수 있는 모든 지원을 해준다고 합니다. 정부 차원에서 할 수 있는 벤처기업 지원을 몰아준다고 합니다. 또 있습니다. 내년쯤에 회장님을 장관에 추천하겠다고도 하더군요. 정보통신부나 산업자원부 장관. 그리고 마지막. 이상락 문건을 슬쩍 흘렸습니다. 이상락 문건이 회장님의 약점인 것처럼 말을 하더군요. 그게 전부입니다."

"허허허. 이기헌 그 친구 정말 재미있는 친구가 틀림없네. 이상락 문건? 그건 개나 주라고 하지. 그건 명백한 협박인데…… 이거야 원."

김도술 회장이 담배 한 개비를 물었다. 두 개비째의 담배였다. '하루 한 개비'의 원칙이 깨지는 순간이었다.

"권 사장. 자네 그렇게 엉거주춤하게 서 있으면 불편하지 않나? 아……, 여기 서재에 여분의 의자가 없구먼. 내가 원래 그렇네. 남을 배려하지 못해. 미안하네. 불편하게 해서."

"그럼 책상에 엉덩이를 다 걸치겠습니다."

권준도가 책상에 엉덩이 양쪽을 다 걸치며 말했다. 그는 팔짱을 꼈다. 권준도의 슬리퍼가 흔들거렸다.

"자네 편할 대로 하게."

김도술은 담배 한 개비가 타 들어갈 동안 아무 말을 하지 않았다. 3년 만에 만기 출소한 과실치사범이 담배를 대하듯, 김도술은 담배 연기를 폐 깊은 곳까지 들이마셨다. 그리고 연기 전부를 폐 깊은 곳에 머무르게 했다. 그의 입술과 콧구멍 밖으로 새 나오는 담배 연기도 거의 없었다. 만기 출소자처럼 담배를 싹 피운 김도술이 미소 지었다. 예의 그 미소였다.

"안승호 중사는 무슨 말 없었나?"

김도술 회장이 미소를 지으며 물었다.

"없었습니다. 안승호, 그 양반은 오직 최수철 부장과 정다운 시간을 보냈습니다."

"오케이. 잘 알았네. 이렇게 전하시게. 먼저 이상락 군 문제. 안승호, 그 친구가 이상락 군과 관련된 제안을 할 걸세. 다 들어주게. 내게 이유는 묻지 말게. 이것은 지시가 아니라 부탁이네. 이상락 군은 내 과거의 일과 관련이 있네. 중정 시절의 일이지. 이상락은 내 업보야. 내 업보를 자네가 알 필요는 없지. 자네가 판단해서, 들어줄 수 있는 것은 다 들어주게."

"알겠습니다."

"미래피아 계열사 주식은 시장가격에 합법적으로 사라고 하게. 아마 좋다고 할 걸세. 우리 계열사 주식을 사겠다면야, 사는 것은 자유지. 비상장 주식을 사겠다고 하면, 그렇게 해주시게. 우리야 좋지. 그것은 우리에 대한 투자이니까. 전망도 없는 휴지조각을 비싸게 사겠다면 팔아야지. 경영권에 문제가 없는 한도 내에서 싹 팔아치우게. 그리고 그 돈은 모조리 각 계열사에 집어넣게. 회사 운영 자금으로 말이지. 모든 거래는 합법적이어야 하네. 나는 불법적인 일은 하지 않네. 나는 평생 무수한 불법을 저질렀어. 이제 불법은 지긋지긋하네. 그런데 말이지, 이 말을 꼭 전해주게. 이 늙은이가 추천하는 종목은 '주식회사 미래피아'라고. 미래피아의 주식은 이미 상장이 끝났지. 한국에서도 상장, 미국에서도 상장된 주식이야. 시장가격에, 자기 돈을 주고 사라고 하게. 그 결과는 내가 책임진다고 말을 하고. 다시 한 번 강조하겠네. 김도술이가 추천하는 주식은 주식회사 미래피아야. 알겠지?"

"그렇게 하겠습니다."

"장관? 글쎄, 추천이야 그 친구 자유겠지. 국무총리로 추천한다는 얘기까지 안 나오니 그건 다행이네. 추천을 하든 말든 맘대로 하라고

하게. 나는 정치에는 전혀 관심이 없으니까."

"그것도 잘 알겠습니다."

"그리고 여자 문제. 그 여자 이름이 무언가?"

"이정아라고 합니다."

"현재 캔디스닷컴 사장이 당신 아닌가? 사장은 곤란하고, 부사장 시켜준다고 하게. 대신, 캔디스닷컴 2대 주주에 이름을 올리라고 해. 이정아 개인 돈으로 하든, 이기헌 그 친구 돈으로 하든. 2대 주주면, 캔디스닷컴에 5억을 투자해야 하네. 이정아를 부사장으로 등기부등본에 올리고, 5억은 오늘 본 그 젊은이 둘에게 줘버리게. 젊어서 돈도 마음껏 써봐야지. 그 친구들, 돈맛을 좀 볼 필요가 있어. 돈의 맛에 진력이 나야 진정한 예술이 나오는 법이니까.

그리고 또 하나가 있네. 이기헌 애인이 큐레이터야? 내가 작은 미술관을 하나 할까 하네. 강남 미래피아 한 개 층을 통째로 미술관을 만들 생각이네. 여기 미술품들 봤지? 내 유일한 취미가 예술품 모으기였네. 예술품 중에서도 미술 작품들. 여기 걸려 있는 것들, 내 평생에 걸쳐 모은 것들이네. 지하 창고에도 꽉 찼어. 돈으로 따지면 수백억도 넘을 걸세. 이 작품들이 나를 살렸네. 자네도 대충 알겠지만, 내가 중정 시절에 뇌물을 받지 않았네. 여기서 뇌물이라 하는 것은 현금과 땅이야. 나는 돈과 땅, 여자 대신 그림을 챙겼지. 예술가들의 청탁은 다 들어줬어. 내가 해줄 수 있는 한도에서 말이지. 다행히 내가 미술 작품에 대한 안목은 좀 있었네. 사람을 알아보는 것과 예술 작품을 보는 것은 대충 비슷하네. 딱 보면 나와. 이게 싹수가 있는지, 없는지. 나는 예술가들의 청탁을 들어주고 작품을 챙겼네. 그것도 대표작으로. 그 미술품들이 내 자산이 되었어."

권준도가 벽에 걸린 그림 한 점을 물끄러미 쳐다보았다. 김도술 회장의 입가에 하얀 침방울이 맺혔다.

"중정 잘리고 금형 회사 할 때 얘긴데, 돈이 씨가 말랐네. 직원들 월급 주려고 사채를 얻어 썼어. 마누라 이름으로 돈도 빌렸지. 처남 돈도 가져다 꼴아박았어. 어느 날에는 사채도 얻을 곳이 없더라고. 빚쟁이는 몰려오지, 월급날은 다가오지, 아주 환장하겠더구먼. 그렇게 몇 달을 버텼네. 나중에는 버틸 재간이 없었지. 농약을 사서 마실까 생각도 했네. 주머니를 탈탈 털어 농약도 샀어. 그런데 마지막으로 아이들 보려고 집에 갔는데 말이야. 지하 창고에 미술품들이 있더구먼. 먼지가 수북이 쌓인 미술 작품들. 나는 그것들을 하나둘 내다 팔았네. 나중에는 업자를 불러 트럭으로 넘겼어. 그 돈이 나를 살렸네. 그 그림들이 나를 여기까지 오게 만들었어."

권준도가 김도술 회장의 얼굴을 응시했다. 그는 고개를 연신 끄덕였다.

"돈을 무진장 벌어서 내가 처음 한 일이 뭔지 아나? 이전에 내다 판 그림들을 다시 사는 거였네. 나를 살린 그림들. 내 가족을 살린 그림들. 열 배, 스무 배 돈을 더 주고 다시 싹 사들였네. 미술품 구매 전담 직원까지 둘 정도였어. 보통 일이 아니었지. 여기 서재에 걸린 그림들이 다 그거라네. 이 그림들로 미술관을 채울까 하네. 그리고 미래피아 직원들에게 보여줄 생각이네. 일을 하다 피곤하면 예술 작품을 봐야지. 그러면 일도 잘될 걸세. 창의적인 아이디어도 떠오를 테고. 이 일을 이정아 그 친구에게 맡기면 되겠네. 캔디스닷컴을 통해서 말이야.

마침 잘됐군. 캔디스닷컴 젊은 친구하고 이정아하고 붙여주게. 그러면 짝이 맞을 걸세. 눈도 맞을지도 몰라. 내 예감으론 말이지. 오쟁이라도 지면 이기헌 그 친구 굉장히 슬퍼할 텐데, 그거 안됐네."

"회장님의 뜻, 잘 알겠습니다."

"아……, 그리고 하나 더. 오늘과 관련된 일들은 앞으로 나에게 보고하지 말게. 자네가 알아서 하게. 자네 선에서 다 끝내게. 미술관 일은 내가 따로 보고를 받겠네. 예술 쪽은 자네가 전문이 아니니까. 이해하지? 나는 자네를 전적으로 신뢰하네."

"물론입니다."

권준도의 보고가 끝났다. 김도술의 지시도 끝났다. 김도술 회장은 현관 밖까지 배웅을 나왔다. 김도술은 미소를 잃지 않았다. 권준도가 고개를 숙여 인사했다. 김도술이 고개를 끄덕였다. 권준도가 등을 돌렸다. 그의 등 뒤에서 현관문이 닫히는 소리가 났다. 작은 한숨 소리도 들렸다. 잠들지 못하는 노인의 한숨이었다.

권준도는 에쿠스 리무진으로 다가갔다. 운전석 문이 열렸다. 젊은 운전기사가 총알처럼 튀어나왔다. 권준도는 손짓으로 운전기사를 조수석으로 보냈다. 권준도는 4,500시시 에쿠스의 가속페달을 끝까지 밟았다. 추월 또 추월을 반복하며 자동차를 쌩쌩 몰았다. 신호는 개무시했다. 새벽의 고속도로를 마음껏 내달렸다. 하늘 위로 별이 씽씽 지나갔다. 권준도는 담배를 물었다. 차창은 내리지 않았다. 담뱃재가 자동차 내부에 어지럽게 휘날렸다. 시속 200킬로미터. 권준도는 계기판을 흘깃 쳐다보았다. 시속 200킬로미터의 음주운전이었다. 철부지 폭주족 같은 운전이었다. 운전기사의 눈동자가 동그래졌다. 차창을 슬쩍 내렸다. 권준도는 차창 사이로 침을 뱉듯, 불붙은 담배를 튀 하며 버렸다. 붉은 불꽃이 사방으로 퍼졌다. 불꽃놀이가 펼쳐지는 것 같았다.

새벽의 음주운전 중간, 권준도는 이기헌에게 전화를 걸었다. 짧은 통화가 끝났다. 그가 도착한 곳은 강남의 뒷골목이었다. 전설의 중정 요원들이 정답게 술을 마시고 있는 허름한 실내 포장마차 앞에 에쿠스 리무진이 급하게 멈췄다. 끼익. 브레이크 소리가 강남 뒷골목의 하늘에 울려 퍼졌다.

"대기해. 술자리 끝나면 아까처럼 튀어나오고."

권준도가 운전석에서 뛰어내리며 말했다. 배가 불룩 나온 중년 남자의 동작은 경쾌하기 짝이 없었다. 젊은 운전기사는 다시 한 번 엿 같은 기분을 느꼈다.

'좆나리 빡세네. 씨발.'

운전기사는 속으로 중얼거렸다.

권준도가 콧노래를 부르며 술집 문을 박차고 열었다. 술집 안에서 남자들의 웃음소리가 들렸다. 여자의 한숨도 섞여 있었다.

7

"그러니까 말이에요. 술 한잔 생각이 간절했으면 저에게 연락을 했어야죠. 내가 그쪽은 전문가니까. 세상에나, 자나 깨나 국가의 안위를 걱정하는 국가 비밀요원에게 악질 삐끼 술집 뒤처리를 맡기면 어떡합니까? 이건 명백한 세금 낭비예요."

이상락이 양희석과 한정수를 앞에 놓고 열변을 토했다. 이상락의 옆에 앉은 조준우는 암, 그렇고말고 하는 표정을 지었다.

"아휴, 내가 그런 술집을 가봤어야 알지. 이 사장이라고 했나요? 앞으로 우리 잘해봅시다. 음지의 세계에 진출하는 게 내 오랜 꿈이었어요. 양지에서만 살았더니, 재미가 없어, 재미가."

양희석이 소주를 홀짝거리며 말했다. 이기헌의 뒤를 따라온 양희석과 한정수는 실내 포장마차의 구석 자리에 자리를 잡았다. 이상락이 홀로 있던 테이블이었다.

"우리 비밀요원 친구. 아까 정말 멋있더라고. 자, 여기 한잔합시다. 오늘 고생 많았어요. 우리 사장님하고도 한판 붙었죠? 그것도 아주 끝내줬어요. 내 속이 다 시원했다니까."

양희석이 조준우에게 술잔을 건넸다. 조준우는 단숨에 소주를 비웠다. 조준우는 술을 연신 들이켰다. 공무수행을 무사히 끝냈다는 뿌듯함이 조준우의 안주였다.

"그런데 원래 그렇게 말이 없어요?"

"국가 비밀요원은 원래 말이 없어야 해요. 말이 많으면 곤란하죠. 비밀요원은 언제나 입을 닫치고 있는 법이거든요."

양희석의 질문에 이상락이 답했다. 새벽이 깊어질수록 이상락의 눈동자는 초롱초롱해졌다. 전형적인 보도방 업주의 눈동자였다. 조준우의 얼굴이 붉어졌다. 그의 얼굴에 붙어 있던 반창고는 어느새 떨어지고 없었다. 한정수는 조용히 앉아 있었다.

"그런데 말이에요. 저기 안승호 사장님인가? 그분하고는 어떤 관계예요? 옛날부터 알던 사이였나요?"

"아……, 아뇨. 얼마 안 됐어요. 안승호 사장님에게 갑자기 연락이 왔어요. 돌아가신 아버지를 잘 안다고 하시더군요. 부하였나? 아 참, 우리 아버지가 중앙정보부 대빵이었어요. 지금은 행방불명. 술집 마담 출신인 우리 엄마에게 들었죠. 그런데 내게는 아버지 사진도 없어요. 얼굴도 기억나지 않고요. 그까짓 아버지가 무슨 대수라고. 안승호 사장 술자리를 제가 주선했죠. 최고급 여자들을 대줬죠. 안승호 사장님이 무기중개인지 뭔지 한다던데, 접대가 많더라고요. 이제는 제 단골이에요. 최고의 단골."

"그러니까, 형씨 직업이 보도방? 그것도 최고급 보도방?"

"보도방이라고 하기에는 좀 그렇죠. 하이클래스 에스코트 서비스업이라고 해두죠. 이래 봬도 제 주요 고객이 재벌 2세예요. 물론 3세들도 있지만. 아……, 요즘 확 뜬 벼락부자들도 많지요. 벤처 사업가? 양 형도 벤처 사업가 아닌가요?"

"벤처 사업가는 개뿔. 그냥 양아치죠. 운 좋은 양아치. 여기 이 친구는 지식인 양아치. 나는 개양아치."

양희석이 한정수를 툭 치며 말했다. 이상락이 양희석을 쳐다보며 싱긋 웃었다. 한정수는 뭔가를 골똘하게 생각하느라 바빴다.

"한 이사. 너 취했니? 2차도 아직 남았어. 체력 아껴."

양희석이 옆 테이블의 여자 둘을 흘끔거리며 말했다. 짜증 가득한 표정으로 멍하니 앉은 여자 둘. 그들은 조준우 앞에서 쪼그려 앉아 오줌을 쌀 뻔했던 그 여자들이었다. 그들에게는 최악의 날이었다. 돈도 받지 못하고 2차를 나왔기 때문이었다. 기억하기 싫은, 악몽과도 같은 새벽이었다. 여자들은 세상을 포기한 듯한 한숨을 쉬고 있었다.

"양 형. 저 여자애들 그냥 보내요. 불쌍하지도 않아요? 돈도 딸랑 10만 원 줬다면서요? 이건 횡령이자 배임이 명백해요. 국정원을 동원한 업무상 횡령이자 배임이자 뇌물. 내가 금테 두른 여자아이들 당장 소개시켜줄게요. 거기 털도 황금빛으로 염색한 여자들이라고요. 피부는 야드르르하고 겨드랑이는 파르스름하죠. 자유자재로 조임과 풀림과 돌림이 가능한 섹스 머신. 지금 필요해요? 말만 하세요."

"그런가? 아……, 쎕 중에 제일은 공쎕이랬는데. 할 수 없지. 한 이사야. 저 아이들 보낼까? 결정해라. 라면이나 한 그릇 먹여서 보낼까 보다."

"대환영이다. 제발 보내라. 그렇지 않아도 술맛 확 떨어진다."

"이봐요. 라면이나 한 그릇 때리고 가요. 2차는 여기서 끝난 것으로 합시다. 다음에는 뒤통수치지 말고 제대로 좀 하자고. 알겠어요?"

양희석의 관대함에 여자들의 얼굴이 환해졌다. 쇼트머리를 한 여자가 라면을 냉큼 주문했다.

"오빠? 우리는 잘못 없어요. 나는 오빠들 계산서에 얼마가 적히는

지도 몰라. 그냥 술이나 따르고 연애만 한다고요. 우리 너무 미워하지
말아요."

"라면이나 드시고 가셔. 이 시국에 연애는 무슨 연애. 섹스면 몰라
도."

이상락이 벌떡 일어나더니 옆 테이블로 다가갔다. 이상락은 작은
핸드백에서 명함을 꺼냈다.

"관심 있으면 연락해. 좋은 술집에서 일해보지 않겠어? 뒤통수치는
술집에서 일하다가는 한 방에 갈 수도 있어, 재수 없으면. 나랑 일할
생각 있으면 연락하라고. 언제든지 환영이니까. 둘 다 상판 반반하네.
가슴도 탱탱하고. 조금만 손보면 되겠어. 대학은 나왔니? 요즘은 화류
계도 대졸 이상이 기본이야. 이 세계에서도 학벌이 중요하다고. 음지
일수록 학벌과 혈연, 지연이 중요하다니까."

쇼트머리 여자가 이상락을 올려다보며 입술을 삐죽거렸다.

"오빠 뭐 하는데? 여자 장사 해? 보도방?"

"그건 나중에 얘기하고, 소주도 한잔 하고 싶으면 시켜. 여기는 내
가 살 테니."

"아줌마! 여기 소주하고 오돌뼈 하나 주세요."

이상락이 환하게 웃으며 자리로 돌아왔다.

"그래서, 보도방 아니 에스코트 사업을 벤처기업처럼 하시겠다고?"

양희석이 자리에 다시 앉은 이상락에게 신중한 얼굴로 물었다. 양
희석의 눈동자에서 호기심이 철철 넘쳤다.

"그럼요. 화류계에도 대혁신이 필요해요. 단란닷컴, 룸닷컴, 보도닷

컴의 시대를 열어야죠. 여자 장사, 술장사에도 벤처 정신을 도입하자 이거지. 대박을 위한 대모험."

"그 계획이라는 거, 좀 들어나 봅시다. 회가 확 동하네."

"간단해요. 고급술과 고급 여자를 저렴하게 공급하겠다. 2차도 한 자리에서 제공하겠다. 이것이 다예요. 간단한 논리죠."

"좀 더 구체적으로."

"규모가 커야 됩니다. 5층 건물 전체를 룸살롱으로 꾸밀 계획이에요. 간단히 말해서 박리다매. 아가씨들은 술을 못 마시게 할 겁니다. 그리고 시간제한을 둬야죠. 한 사람당 양주 1병에 맥주는 마음껏. 단, 시간은 구십 분. 한 시간 반 동안 술과 노래 그리고 2차를 룸에서 해결하게 해줄 겁니다."

"룸에서 오입질을 한다고? 단체로?"

양희석의 눈동자가 동그래졌다.

"오입질은 아니고, 사까시로 마무리. 옷 벗고 뭐 하고 그러면 복잡해지니까, 펠라티오로 끝. 입싸는 옵션. 그게 차라리 깔끔하고 좋아요. 아가씨들도 쉽고 간편해요. 씻고 뭐 그럴 필요도 없으니까. 옷 벗을 필요도 없고요."

"굉장한 아이디어야! 놀라워. 그러니까, 룸 회전율을 최대한 높여 박리다매로 돈을 벌겠다는 것이네. 비용은 얼마요?"

"요즘에 룸빵 둘이 가면, 2차 포함해서 100만 원 훌쩍 넘잖아요?"

"그렇지. 졸라리 비싸지. 우리 같은 월급쟁이들은 가기 힘들다고. 갑들만 줄창 댕기지. 을과 병은 강소주나 빨아야지."

"그러니까, 제 말은 양 형 같은 평범한 회사원들도 한 달에 한두 번은 룸빵에서 기분 좀 내자 이거죠. 1인 기준 15만 원에 떡을 치고도 남는 거지."

"그럼 아가씨들은 뭘 먹고 살아?"

"아가씨들은 더 좋아해요. 일단, 술을 안 먹어도 괜찮으니까. 그리고 말이 구십 분이지, 대충 놀다 보면 한 시간이면 다 끝나요. 여긴 술 마시러 오는 술집이 아니거든요. 빨고 빨리려고 오는 거지. 15만 원에서 아가씨 몫으로 5만 원. 하루 세 탕만 뛰면 일당 15만 원이지. 아……, 그리고 또 하나, 아가씨들은 모조리 알바로 쓸 작정이에요. 풀타임 빠순이들은 채용 안 합니다. 계약직 직원만 있는 룸빵을 운영한다 이거요. 회사 일 마치고 적게는 한 탕, 많게는 세 탕 뛰며 돈 버는 것이죠. 수업 끝내고 아르바이트 차원에서 오는 여대생들도 많을 것이고. 그까짓 남자 물건 빠는 일이야 뭐, 요즘 애들 껌이지 껌."

"이 친구 이거 굉장하군. 끝내주는 아이템이야. 내 아이디어 하나 내지. 그 술집 이름을 룸살롱이 아닌 풀살롱으로 해봐요. 풀. 가득 차다. 모조리. 꽉 찬다. 한 방에 해결. 뭐 그런 뜻이 담겨 있죠. 내가 이래 봬도 한때 날리던 카피라이터였다니까. 아 그리고, 아예 5만 원짜리 빨아주는 방, 그런 것도 해봅시다. 펠라방? 아니다. 너무 직설적이네. 입술방, 키스방 어때?"

"키스방은 가오가 안 살죠. 완전 변태 같잖아요? 그런데 그것도 소자본으로 창업하기 딱 좋은 아이템이네. 풀살롱? 그거 좋군요. 또 하나가 더 있어요. 안승호 사장이 아이디얼 줬는데, 궁정동 안가 알죠?"

"궁정동 안가? 그 옛날 대통령 총 맞은 곳?"

"그렇죠. 바로 거기. 안가 분위기를 룸살롱에 재현해보라는 거야.

안승호 사장 말씀이."

"환장하겠군. 점입가경이야."

"5층에 4층은 풀살롱, 한 개 층은 안가, 즉 최고급 비밀 요정 분위기 술집을 꾸미겠다는 것이죠. 술 먹다가 총 맞아 죽는 아찔한 기분도 느끼고. 병풍 뒤에서 통기타 가수가 노래도 하고, 뭐 그런 술집."

"완전 대박! 우리 같이 해봅시다. 이 사업, 정말 비전 있어. 이런 게 진정한 벤처라니까. 뛰는 놈 위에 초음속으로 나는 분이 계신다고. 그렇지 않냐? 한 이사?"

한정수는 연신 소주만 마셨다, 그는 아무 말도 하지 않았다.

양희석은 잔을 싹 비웠다. 그는 자신의 잔에 소주를 넘치도록 채웠다. 철철 넘치는 잔을 이상락 앞에 놓았다. 이상락은 양희석이 건넨 잔을 홀짝거렸다. 반만 비웠다.

"그 사업, 초기 비용이 상당할 텐데? 5층 건물을 통째로 사용하면, 임대료만 얼마야? 감당할 수 있어요?"

양희석의 눈동자가 반짝거렸다. 잡기 천재의 육감이 그대로 드러나는 눈동자였다.

"안승호 사장님이 알아서 해주신다고 합니다. 사업 계획만 잘 짜라고 하시더군요. 걱정하지 말라고 하시던데요? 오늘 그 일 마무리하신답니다."

"안승호 사장? 아……, 재미교포 무기중개상? 그거 끝내주는군. 우리 앞으로 종종 만납시다."

양희석이 이상락에게 손을 내밀었다. 이상락은 마지못한 표정으로 양희석의 손을 잡았다. 조준우가 한마디를 덧붙였다.

"그 사업 말이오. 뒤는 내가 봐주리다. 국정원이 백이 되어주겠다. 이 말씀."

이상락과 양희석이 어이없다는 표정으로 조준우를 쳐다보았다. 조준우가 씩 웃었다. 이상락과 양희석도 웃었다. 썩은 미소, 소위 썩소가 탄생하는 순간이었다.

허름한 술집에 구린 냄새가 진동했다.

*

"최 부장. 나랑 같이 일해보세. 내가 자리 하나 마련해놓지. 회장님 품을 떠나 나와 함께 더 큰 세상으로 나가세. 새로운 세계가 열릴 걸세."

"어떤 세상? 무기중개의 세상? 그 세상이 그토록 찬란한가?"

"아무 때나 오게. 나는 자네의 손을 기꺼이 잡아주겠네. 한 손은 회장님을 잡고 있게. 나머지 손은 나를 잡아주게."

"생각 좀 해보지. 고맙구먼."

안승호가 최수철의 손을 맞잡으며 말했다.

"대신, 조건이 있어. 자네 말이야. 이상락 저 친구와 관련된 일이지. 우리와 회장님의 업보. 저 친구, 우리 덕에 아버지를 잃었지 않겠나. 빚을 진 셈이지. 나는 빚지고는 못 사네. 저 친구의 아버지 노릇은 하지 못하겠지만, 빚은 갚아야지. 회장님도 그 정도는 해주실 걸세. 내 요구 조건은 아주 간단하네. 미래피아 빌딩 건너편에 5층 건물 하나 봐놓은 게 있네. 그 건물을 이상락한테 맡길 생각이야. 건물주는 자네고. 이상락이 거기서 사업을 할 계획이네. 술 사업이네. 자네와 여기 이기헌 후배님이 주요 투자자로 이름을 올릴 거야. 거기서 나오는 수입 잘 챙기게. 일은 나랑 하고. 무역 일 말이네. 자네가 도와주면 되네."

"건물주? 허허, 그것 참 영광이네. 내 팔자에 강남의 건물주라. 그래서, 회장님에게는 말씀드렸나? 그게 쉬운 일이 아닐 텐데."

"내가 알아서 하겠네."

10대 폭주족처럼 술집 문을 박차고 들어온 권준도. 그는 단숨에 전문경영인으로 되돌아왔다. 시속 200킬로미터의 음주운전. 그것은 그의 평생에 처음이자 마지막 모험이었다. 권준도는 이기헌을 밖으로 불러냈다. 권준도는 침착한 어조로 김도술 회장의 말을 전했다. 더하지도, 빼지도 않은 있는 그대로였다. 이기헌은 고개를 끄덕였다. 얘기를 다 끝낸 권준도와 이기헌은 가볍게 악수를 나눴다. 둘은 술집 안으로 들어와 앉았다. 전직 중정 요원 둘, 현직 비밀요원 하나, 전문경영인 하나가 서로의 눈빛을 교환했다. 그들은 약속이라도 한 것처럼 동시에 고개를 끄덕였다. 단 한 번의 끄덕임이었다.

다른 테이블에서는 여전히 하이클래스 에스코트 사업을 둘러싼 집중 토론이 한창이었다. 양희석과 이상락의 눈빛은 새벽별처럼 초롱초롱했다. 한정수는 졸고 있었다. 조준우는 고개를 갸웃거렸다.

실내 포장마차의 문이 슬며시 열렸다. 하얀 구름이 둥둥 떠 있는 투명하고 찬란한 빛깔의 원피스 정장을 입은 단발머리 여자가 술집으로 얌전히 들어왔다. 강남 뒷골목의 술집에 전혀 어울리지 않는 지성미를 갖춘 젊은 여자였다. 그녀는 하이힐을 신고 있었다.

그녀가 들어오는 그 순간, 술집의 문 뒤로 후광이 비치는 것 같았다. 적어도, 양희석의 눈에는 그렇게 보였다.

여자는 술집 문을 얌전히 열었다. 얌전한 걸음걸이로 들어온 젊은 여자는 주위를 침착하게 살폈다. 전설의 중정 요원, 안승호와 최수철은 여자에게 눈길도 주지 않았다. 양복을 입은 권준도는 문제적 외모의 여자를 흘깃 쳐다보았다. 구석 자리에 앉아 있던 양희석은 즉시 발기했다. 졸다 깬 한정수는 운명적인 만남을 예감했다. 이기헌은 여자를 쳐다보며 환하게 웃었다. 비밀요원에게는 전혀 어울리지 않는, 속내가 환히 드러나는 치명적인 웃음이었다. 조준우와 이상락은 여자의 등장을 알아채지 못했다. 그들의 눈길은 2차 대신 오돌뼈 안주를 게걸스럽게 먹는 여급 둘을 향해 있었다.

"왔어? 이쪽으로 와. 여기 앉으라고."

이기헌이 활짝 웃으며 여자를 향해 말했다. 가을 하늘빛 원피스 정장을 입은 이는 이기헌의 애인, 이정아였다. 캔디스닷컴 부사장이자 미래피아 미술관 총책임자로 방금 전 임명된 이정아.

이정아는 이기헌에게 상큼한 미소를 보냈다. 이기헌은 술이 확 깨는 것을 느꼈다. 그는 벌떡 일어나 이정아를 소개했다.

"여기 이 친구, 제가 말했죠? 바로 그 친굽니다. 이정아 씨. 여기는 권준도 사장님이에요. 미래피아 권준도 사장님. 그리고 여기 두 분은 회사 선배님들입니다. 전설의 요원들이죠."

이정아가 정중히 고개를 숙였다. 그녀의 가슴골에 걸쳐진 루비 목걸이가 반짝 빛났다. 권준도는 이정아의 루비 목걸이를 쳐다보며, 반짝 빛날 것이 분명한 그녀의 젖꼭지를 상상했다. 권준도의 아랫도리가 불끈 솟았다.

"들으셨겠지만, 오늘부터 이정아 부사장입니다. 캔디스닷컴 부사장 이정아. 준비되면 바로 출근하시고, 관련 업무는 저 친구들과 논의하면 됩니다."

권준도가 이정아를 뚫어져라 쳐다보며 말했다. 그는 턱짓으로 양희석과 한정수를 알려주었다.

"차차 말씀드리겠지만, 김도술 회장께서 미술관을 구상하고 계십니다. 그 일도 함께 진행하시면 됩니다. 미술관 일도 저 친구들과 함께 하세요."

이정아가 고개를 까딱 숙이더니 권준도에게 상큼한 미소를 보냈다. 권준도의 심장박동이 빨라졌다.

8

남자는 그녀의 작은 입술을 정성껏 어루만졌다. 손가락 끝에 전해지는 입술의 주름. 그녀의 과거가 그 주름에 있었다. 남자는 그녀의 부드럽고 얇은 눈꺼풀에 조심스럽게 키스했다. 입술에 느껴지는 그녀의 시선. 그녀의 미래가 그 눈꺼풀에 있었다. 남자는 그녀의 봉긋한 젖가슴을 살며시 감싸 쥐었다. 부끄러운 손바닥 안에서 파르르 떨리는 작은 젖꼭지. 그 젖꼭지에 그녀의 현재가 있었다. 남자는 그녀의 털 뭉치 같은 체모를 부드럽게 쓰다듬었다. 살짝 축축해진 그 체모에 그녀의 욕망이 있었다.

작은 입술, 부드러운 눈꺼풀, 파르르 떨리는 젖가슴, 촉촉한 체모를 가진 그녀의 눈동자가 반짝거렸다. 새벽녘의 별이 담긴, 검은 눈동자였다.

그녀는 눈을 똑바로 뜨고 자신의 몸 위에 오른 한 남자를 물끄러미 쳐다보았다.

이 남자는 누구인가. 내 안으로 들어오기 직전의 이 남자는 누구인가. 나는 이 남자를 사랑하는 것일까. 이 남자를 사랑한다면 어떤 일이 일어날까.

삽입 직전의 그 순간, 그녀의 머릿속이 복잡해졌다.

남자 사람과 여자 사람이 하나가 되는 그 순간. 크고 단단한 무엇이 몸 깊은 곳으로 쑥 들어왔다.

아.

그녀가 얕은 탄성을 질렀다. 가늘고 긴 손가락이 남자의 엉덩이를 움켜쥐었다. 서서히 움직이는 남자의 빈약한 엉덩이. 볼품없는 엉덩이에 박자를 맞추는 그녀의 탱탱한 엉덩이. 볼품없는 동시에 너무나도 근사한 엉덩이 한 쌍이 박자를 맞춰 오르내렸다.

그녀의 몸 깊은 곳에서 무언가 울컥하며 솟구쳤다. 소변을 볼 것만 같은 절정 직전의 느낌. 눈물을 흘리고 싶어졌다. 엉엉 울고 싶어졌다. 남자의 움직임이 빨라졌다.

그녀는 입천장, 입술, 목구멍, 목젖, 유방, 젖꼭지, 엉덩이, 음순, 음핵, 항문의 주름으로 그를 받아들였다. 세포 하나하나를 열어 새로운 경지의 쾌락을 탐구했다. 솟구치는 정액, 자궁의 떨림을 있는 그대로 받아들였다. 그 떨림은 내장 깊숙한 곳까지 퍼졌다. 자궁 속을 파고든 페니스가 내장을 휘젓는 느낌이었다. 등판을 어루만지는 그의 손길. 남자의 손길이 온몸을 관통해 명치께로 튀어나오는 듯한 기분이 들었다. 죽어도 여한이 없을 정도의 강력하고 절대적인 쾌락 앞에 그녀는 몸을 떨었다.

그녀는 남자의 귀에 대고 속삭였다.

"내 느낌을 느껴줘요."

달콤한 그녀의 목소리가 남자의 뇌수 속으로 스며들었다. 그녀의 영혼이 저 멀리 하늘 높이 솟구치더니 사정없이 추락했다. 급격한 상승과 한 치의 망설임 없는 하강이 몇 번이나 반복됐다. 등판이 축축이 젖었다. 피부에 윤기를 더해주는 달콤한 땀이 가득했다. 남자의 굵은 손가락이 그녀의 젖은 등판을 조용히 어루만졌다. 남자가 그녀의 이

마에 키스했다. 키스를 받은 그녀는 눈을 꼭 감았다. 절정의 그 순간을 기억하려 애썼다. 하지만 그 절정은 그녀의 몸 어디에도 남아 있지 않았다. 영혼이 빠져버린 듯한 가련한 육체의 무력함에 그녀는 다시 한 번 눈물을 흘리고 싶어졌다. 남자의 물건이 서서히 오그라들었다. 여자의 몸에서 떨어져나가는 남자의 물건. 그 감촉은 몸의 반쪽이 떨어져나가는 것보다 더 아팠다.

그녀는 벌떡 일어났다. 무릎을 꿇었다. 남자가 엉거주춤하게 일어났다. 그녀는 남자의 오그라진 페니스를 입에 물었다. 입속에 쏙 들어오는 앙증맞은 페니스. 끈적한 침으로 범벅인 혀와 입술을 오물거렸다. 페니스가 서서히 커졌다. 입안이 꽉 차는 느낌. 그녀는 그 느낌을 사랑했다. 자궁이 꽉 차고, 입안이 꽉 차는 그 느낌. 그녀는 페니스를 사정없이 빨았다. 그녀의 뺨이 쏙 들어갔다. 남자가 신음 소리를 냈다. 고통과 쾌락은 동전의 양면이었다. 남자의 얼굴이 고통으로 일그러졌다. 쾌락의 신음이 계속되었다. 남자가 다시 한 번 사정했다. 목젖을 때리는 정액의 비릿함이 온몸으로 퍼졌다. 그녀는 계속 빨았다. 다시 오그라드는 페니스를 사정없이 빨았다. 페니스를 입에 문 그녀는 남자의 눈동자를 빤히 쳐다보았다. 부끄럽다는 듯, 고통스럽다는 듯, 남자는 고개를 떨구고 있었다. 그녀는 남자를 향해 웃음을 보냈다. 수줍고 달콤한 눈웃음. 여전히 그녀는 페니스를 물고 있었다. 쩔쩔매던 남자가 그녀를 쳐다보았다. 남자도 웃어버렸다. 백치 같은 웃음이었다. 남자는 그녀의 노예가 되었다. 복종으로 일관하는 완벽한 노예의 탄생이었다.

그녀는 이정아였다. 남자는 이기헌이었다.

남자의 얼굴이 권준도로 바뀌었다. 권준도가 양희석으로, 다시 한정수로, 나중에는 안승호로 바뀌었다. 김도술은 이정아의 기억에 없었다.

이정아는 남자들의 얼굴을 기억하려 애썼다.

그녀가 기억하려 애쓰지 않아도, 서로 다른 페니스의 결과 감촉은 그녀의 뇌수, 뼈, 혈관 깊은 곳에 각인되었다. 그 각인은 이정아의 축복이자 자산이자 저주가 되었다.

9

마침내, 밤이 끝나가고 있었다. 밤의 끝은 경이로운 새벽이었다. 새벽의 공기에서는 밤꽃 향기가 났다. 싱그럽고 원초적인 생명의 냄새였다.

동이 트는 푸르스름한 하늘 저편에서 성당의 종소리가 울려 퍼졌다. 모든 이를 구원하고야 말겠다는 종소리였다.

잠에서 깬 커다란 까마귀 한 마리가 날개를 퍼덕이며 새빨간 태양이 떠오르는 불그스름한 하늘의 깊숙한 곳으로 날아갔다. 까마귀의 날갯짓에 죽고 죽이는 밤이 흔적도 없이 사라져갔다.

새벽 아침의 서늘한 공기가 밀려왔다. 술집 앞에 선 이들의 살갗에 소름이 살짝 돋았다. 평화로운 밤이 지나고 악행 가득한 낮이 시작되는 참이었다.

술집을 돌며 밤을 지새운 전설의 중정 요원 둘, 중정 현직 실세 요원, 전문경영인, 호색한과 알코홀릭 청년, 야심 가득한 보도방 업자와 얼치기 경호원과 아름다운 여자가 아침의 한복판을 향해 천천히 걸어갔다.

어둠의 양보로 탄생한 낮이 시작되고 있었다. 그들은 빌딩 사이로 시작되는 어둠의 양보를 물끄러미 쳐다보았다. 어둠의 양보를 응시하는 그들의 눈길에는 아쉬움이 가득했다. 찬란한 태양이 고층 빌딩 사이로 불쑥 올라왔다. 부끄러운 표정의 붉은 태양이었다. 태양을 본 그들은 뱀파이어처럼 살짝 몸서리를 쳤다.

골목 깊숙한 곳에 서 있던 목발을 짚은 늙은 비렁뱅이. 구멍 난 병거지에 검은 외투를 입은 비렁뱅이가 권준도에게 가래 끓는 목소리로 물었다.

"아름다운 날이죠?"

권준도는 불쑥 나타난 비렁뱅이를 쳐다보았다.

낡은 목발을 짚은 비렁뱅이가 밝고 환하게 웃으며 말했다

"뭐든지 물어봐요. 내 다 대답해줄 테니."

거지의 그늘진 얼굴에 아침 햇살이 내리쬐었다. 권준도는 함박웃음을 지었다. 비렁뱅이는 씁쓸하게 웃었다.

마침내 영업을 종료한 허름한 술집의 나무 문짝에 기대선 늙은 여인. 부스스한 머리카락의 여인은 울고 있었다. 파랗게 번진 마스카라자국이 얼굴에 가득했다. 아름다운 얼굴이었다. 늙은 여인은 울면서 이정아에게 중얼거렸다.

"왜 내게 좀 더 잘해주지 않죠? 나에게 왜 많은 것을 묻지 않죠? 다알려드릴 수 있는데."

늙은 여인이 울었다. 계속 울었다. 싸구려 마스카라가 더욱 번졌다. 눈두덩과 얼굴 전체가 시퍼레졌다. 시체 같은 그녀는 여전히 아름다웠다. 이정아는 문짝에 기댄 아름다운 여자를 쳐다보더니 나무 문짝에 등을 기댔다. 아름다운 이정아가 더 아름다운 늙은 여인의 어깨에 팔을 얹었다. 이정아가 늙은 여인을 토닥거렸다.

지난 하룻밤, 그들은 의기투합했다. 그들의 앞에 막 펼쳐진 것은 찬란한 아침이었다. 음지에서의 전쟁을 끝낸 그들은 아침의 위로를 받아 마땅했다. 하지만 부끄러움과 죄악으로 가득한 아침의 출현에 그들 모두는 얼굴을 찌푸렸다. 그들은 아침 햇살에 노출된 뱀파이어 같은 표정을 지었다.

밤이 영원히 계속되었으면.

음지가 세상에 가득했으면.

술과 여자와 돈이 가득한 아름다운 밤이 영원하기를.

그들 모두가 붉은 태양을 쳐다보며 중얼거렸다.

권준도의 운전기사는 떠오르는 태양의 기적을 눈치채지 못한 채 쿨쿨 깊은 잠에 빠져 있었다. 엿 같은 기분의 운전기사는 비렁뱅이와 늙은 여인이 나오는 개꿈을 꾸는 중이었다.

권준도가 에쿠스 리무진의 운전석을 발로 툭 찼다. 밤의 아름다움을 체험하지 못한 젊은 운전기사가 손등으로 입을 싹 닦았다. 그는 실눈으로 권준도를 쳐다보았다. 권준도의 등 뒤로 비치는 아침 햇살. 운전기사는 눈을 찡그렸다. 빌어먹을 아침 햇살 때문에 엿같이 눈이 부셨다.

10

시간은 빠르게 흘러갔다. 눈부신 시간이었다.

강남역의 주식회사 미래피아 본사 빌딩.

공중누각과 신기루를 섞어놓은 듯한 미래피아 벤처 인큐베이팅 빌딩은 미숙아들로 넘쳤다. 전국 각지에서 모인 내로라하는 미숙아들은 멋대로 회사를 만들었다. 미숙아들은 멋대로 회사를 운영했고 멋대로 회사에 출근했다. 개를 데려오는 미숙아도 한둘은 볼 수 있었다.

무역, 법률, 금융, 소프트웨어, 인사관리 등 각 분야에서 일가를 이룬 한둘의 전문가도 이 빌딩에 자진해 입주했다. 김도술의 명성에 근거 없는 낙관이 더해진 결과였다.

전혀 다른 색깔의 사람들, 전혀 다른 생각을 가진 이들이 모인 벤처 인큐베이팅 빌딩은 용광로 같았다. 펄펄 끓는 쇳물은 넘치기 직전이었다. 폭발 및 해체 일보 직전의 용광로. 시뻘건 쇳물이 흥건한 용광로가 바로 이곳이었다. 미숙아들은 살인청부업자의 신호를 기다리는 철부지 청년들처럼 출발선에 대기하고 있었다.

인공위성을 통해 인터넷에 접속하게 해준다는 인공위성 인터넷 회사, 검정색 래브라도 강아지를 모델로 내놓은 인터넷 포털 회사, 컴퓨터를 망가뜨리는 악성 바이러스를 퇴치한다는 인터넷 보안 업체, 무제한 용량의 이메일을 무료로 제공한다는 인터넷 메일 회사, 고품격의 문화 평론을 공짜로 볼 수 있게 한다는 웹진 운영 회사, 컴퓨터를 휴대폰 크기로 축소하기 위해 고군분투하느라 정신이 없는 PDA 제작 회사 등이 용광로 같은 건물 속에서 간판을 내걸었다.

명청할 정도로 큰 책상에 앉은 미숙아들은 싸구려 영광이 넘쳐나는 거리를 매일 쳐다보았다. 낙오자는 한 명도 보이지 않는 강남대로, 일명 테헤란로. 폐타이어를 재활용한 두꺼운 고무 바지를 입고 바닥을 기어 다니는 거지도, 그곳에서는 낙오자가 아니었다. 고무 바지를 입은 거지가 테헤란로의 바닥을 길 수 있는 권리금은 수천만 원이었다.

미숙아들은 용광로 같은 빌딩을 오가며 매일같이 자괴감이 들었다. 어쩔 도리 없는 자괴감이었다.

매일 아침 아홉시 정각이면 미래피아 빌딩의 뒷문으로 들어오는 남자. 그 남자는 김도술이었다. 그는 텁수룩한 수염에 꽁지머리를 한 청년들에게 기꺼이 엘리베이터를 양보했다. 청년들 대부분은 김도술이 누구인지 알지 못했다.

김도술은 점심시간까지, 9종의 일간지와 경제신문을 챙겨 읽었다. 틈틈이 결재 서류에 자신의 이름을 휘갈겼다. 오후 두시, 김도술은 스카이라운지에 마련된 직원 식당의 창가 자리에서 늦은 점심을 먹었다. 그는 혼자서 식사를 즐겼다. 몇몇의 청년들이 김도술을 흘끔거렸다. 그들은 팩소주를 스테인리스 컵에 따라 마셨다. 회사 식당에서 대낮부터 소주를 마시는 이들. 바로 그들이 벤처 인큐베이팅 빌딩에 입주한 미숙아들이었다. 양희석과 한정수 그리고 그 일당도 점심 반주를 즐겼다. 김도술은 낮술을 마시는 청년들을 쳐다보며 흐뭇한 미소를 지었다.

김도술은 눈 아래로 펼쳐지는 강남 한복판을 응시하며 밥과 반찬을 꼭꼭 씹었다. 그가 강남 한복판에서 본 것은 상처투성이의 영광이었다.

식사 후, 그는 19층에 마련된 미래피아 미술관을 찾았다. 미술관장이자 큐레이터로 임명된 이정아가 김도술을 환한 웃음으로 맞았다. 김도술이 평생에 걸쳐 수집한 미술품들. 그는 작품들을 쳐다보며 과거를 잊으려 애썼다. 빨강과 파랑, 노랑과 초록을 쳐다보고 있노라면, 어둠 같았던 지난 과거가 저 멀리 사라지는 것 같았다.

다섯시 퇴근. 김도술은 저녁 약속을 거의 잡지 않았다. 해가 떨어지기 전, 김도술은 늙은 마누라가 기다리는 청계산 자락의 전원주택에 들어앉았다. 그는 TV에서 흘러나오는 〈동물의 왕국〉을 매일같이 지켜보았다. 약육강식, 용불용설, 매복, 사냥, 강탈, 관대함, 자비, 연민, 불멸, 회한, 슬픔, 공허함, 의미 없음, 희망 없음, 죽음, 탄생. 삶과 사업과 인생의 모든 것이 〈동물의 왕국〉에 담겨 있었다. 사자와 호랑이 그리고 코뿔소와 하이에나를 보고 있노라면 마음이 평안해졌다.

〈동물의 왕국〉이 끝나도 볼 프로그램은 남아 있었다. 전국 각지의 시골마을과 그곳에 사는 이들을 소개해주는 〈6시 내고향〉이 김도술이 꼭 보는 프로그램이었다. 그는 TV를 쳐다보며 전국 각지로 여행을 떠났다. 그는 TV를 통해 고향을 찾았다.

기업가로 성공한 후, 김도술은 고향을 단 한 번도 방문하지 않았다. 지역의 발전을 위해 돈을 내라, 동창회장을 해라, 지역 정치인을 후원해라 등등의 온갖 청탁들. 그는 그런 청탁을 단칼에 거절했다. 고향 사람들의 원성이 자자했다. 고향 사람들의 청탁이 꼴 보기 싫어 선산을 헐값에 팔아버렸다. 조상들의 묘를 파냈고, 아무런 연고도 없는 강원도 산골로 어머니와 아버지와 할머니의 유골을 옮겼다. 정신병 수준의 결벽증 환자가 바로 김도술이었다.

김도술 회장은 〈동물의 왕국〉과 〈6시 내 고향〉을 시청한 후 소박한 밥상을 받았다. 반주로 소주 반병을 마셨다. 식사 후, 그는 정원으로 나갔다. 정원 손질이 그의 유일한 취미였다. 그는 고무장화를 신었다. 손에는 큰 가위와 칼을 들었다. 착착착. 정원용 가위질 소리가 청계산 자락에 매일같이 울려 퍼졌다.

김도술은 아홉시에 잠자리에 들었다. 그는 꿈도 없는 잠을 잤다. 중앙정보부에서 일할 때는 하루도 빼놓지 않고 악몽에 시달렸다. 이도 갈았다. 김도술의 아내는 부득부득 이를 갈며 신음하는 남편의 입술을 조심스럽게 만져주었다. 사업가가 된 후, 김도술은 꿈을 꾸지 않았다. 그는 현실에서 꿈을 찾았다. 이도 갈지 않았다. 결코 꿈을 꾸지 않는 남자, 꿈 따위는 현실에서 이뤄내는 남자, 멀쩡한 정신으로 멀쩡하지 않은 세상을 향해 이를 가는 남자가 되었다.

새벽 다섯시. 김도술은 벼락처럼 일어났다. 새벽을 맞은 표범처럼 집 주위를 어슬렁거렸다. 그는 새벽의 공기를 한껏 들이마셨다. 한 시간 동안의 산책이 이어졌다. 그의 아침식사는 눌은밥과 간장 한 종지 그리고 신 김치가 다였다.

샤워를 마친 김도술은 시내버스를 타고 출근했다. 회장 전용 승용차는 미래피아 빌딩의 주차장에 얌전히 놓여 있었다. 그의 운전기사인 최수철 부장도 버스를 타고 회사로 출근했다. 김도술은 회사를 떠나면 회사를 잊었다. 그는 법인카드도 들고 다니지 않았다. 거래처의 사장을 만나도 개인 돈을 썼다. 수천억의 자산가가 되었지만 그는 최저생계비를 집에 가져다주었다. 그의 늙은 아내는 남편의 돈으로 검소한 살림을 했다.

출근길의 시내버스 안. 김도술은 시험공부로 밤을 샌 대학생, 작디작은 회사의 경리사원 옆에 서서 손잡이를 꼭 잡았다. 운이 좋으면 자리에 앉았다. 버스에서 그가 하는 일은 '응원과 성원'이었다. 그는 미래피아 빌딩으로 모여드는 가난한 청년들을 마음속으로 응원했다.

회사 앞 정류장에서 내린 김도술은 뒷골목으로 향했다. 그는 정문이 아닌 빌딩 뒷문을 이용했다. 정문으로 드나들지 않는 삶. 중정 요원 시절부터 시작된 그의 오랜 습관이었다.

강남역의 미래피아 빌딩 입주 후 김도술은 일을 확 줄였다. 대부분의 실무를 전문가들에게 넘겼다. 고액 연봉의 전문가들. 그들을 놀릴 수는 없었다.

그는 대부분의 시간을 집무실에 틀어박혀 있었다. 김도술은 정교하게, 정밀하게 과거를 복기하기 시작했다. 앞만 보고 달려온 날들. 그 끝을 준비하고 싶어서였다.

끝은 끝이 아니라 또 다른 시작이니까. 동시에, 안주하기에는 너무나 짧은 삶이니까.

김도술이 끝을 준비하는 이유는 그게 다였다.

김도술은 매일같이 과거를 회상했다. 혹시라도 망각한 과거가 있나 곰곰이 살폈다.

오늘도 그는 책상 앞에 똑바로 앉았다. 그리고 과거로 돌아갔다.

*

중앙정보부에서 느닷없이 강제 해직된 김도술은 한동안 어리둥절
했다. 그는 주민등록등본도, 인감증명도 자기 손으로 떼본 적이 없었
다. 사회에 툭 던져진 김도술은 운전면허증도 없었다. 운전기사와 비
서가 없는 일상은 고통스럽기 짝이 없었다. 팔과 다리가 잘린 것 같았
다. 운전면허는 있어야겠다 생각했다. 김도술은 운전학원에 등록했
다. 하지만 어찌 된 영문인지 그는 실기시험에서 계속 떨어지고 말았
다. 우여곡절 끝에 면허를 취득한 김도술은 소형차를 한 대 샀다.

김도술은 금형 회사의 사장님으로 사회생활을 시작했다. 말만 사
장이었다. 중고 기계 한 대와 공고 출신의 젊은 기술자 두 명이 그의
자산이었다. 김도술은 사업을 몇 번 말아먹었다. 믿었던 중앙정보부
후배로부터 사기도 당했다. 퇴직금의 절반을 싹 날렸다. 미래피아는
우여곡절 끝에 금형에서 전자부품 조립 업체로, 다시 반도체 제조 장
비 업체로 탈바꿈했다.

김도술을 키운 것은 기술도 돈도 배짱도 아니었다. 주식회사 미래
피아의 원동력은 사람이었다. 김도술은 한번 사람을 믿으면 끝까지
믿었다. 망하더라도 믿었다. 사람 때문에 낭패를 본 적도 한두 번이 아
니었지만, 김도술은 자신이 선택한 사람을 믿었다. 그가 믿은 사람들
이 간단한 반도체 제조 장비를 만들어냈다. 김도술은 사장이 아닌 심
부름꾼 역할을 자처했다. 월급을 주는 심부름꾼. 공장 청소를 하는 시

다바리.

미래피아에서 나온 제품이 드디어 국내 시장에 출시되었다. 시장의 반응은 나쁘지 않았다.

김도술은 단순한 기계 덩어리 같은 반도체 제조 장비로 성이 차지 않았다. 전량 수입에 의존하던 반도체 검사 장비를 개발하리라 마음먹었다. 그는 길을 만들기로 작정했다. 존재하지 않는 길을 만드는 것은 고난의 연속이었다. 고난은 마땅했다.

1년 매출액을 통째로 투자한 검사 장비 투자비가 순식간에 물거품이 되었다. 밤을 지새우며 눈물과 피땀으로 만들어낸 시제품이 먹통이었다.

서울올림픽이 열렸던 1988년, 김도술은 지옥 가까이 갔다. 자신의 모든 재산은 물론이요, 처남의 집과 조카의 곗돈까지 연구비로 쏟아부었다. 은행과 사채 이자만 하루 대여섯 건 처리하는 나날의 연속이었다. 파산이 눈앞에 닥쳤음을 직감했다. 전 재산을 투자한 기계는 작동되지 않았다. 그는 죽기로 결심했다.

죽읍시다. 아무래도 다른 방법이 없구려.

김도술은 아내에게 말했다. 조용히 울던 김도술의 아내는 순순히 고개를 끄덕였다.

김도술을 살린 것은 사람이었다. 공고 출신의 신입 사원이 시제품의 문제점을 발견했다. 그리고 문제점을 개선했다.

기업의 성공은 시작이 어려웠다. 길이 뚫리자 길이 보였다. 새로운 길이 나타났다. 미래피아의 제품은 단숨에 국내 시장을 석권했다. 일본 제품이 주름잡고 있던 해외 시장에도 진출했다. 해외로부터 주문이 밀려들었다. 그리고 마침내 미국과 일본의 업체들과 어깨를 나란히 하게 되었다.

이후 김도술은 고속도로에 올라탈 수 있었다. 제한속도 없는, 세상의 끝까지 쭉 뻗은 아우토반이 그의 눈앞에 나타난 셈이었다.

1998년, 중견기업으로 성장한 미래피아는 기업을 공개했다. 탄탄한 재무구조, 독창적인 기술력, 결벽증에 가까운 오너의 도덕성까지. 주식시장은 미래피아의 등장에 환호했다. 권준도 상무가 미래피아에 합세했다. 권준도가 제안한 우리사주 분양이 이어졌다. 300여 명의 직원 대부분이 수억 원의 자산가가 되었다. 구내식당에서 일하는 아주머니도 억대 부자가 되었다.

김도술은 타인에게는 관대했다. 하지만 자신에게는 결벽증 환자 수준으로 엄격했다. 모든 직원들에게 최고급 사양의 컴퓨터를 지급했으며, 충치를 금니로 바꾸는 비용도 회사에서 내줬다. 김도술은 도덕성을 직원들에게 요구하지 않았다. 도덕성은 오너 한 명으로도 충분했다. 그는 도덕적인 인간보다 일 잘하는 사람을 편애했다.

임원으로 재직 중인 창업 공신 중 한 명이 신임 권준도 사장의 행태를 문제 삼았다.

'룸살롱의 팁까지 회사 비용으로 청구했다. 사장 전용 기사를 채용했다. 옥상에 사장 전용 골프 연습장을 만들었다.'

김도술에게 올라온 권준도의 행태였다. 김도술은 창업 공신의 불평을 달랬다. 하지만 창업 공신의 질투와 시기는 계속되었다. 보고가 아닌 고자질이 명백했다. 김도술은 창업 공신을 해고했다.

절이 싫으면 중이 나가게.

김도술이 창업 공신에게 거액의 퇴직금과 위로금을 건네며 마지막으로 한 말이었다. 김도술은 그런 사람이었다.

기업공개 이후 김도술은 사업 영역을 확대했다. 종이 몇 장을 들고 오는 이에게 수백억을 투자했다. 돈이 생기면 돈을 썼다. 돈을 쌓아놓지 않았다. 돈이 없다고 돈을 빌리지도 않았다. 김도술은 아무리 어려울 때도, 은행에서 돈을 빌리지 않았다. 정부에 손을 벌리지도 않았다. 차라리 사채를 끌어다 썼다. 은행과 정부의 임원과 관료를 상대하고 접대하기가 싫어서였다. 김도술은 그런 사람이었다.

벤처.

김도술은 벤처라는 단어가 좋았다.

모험.

그것이 그의 인생이었다.

김도술은 돈이 없어 꿈을 포기하는 이들에게 연민을 품었다. 가능성과 진정성. 김도술은 가능성과 진정성을 발견하면, 그 자리에서 거액의 투자를 결정했다. 그렇게 결정한 회사들이 미래피아의 계열사가 되었다.

미래피아는 한국 최초로 미국 주식시장에도 진출했다. 권준도가 나스닥 진출의 실무자이자 책임자였다. 수억 달러의 돈이 미래피아에 유입되었다. 김도술은 그 돈으로 강남 한복판의 20층 빌딩을 매입했다. 그리고 그 공간에 생명을 불어넣었다.

그의 투자 방식은 지금까지의 한국 기업들과는 질적으로 달랐다. 아무런 간섭도, 아무런 조건도 없는 무조건적인 투자. 돈을 확 줘버리고 그 돈을 마음껏 쓰라는 투자. 김도술의 투자는 단순한 베팅이 아니었다. 그에게는 투자도 모험이었다. 쪽박을 각오한 무모한 투자. 김도술은 투자 그 자체를 즐겼다.

김도술은 어느새 한국의 워런 버핏이 되었다. 김도술의 주식 매입, 투자 소식은 주식시장을 들썩이게 만들었다. 김도술의 돈질에 개미투자자들이 요동쳤다.

야만적 자본주의를 비웃는 선량한 미다스의 손.

경제 주간지를 장식한 김도술의 이미지였다.

재력이 곧 마력이 되는 세상이었고, 그 한복판에 김도술이 우뚝 자리를 잡게 되었다. 부모로부터 천문학적인 재산을 물려받은, 억세게 운 좋은 유산상속자의 전성시대는 이미 저만치 흘러간 것처럼 보였다.

김도술과 미래피아는 주식시장의 새로운 별이 되었다.

김도술은 40대 초반에 이미 가장 힘 있는 남자로서의 모든 것을 체험했다. 중앙정보부 관료라는 자리가 선사하는 무소불위의 권력. 김도술은 그 힘의 허망함을 잘 알고 있었다. 김도술은 60대 초반에 다시 한 번 힘 있는 정점에 올라갔다. 40대의 김도술이 그 힘을 독점했다면, 예순을 넘긴 김도술은 주위 사람들에게 힘을 나눠줬다. 주식과 현금과 모험심이 힘의 원천이었다.

불알이 힘의 원천인 평범한 남자들. 그들과는 전혀 다른 차원의 힘을 김도술은 가지게 되었다.

*

　권준도는 김도술의 행동대장이었다. 김도술의 지령을 받아 민첩하게, 한 치의 착오도 없이 정밀기계처럼 움직이는 행동대장.

　미래피아 사장 권준도의 하루는 엄청나게 바빴다. 그는 5분 단위로 시간을 쪼개 움직였다. 전형적인 전문경영인의 일상을 그는 만끽했다. 권준도는 미래피아 사장 외에도 계열사 다섯 곳의 사장 자리를 차지해버렸다. 김도술 회장의 독특한 인사 방식, 즉 '한번 믿은 놈에게 전권을 주겠다'와 IMF 그리고 벤처 거품 시대가 탄생시킨 괴물 같은 전문경영인. 바로 그가 권준도였다.

　벤처. 모험. 쪽박 아니면 대박. 살코기와 현찰을 향해 돌진. 하지만 대부분은 쪽박.

　권준도는 벤처라는 단어를 결코 믿지 않았다. 그의 일상은 벤처가 절대 아니었다. 권준도는 돌다리도 두드리는 조심성 많은 남자였다. 그는 산악자전거, 수상스키 등을 즐길 생각이 전혀 없었다. 행여라도 다칠까 하는 걱정 때문이었다. 그는 신중 또 신중한 남자였다.

　권준도는 몸 관리에 벌벌 떨었다. 술을 마신 다음 날이면, 반드시 해독용 한약을 마셨다. 술집 아가씨와 섹스를 할 때면, 반드시 콘돔을 확인하고 또 확인했다. 혹시라도 콘돔에 구멍이 나지 않았나. 권준도는 콘돔을 돋보기로 살피기도 했다. 그런 권준도의 직업은, 벤처기업 경영인이었다.

　권준도가 미래피아 사장에 오른 1999년 초여름은 벤처 거품의 절정기였다.

벤처 거품의 탄생 배경은 이러했다.

대한민국을 폭격한 IMF 시대, 거대한 명예퇴직과 강제해직의 물결, 실업자 양산, 정부 교체.

1997년 12월, 정권을 차지한 새로운 정부는 경제 회생에 골몰했다. 1955년에서 1962년 사이에 태어난 이른바 '베이비부머' 세대가 위기에 처했다. 그들이 받아야 할 연금이 고갈되었다. 정부는 돈이 필요했다. 나라 곳곳에 돈이 돌 필요가 있었다. 정부의 필요와 계산에 의해 코스닥이 만들어졌다.

1999년 세기말. Y2K 위기론이 퍼지면서 기업들의 선투자가 급증했다. 가정에서는 PC 교체 붐이 일었다. 코스닥이 급등했다. 돈이 사라진 시대가 순식간에 지났다. 돈이 넘쳐나는 시대가 도래했다. 주체할 수 없을 정도로 풍부해진 현금. 그 현금 덕분에 많은 기업들이 생겼다. 그 기업들의 대부분은 벤처라는 이름을 달고 있었다.

벤처 거품 시대의 벤처기업은 대략 네 부류였다.

반도체 검사 장비를 전문적으로 생산하는 주식회사 미래피아 같은 기술 벤처가 첫 번째였다. 그들은 독보적이고 독창적인 기술을 바탕으로 황금빛 미래를 꿈꿨다. 하지만 기술 벤처는 극히 드물었다. 기술 벤처의 대부분은 돈방석에 앉았다. 벤처 오너는 벼락부자가 되었다.

두 번째는 아이디어 벤처. 게임 개발, 휴대폰 벨소리 개발로 새로운 시장을 여는 소규모 기업들이 여기에 해당되었다. 아이디어 벤처기업의 대부분은 순식간에 생겨났고, 순식간에 사라졌다. 돈방석에 앉기를 염원하는 이들은 천지였지만, 돈방석을 깔고 앉는 이들은 거의 없었다.

세 번째는 무늬만 벤처. 말 그대로 이름만 벤처였다. 대기업 전산실 대부분이 벤처기업으로 독립했는데, 이 경우가 대표적인 무늬만 벤처였다. 정부의 벤처 지원금을 따먹기 위한 눈 가리고 아웅 식의 기업이었다. 대기업 연구소가 별도 법인으로 떨어져 나가는 것도 여기에 해당되었다.

마지막은 사기 벤처였다. 근본이 의심스러운 이들이 근본이 의심스러운 기술을 가지고 세운 회사들. 간첩 및 살인교사 그리고 사기 혐의로 복역한 인물이 촉망 받는 벤처 사업가로 우뚝 설 수 있는 시절이었다. 그들은 SF영화에서나 볼 수 있는 홍채 인식 기술 등을 개발했노라고 발표했다. 오늘경제신문의 이형곤 부장 같은 이들이 이를 그럴 듯하게 포장해 보도했다. 그리고 그들은 코스닥 시장에 화려하게 진출했다.

개미투자자들은 황금알을 낳는 벤처기업에 열광했고, 묻지마 투자를 감행했다. 사기 벤처의 뒤에는 배후조종자가 존재했다. 결코 자신을 드러내지 않는 배후조종자. 수십억의 현금을 하루아침에 챙기고 사라지는 배후조종자.

대표적인 배후조종자는 국정원 벤처팀장 이기헌이었다. 국정원 요원, 언론사 간부, 전직이자 현직 사기꾼, 여기에 돈맛을 본 일부 정치인들이 합세했다. 그들은 개미들의 피땀으로 엄청난 돈을 챙겼다. 그리고 그 돈을 흥청망청, 무식할 정도로 과감히 써버렸다.

주식회사 미래피아 권준도 사장.

그는 기술 벤처와 아이디어 벤처, 배후조종자와 벤처 시장의 별 사이에 발을 걸치고 있는 인물이었다.

권준도는 자신이 서 있는 곳이 낭떠러지임을 잘 알고 있었다. 헛걸음 한 방에 나락으로 추락하는 낭떠러지. 권준도는 조심스럽게 또 조심스럽게, 한 걸음 또 한 걸음을 내디디며 살았다. 두둑한 배포는 권준도의 의도된 계산이었다. 세상 그 누구보다 조심스러운 인물. 바로 그가 권준도였다.

1999년, 벤처 거품은 절정기였다. 2000년 봄, 그 거품은 폭발 직전의 상태로 커져 있었다. 언제 폭발할지 모르는 거품의 상태를 진단한 이들은 극히 드물었다. 대부분은 폭발 직전의 스릴을 마음껏 즐겼다.

벤처 거품이 폭발하기 직전인 2000년 3월 강남 역삼동 일대의 풍경은 이러했다.

오후 여섯시 반. 아직 어둠이 깔리기도 전의 시간. 잘나가는 벤처기업 소속 변호사가 최고급 룸살롱에 전화를 건다. 미국 회사를 다니다 벤처기업으로 회사를 옮긴 변호사의 주요 업무는 룸살롱 예약. 미국에서 회계 공부를 한 회계사는 운전기사를 자처했다. 고위 관료 혹은 펀드 회사 간부를 태운 '허' 넘버의 수입산 8기통 자동차가 룸살롱으로 출동했다. 변호사와 회계사는 아직 출근하지 않은 마담과 웨이터를 기다리며 담배를 피웠다.

저녁 일곱시에 시작된 술자리는 여덟시 반이면 끝났다. 텐프로 중의 텐프로가 이들 옆에서 시중을 들었다. 2차는 분위기 좋은 카페나 최고급 호텔 스카이라운지에서 이어졌다. 텐프로의 시중을 받으며 가볍게 양주를 마신 이들은 클래식 음악이 잔잔하게 흐르는 카페에서 칵테일 한 잔으로 하루를 마무리했다. 큰마음을 먹고 스카이라운지에 데이트를 나온 중산층 젊은이들은 이들이 룸살롱에서 1차를 즐겼다는 사실을 절대 알 수 없었다. 초저녁의 룸살롱을 매일같이 즐긴 이들. 이들은 스카이라운지에서 신사처럼 굴었다. 그러지 못할 이유가 전혀 없었다.

벤처기업 대표와 펀드 회사 간부, 고위 관료와 아직 망하지 않은 재벌가의 3세들은 한 달에 한 번, 동남아 등의 해외로 출장을 빙자한 환락 여행을 떠났다. 텐프로들이 공항으로 출동했다. 이들은 동남아의 오성급 호텔에서 술을 진탕 마시며 섹스에 열중했다. 아드레날린을 유발하는 약물은 이들의 필수품이었다.

사기 벤처에 몸을 담고 있는 치들은 서로 유혹을 했고, 유혹을 받았다. 신주인수권부사채, 전환사채 등 이름도 생소한 채권이 마구 발행되었다. 유령회사 설립을 통한 주가조작이 반복되었다. 금융 브로커들이 활개 쳤고 사기와 금융공학 사이에서 아슬아슬한 줄타기가 이어졌다. 머니게이머들은 주가등락에 일희일비를 반복했다. 선량한 투자자들의 집문서는 순식간에 허공으로 날아갔다. 펄럭거리는 집문서를 챙기는 이들은 따로 있었다.

'벤처기업을 누가 지정하지? 투자자? 최대 주주? 개미? 아니야. 정부야 정부. 정부가 벤처기업을 지정하고 뒤를 봐준다고. 대한민국이 유일하지 그건.'

국정원 벤처팀장 이기헌. 그가 권준도와 술을 마시며 내뱉은 중얼거림이었다.

*

모든 것이 확확 변하는, 눈코 뜰 새 없는 시간이 이어졌다.

이상락은 벤처기업가, 벤처 투자자, 고위 관료들에게 여자와 약물을 대주느라 바빴다. 그 바쁜 와중에 이상락은 강남 역삼동 뒷골목의 5층 건물을 매입했다. 그는 평생의 꿈을 이뤘다. 전직 카피라이터 양희석이 명명한 '풀살롱'이 5층 건물 전체를 꽉 채웠다. 안승호의 아이디어인, 궁정동 안가를 재현한 비밀 요정은 아직 들어서지 않았다. 건물 매입에 필요한 자금은 김도술 회장의 주머니에서 나왔다.

안승호가 김도술의 돈을 받아 이상락을 풀살롱 사장에 앉혀주었다. 김도술이 이상락에게 진 빚을 갚은 셈이었다. 김도술과 안승호와 최수철에 의해 남중국해로 사라진 비운의 중정 부장, 이유평은 그렇게 풀살롱을 통해 살아났다. 5층 빌딩의 법적 주인은 최수철이었다. 일종의 퇴직금이었다. 최수철은 정든 미래피아를 떠났다. 그는 옛 동료인 안승호의 회사로 들어갔다. 김도술은 최수철에게 퇴직금 조로 미래피아 주식과 강남역 뒷골목의 5층 건물을 안겨줬다. 최수철은 김도술, 권준도에 이어 3대 주주에 올랐다. 동시에 최수철은 안승호가 세운 국내 무기중개 업체의 바지사장직에 올랐다.

국정원 실세 자리를 여전히 유지하고 있던 이기헌은 이상락의 술집에 가끔 나타났다. 권준도도 비즈니스 차원에서 아주 가끔, 이기헌

그리고 그 일당들과 술을 마시며 장단을 맞췄다.

양희석과 한정수는 권준도와 김도술 근처에 가까이 갈 수 없는 미미한 존재로 남아 있었다. 하지만 그들은 만족했다. 양희석과 한정수는 자신의 위치에서 최선을 다해 술을 마셨다. 그들은 열과 성의를 다해 여자들을 꼬셨다. 양희석은 여자에 미쳐갔다. 한정수는 술독에 푹 빠졌다. 그들은 여자와 술을 벗어날 생각이 결코 없었다.

이정아는 이들 모두의 위에 서 있는 여자가 되었다. 그녀의 란제리 업체는 홈쇼핑을 통해 승승장구했다. 이정아는 대기업 출신의 전문경영인을 채용해 회사를 맡겼다. 이정아는 미래피아 미술관장직을 때려치웠다. 그녀는 곧바로 미래피아 미술관 열 배 규모의 작품을 소장한 미술관의 관장이 되었다. 그 미술관은 휴대폰, TV, 자동차, 음료수, 신발, 의류 등 일상에 필요한 거의 모든 것을 만드는 국내 최대 재벌가 총수의 부인이 운영하는 곳이었다. 이정아는 재계의 거물과 최고위급 공무원 그리고 일류 아티스트를 지향하는 삼류 아티스트를 노예로 부리며 자신의 위치를 착실하게 다져나갔다.

안승호는 미국과 한국을 오가며 무기중개 비즈니스 규모를 더욱 키워나갔다. 안승호의 배경은 브아이피의 막내아들이었다. 알 만한 사람들은 그 배경을 잘 알고 있었다. 이정아가 안승호의 로비스트로 가끔 출동하며 고위 관계자들을 상대했다.

김도술은 여전히 골방에 틀어박혀 있었다.

벤처 거품. 그 거품이 절정기를 지나 폭발기로 향하던 2000~2001년 사이의 일이었다.

*

끝이 보이는 시간이었다. 끝을 봐야 마땅한 시간이었다.

김도술은 여전히 미래피아 빌딩 7층의 회장실에 죽치고 틀어박혀 있었다.

의자에 똑바로 앉아 과거를 복기하던 김도술. 과거를 회상하고 정리하는 오전 일과를 무사히 끝낸 김도술은 의자에서 일어났다. 그는 집무실 구석을 차지한 미술 작품을 쳐다보았다. 스무 대가 넘는 구닥다리 TV 수상기를 이어 붙여 만든, 엉성한 로봇을 닮은 미술 작품. 수십억을 줘도 살 수 없는 전설의 작품.

수십 년이 지난 작품이었지만 이 로봇은 세상의 소식을 실시간으로 전할 수 있었다. 김도술은 깡통로봇 TV를 통해 뉴스를 시청했다. 김도술이 철물점 기술자를 불러 직접 개조한 결과했다. 스무 대의 수상기에서 CNN, BBC, NHK 등에서 송출한 뉴스가 흘러나왔다. 깡통로봇 TV는 김도술의 눈동자였다. 세상을 바라보는 스무 개의 눈동자로 개조된 미술 작품이었다.

김도술은 국내 방송사의 뉴스는 쳐다보지도 않았다. 대한민국의 뉴스는 진절머리가 났기 때문이었다. 쓸모없는 정보를 쉴 새 없이 주절대는 국내 뉴스는 뉴스로서의 가치가 없었다. 그는 고급 정보를 원했다. 국내 정보는 사설 정보지와 아홉 종류의 종이신문으로 충분했다. 중정 요원으로서의 삶이 남긴, 일종의 부작용인 셈이었다.

김도술은 깡통로봇의 전원 버튼을 눌렀다. 스무 대의 TV 수상기가 잠깐 동안 부글부글 끓었다. 스무 대의 수상기에 동시에 나타난 것은 미국 뉴욕의 초고층 쌍둥이 빌딩이었다. 검은 연기와 새빨간 불길에 휩싸인 초고층 빌딩. 미래피아 빌딩보다 훨씬, 아주 훨씬 높은 초고층 빌딩. 천국을 찌르겠다는 기세의 쌍둥이 빌딩은 붕괴되기 일보 직전이었다. 김도술은 침착하게 TV를 지켜보았다.

갑자기 나타난 대형 항공기가 초고층 빌딩을 정면으로 들이받았다. 빌딩 중간에서 거대한 폭발이 일었다. 수십 수백의 사람들이 우수수 바닥으로 떨어졌다. 사람들은 낙엽 같았다. 머리부터 추락하는 점 같은 작은 사람. 김도술은 그 점 같은 사람이 자기라는 착각에 빠졌다. 이어지는 아비규환. 지상의 사람들은 비명을 질렀다. 멀리서 빌딩을 지켜보던 이들은 입을 쩍 벌렸다. 세상의 모든 뉴스 채널은 뉴욕 쌍둥이 빌딩의 붕괴를 실시간으로 전하느라 허둥지둥했다.

2001년 9월 11일. 미국 뉴욕의 쌍둥이 빌딩이 와르르 무너졌다. 영화에서도 꿈에서도 볼 수 없었던 상상 이상의 광경이 깡통로봇 TV를 통해 흘러나왔다. 결코 무너질 것 같지 않던 거대한 마천루가 먼지와 함께 폭삭 주저앉았다.

김도술은 결심했다. 끝을 봐야 할 시간임을 직감했다.

김도술은 깡통로봇의 전원을 껐다. 전화기 버튼을 눌렀다. 사장 직통 버튼이었다. 권준도가 연결되었다.

"지금 올라올 수 있나?"

"즉시 올라가겠습니다."

잠시 후, 권준도가 회장실로 들어왔다. 그는 구멍 난 발가락 양말을 신고 있었다.

"잘 듣게. 싹 정리할 타이밍이야. 주식회사 미래피아만 남기고 모두 내다 팔도록. 시간은 빠를수록 좋아. 오늘 당장 해치울 수 있으면 더 좋지. 이 건물도 팔아버려. 입질 들어오는 데 많았지? 권 사장이 매각의 총책임자네. 나한테 상세한 것 보고하지 말게. 자네가 알아서 모두 정리하도록."

"미래피아만 남기고 다 매각입니까? 매각이 불가능한 회사가 더 많습니다. 팔 가치가 없는 회사는 청산입니까?"

"두말하면 잔소리네. 청산도 우리의 의무네. 마무리를 잘하는 것. 그것도 경영자의 기본 임무지. 지금 이 빌딩에 입주한 회사 중 이익을 내는 친구들이 있는가? 아니 독자생존이 가능한 회사가 있어? 독자생존이 가능하다면야, 알아서 살아가도록 해야지. 독립시키게. 그 회사에 들어간 미래피아 지분을 싹 팔아버리게. 19층에 걸린 미술품들도 다 팔아주게. 이제 그 미술품들 들여다볼 일도 없네. 적당한 가격에 다 팔아버리게. 이 정도면 됐네. 1년도 훨씬 넘었지 않나? 이 친구들, 여기서 지낸 것도 말이야. 여기서의 2년이 향후 10년, 아니 아마 그들의 평생을 좌우할 걸세. 그 친구들한테는 큰 자산이 될 걸세. 이제는 각자 알아서 살아가라고 해. 나는 그걸로 충분하네."

"알겠습니다. 그렇지 않아도 속으로 끙끙 앓고 있던 중이었습니다. 언제까지 이 친구들을 보살펴야 하나, 그런 고민이 있었습니다. 운영비와 관리비가 밑 빠진 독에 물 붓기 수준이었습니다. 회사 자금도 바닥이 드러나기 직전입니다."

"자네, 일 잘했어. 내가 자네 일 잘할 것이라 말하지 않았던가? 돈을 벌라고 자네를 채용한 게 아니었지. 내가 돈을 쓰라고 자네를 불렀지. 수고했네. 그동안 돈 쓰느라고 말이야. 사실, 돈 쓰는 일이 버는 것보다 훨씬 힘들어. 내가 그건 잘 아네. 고생했네."

김도술 회장이 권준도 사장을 칭찬했다. 권준도의 발가락이 꼼지락거렸다. 발가락 양말의 구멍 사이로 권준도의 엄지발톱이 불쑥 튀어나왔다. 그의 발톱은 약간 길었다. 김도술은 권준도의 발톱에 낀 검은 때를 흘깃 쳐다보았다.

"회장님?"

"말하게."

"이것만 보고드리겠습니다. 현재 우리 계열사 중 매각이 가능한 회사는 딱 한 곳입니다. 리코스. 인터넷 포털 회사 말입니다. 독자생존이 가능한 곳도 딱 한 곳입니다. 서울대 의대 출신 교수가 만든 보안 솔루션 업체입니다. 나머지는 모조리 청산 대상입니다. 물론 알아서 살아보라고 말을 하겠지만요. 그 친구들에게는 인큐베이터에서 나갈 때가 되었다고 통보하겠습니다."

"그런가? 또 하나가 있네. 미래피아도 힘들어질 걸세. 나는 완전히 은퇴하겠네. 경영 일선에서 완전히 물러날 것이야. 대주주로서의 지분만 미래피아에 남겨놓겠네. 자네가 버텨주게. 끝까지 버텨야 되네. 자네가 좀 맡아주게. 자네는 이제 미래피아만 신경 쓰게. 내 마지막 지시네. 아니, 지시가 아닌 부탁이네. 그럴 수 있겠나?"

"좋습니다. 버티겠습니다. 끝까지 버티겠습니다."

"돈이 좀 남을 걸세. 건물 팔고, 포털 업체 팔고, 또 우리 각 계열사에 분산된 내 개인 지분 정리하면 말이지. 그건 회사 돈이 아니라 내 돈 아닌가? 합법적인 내 돈. 내가 쓸 곳이 있네. 그 돈을 말일세."

"싹 정리해서 쌓아놓겠습니다. 회장님 돈을 회장님이 쓰신다는데, 누가 뭐하고 합니까? 법적으로도, 윤리적으로도 아무 문제 없는 일입니다."

"고맙소. 이해해줘서. 자네 미래는 걱정하지 말게. 내가 다른 것은 못 해도, 내 주위 사람들 앞날은 챙기는 위인일세. 내 그건 약속하지."

"알겠습니다. 저는 회장님을 신뢰합니다. 전적으로 믿습니다."

김도술 회장이 몸을 일으켰다. 김도술이 권준도에게 손을 뻗었다. 신뢰 가득한 두 남자의 손바닥과 손가락이 서로 얽혔다. 김도술이 세차게 손을 흔들었다. 권준도는 김도술의 손바닥을 부드럽게 감싸 쥐었다. 김도술의 손바닥에는 못이 박여 있었다. 고난의 세월이 남긴, 강철 같은 못이었다.

김도술의 퇴진과 계열사 청산 및 매각 작업은 전광석화처럼 진행되었다.

다음 날 이른 아침. 강남역 미래피아 빌딩 회의실에서 긴급 이사회가 소집되었다. 김도술은 경영에서 완전히 물러난다고 발표했다. 김도술은 이사회에 모습을 드러내지 않았다. 권준도 사장이 이 소식을 전했다. 김도술이 가진 계열사 주식 대부분은 매각되었다. 갑작스럽고 급박한 매각이었다. 김도술의 주식은 여전히 블루칩이었다. 시장은 들썩였고, 김도술의 지분은 즉시 현금으로 바뀌었다. 김도술에게 남은 것은 주식회사 미래피아 대주주 노릇을 할 정도의 주식이었다. 김도술의 퇴진은 철저히 비밀에 부쳐졌다.

같은 날 오후. 권준도는 미래피아 빌딩 매각 계약서에 사인했다. 벤처 인큐베이팅 건물을 호시탐탐 노리고 있던 대한민국 최대의 영어학원 사장이 미래피아 빌딩의 새로운 주인이 되었다.

같은 날 늦은 오후. 권준도는 미래피아 계열사 사장단을 소집했다. 그리고 그들에게 빌딩 매각 사실을 통보했다. 그들에게 남겨진 시간은 딱 한 달이었다. 한 달 후, 미래피아 빌딩 전체는 리모델링 공사에 들어갈 예정이었다. 사무실과 연구소 그리고 스카이라운지와 캡슐텔을 영어 강의실로 바꾸는 전격적인 리모델링 공사가 예정되어 있었다.

계열사 사장들 대부분은 태평한 표정이었다. 사장단 회의에 참석한 양희석도 태평하기 짝이 없었다. 서울대, 대기업 출신의 전문경영인 몇몇만 사색이 되었다. 권준도는 허둥지둥하는 미숙아의 얼굴들을 깡그리 무시했다.

"이제는 인큐베이터에서 나갈 때입니다. 진짜 세상으로 나가야 할 시점입니다. 건투를 빕니다. 부디 살아남아서 만납시다. 안녕히. 이제는 안녕히."

권준도가 사장단에게 남긴 마지막 말이었다.

같은 날 저녁. 김도술 회장은 예정되어 있던 특별강연에 강연자로 나섰다. 미래피아의 최대 납품처인 한 대기업의 사장단을 상대로 한 강연이었다. 세계 최대의 반도체 회사로 성장한 대한민국 최대의 대기업이었다. 이 대기업의 2세 경영인은 젊은이들 사이에서 '가장 닮고 싶은 인물 1위'에 꼽힌 이였다. 30대 초반의 3세 경영인이 경영진의 핵심부에 막 자리를 잡은 시점이었다. 강연회에는 앳된 얼굴에 동그란 안경을 쓴 3세 경영인도 참석했다.

김도술 회장은 오만한 표정으로 앉아 있던 재벌의 사장단을 향해 직격탄을 날렸다.

"요즘 대학생들이 가장 닮고 싶은 인물이 누구인지 아십니까? 오늘 신문에 나왔더군요. 다들 아시겠지만, 여기 계신 사장님들과 아주 친한 분입니다. 아주 친하면서 동시에 아주 어렵고 또 가장 존경할 법한 위인. 누구인지 짐작이 가지요?"

강남의 한 오성급 호텔 스카이라운지에 모인 수십 명의 사장들이 빙긋이 웃었다. 만족감이 철철 넘치는 웃음이었다.

"그런데 저는 참 요즘 젊은이들이 절망스럽습니다. 두렵습니다. 부모를 잘 만나서 아예 처음부터 재계의 거물로 태어난 사람이 가장 존경스러운 인물이라뇨? 이 말은 곧, 우리 대학생들이 부모 잘 만나는 것을 가장 부러워한다는 뜻 아니겠습니까?"

순간, 스카이라운지에는 정적이 감돌았다. 3세 경영인이 인상을 찌푸렸다. 강연회의 뒷자리에 서 있던 권준도 사장이 입술을 꼭 깨물었다. 김도술은 여기서 멈추지 않았다.

"세습 권력은 실패합니다. 이것은 분명합니다. 역사가 말해줍니다. 우리나라의 대기업 창업주 대부분은 입지전적이고 존경받아 마땅합니다. 하지만 그 회사를 물려받은 2세, 3세들은 그렇지 못한 경우가 많습니다. 선대의 영광에 먹칠을 하는 경우도 종종 봅니다. 우리 사회의 세습은 기업에서 멈추지 않습니다. 교회도 세습합니다. 우리 사회의 세습은 징그러울 정도로 집요합니다. 이것은 범죄에 가깝습니다."

스카이라운지의 공기가 싸늘해졌다. 사장단 대부분은 3세 경영인의 눈치를 살폈다. 3세 경영인은 눈을 꼭 감았다. 김도술은 강의를 계속 이어나갔다.

"이 늙은이가 여기 이 자리에서 이런 구차한 말을 하는 이유는 딱 하나입니다. 바로 여기 계신 분들은 그런 실패를 겪으면 곤란하다는 것입니다. 당신들이 그런 실패를 겪는다면, 우리 사회 나아가 우리 나라 전체의 미래는 암담해질 것입니다. 오너의 눈치를 살피지 말고 당당하게 나아가시기를 간절히 부탁합니다. 당신들의 회사는 이제 오너의 회사가 아닙니다. 당신들의 회사는 이제 대한민국의 회사로 성장했습니다. 세습 그 자체는 어쩔 수 없지만, 그 세습 회사를 개혁할 수는 있습니다."

김도술의 강연이 끝났다. 강의장에 박수 소리는 울려 퍼지지 않았다. 김도술이 권준도와 함께 강의장을 빠져나올 때까지 정적은 계속되었다.

한 달 후, 어중이떠중이 젊은이들이 포진해 있던 강남의 미래피아 20층 빌딩 주인이 바뀌었다. 새로운 빌딩 주인은 영어 강사 출신이었다. 미국 아이다호 감자밭 출신의, 중졸 학력의 주한미군에게 배운 엉터리 영어로 돈을 긁어모은, 영어 학원 업계에서는 전설적인 인물이었다.

해킹을 일삼으며 황당한 상상으로 날밤을 까던 젊은이들이 흔적도 없이 사라졌다. 그들의 대부분은 자신들이 죽치고 있던 원래 자리로 돌아갔다. 무허가 주택의 골방 같은 사무실로 간 그들은 결코 절망하지 않았다. 달관하지도 않았다. 그들은 자신들의 일을 계속 진행했다. 달콤한 공기가 가득 찬 사무실 따위는 사실, 그들에게 무의미했다. 자신이 원하는 일을 마음껏 했다는 경험, 엘리트를 부르짖는 출세 지향적이며 목적주의적인 인간들이 누렸던 시간과 공간에 대한 경험은 그들의 큰 자산이 되었다.

미래를 향해 전속력으로 달려가던 모험가들을 대신한 이들은 귀에 이어폰을 끼고 엉터리 영어 교재를 손에 든 또 다른 젊은이들이었다. 결코 써먹을 일 없는 영어 공부에 목숨을 거는 젊은이들이 옛 미래피아 빌딩으로 속속 몰려들었다. 그 젊은이들을 이용해 돈을 긁는 영어 사업가는 사장실로 개조된 20층의 스카이라운지에 앉아 강남 거리의 야경을 바라보았다.

김도술 회장도 짐을 쌌다. 미래피아 건물에서 그는 최후까지 남아 있었다. 새로운 건물주의 배려라면 배려였다. 그는 리모델링 공사가 끝나고 한참 후에야 짐을 쌀 수 있었다.

김도술은 경기도 미래피아 연구소의 구석에 방 하나를 얻었다. '출근해서 신문이라도 보시면서 소일하시라'는 권준도의 부탁 덕분이었다. 김도술의 공식 직함은 '주식회사 미래피아 비상근 상담역'이었다. 아무런 권한도 아무런 책임도 없는 자리였다.

영어 교재를 품에 안고 엘리베이터를 기다리는 앳된 젊은이들을 쳐다보던 김도술이 말했다.

"저게 우리의 미래일세. 우리에게 이제 미래는 없네. 영어 따위를 어디에 써먹겠나? 영어를 잘하는 놈치고, 제대로 된 정보요원은 없었다네. 영어만 잘하는 놈치고, 제대로 된 사업가가 없기는 마찬가지지. 솔직히 아쉽네. 하지만 만족한다네. 우연히 내 앞에 나타난 젊은이들에게 시간을 줬다는 것. 이 건물을 통해 나는 그 눈부신 시간을 선사하고 싶었네. 그 결과는 한참이 지난 후에야 나타나겠지. 하지만 나는 만족한다네. 그것도 충분히."

김도술이 거대한 영어 학원으로 바뀐 벤처 인큐베이팅 빌딩을 올려다보았다.
2001년 12월, 스산한 겨울바람이 김도술의 옷깃을 스쳤다.

*

상처투성이 영광과 썩어빠진 찬사와 인내와 파국의 시간이 다가왔다.

김도술 회장의 은퇴 소식이 공식 발표되었다. 그는 경영권을 미래피아의 직원들에게 물려줬다. 자식에게 물려주지 않았다. 그는 총 세 명의 자식을 뒀는데, 그의 아들 둘과 딸 하나는 미래피아 근처에 얼씬도 하지 못하게 했다.
김도술이 매각한 개인 지분 및 미래피아 빌딩 매각 대금은 현금으로 쌓였다. 약 천억 원에 달했다. 그는 공식 은퇴 선언과 함께 그 돈을 한국과학기술원에 기부했다. 그의 기부는 대한민국 기부 역사상 최대 규모였다. 김도술은 상상 이상의 기부에 조건을 달았다.
'기부금으로 월급을 가져가는 사람이 아무도 없을 것.'
김도술의 유일한 기부 조건이었다. 한국과학기술원의 교수들과 기획자들은 김도술의 돈을 어떻게 사용할지를 놓고 갑론을박을 벌였다. 그리고 그 결과로 새로운 학과와 새로운 빌딩이 탄생했다. '바이오, 전자, 기계 융합기술학과'가 김도술의 돈으로 탄생된 학과였다. 2년 후, 국립과학기술원에는 김도술 빌딩이 들어섰고, 노벨상을 꿈꾸는 과학 영재들이 입학했다. 학교 측은 건물 준공식에 김도술을 공식 초청했다. 하지만 김도술은 준공식에 참석하지 않았다. 자신의 집에 틀어박혀 있었다.

세상은 김도술에게 썩어빠진 찬사를 늘어놓았다.

'회사를 자식에게 물려주지 않은 보기 드문 기업인. 재산을 사회에 환원한 기부의 왕. 벤처 육성을 위해 모든 것을 내려놓은 벤처 대부.'

세상은 김도술을 이렇게 평가했다. 김도술은 자신에게 쏟아지는 찬사를 모른 척했다.

권준도 사장은 미래피아를 지키느라 고군분투했다. 김도술 회장이 강연을 통해 직격탄을 날린 후, 대기업은 미래피아와 거래를 끊었다. 아예 끊었다. 대기업 측은 미래피아를 대신해 일본, 타이완의 회사에서 제품을 공급받았다. 김도술이 은퇴하고 최대 납품처와 거래가 끊긴 미래피아는 빛 좋은 개살구로 남았다.

하지만 권준도는 설거지 전문가였다. 칼잡이였다. 자를 것을 망설임 없이 단칼에 잘라버리는 신중하고 사려 깊고 냉혹한 칼잡이. 그의 진면목이 위기에서 빛을 발했다.

권준도는 자르고 팔았다. 팔 수 있는 모든 것을 팔아치웠다. 자를 것을 뎅강뎅강 잘라버렸다. 권준도는 미래피아의 계열사였던 인터넷 포털 업체 '리코스'를 국내 최대의 통신 회사에 매각했다. 통신 회사는 액면가 500원의 비상장 주식 한 주를 1,500만 원에 구입하고 싱글 벙글했다. 권준도는 그 돈으로 버티기로 작정했다. 결국, 주식회사 미래피아는 그 돈으로 끝까지 버틸 수 있었다.

권준도는 김도술이 심혈을 기울여 만든 경기도의 미래피아 연구소도 팔아버렸다. 연구소를 판 돈으로 직원들의 월급을 줬다. 건물을 팔아서 연명하는 나날이 계속되었다.

권준도는 자신이 살던 압구정동의 80평 빌라도 매각했다. 커다란 검정개, 리코스를 키울 곳이 없어졌다. 권준도는 개를 끌고 동네 동물병원을 찾았다. 그는 안락사를 부탁했다. 리코스는 차가운 침대에 누워 죽었다. 권준도는 리코스의 턱을 쓰다듬었다. 그리고 마음속으로 이렇게 말했다. '잘했어. 리코스. 잘 가게. 리코스.' 권준도는 속으로 울었다.

권준도는 계열사 대부분을 독립시켰다. 김도술이 공식 은퇴한 지 몇 달 만에, 미래피아 주요 계열사들 대부분은 청산되었다. 흔적도 없이 사라져버렸다. 이기헌과 안승호가 보험으로 생각했던 미래피아 계열사 주식들은 휴지조각이 되었다. 계열사 중 살아남은 곳은 딱 한 곳이었다. 내과 의사 출신의 경영인이 세운 보안 솔루션 업체였다. 독립법인이 된 보안 솔루션 업체는 국내 인터넷 보안 시장을 석권하며 승승장구했다. 먼 훗날, 김도술과 권준도는 이 회사를 이용해 세상을 다시 한 번 깜짝 놀라게 만들었다.

국정원의 실세, 이기헌은 자신의 이름을 세상에 널리 알렸다. 국민의 정부 말기였다. 이른바, '벤처게이트'가 연일 일간지의 지면을 장식했다. 이기헌은 검찰 소환 통보를 받자 해외로 도피해버렸다. 그는

"내가 검찰 조사를 받으면 많은 사람이 다친다"고 공개적으로 말하기도 했다.

오늘경제신문은 이기헌이 연루된 벤처게이트 사건을 상세히 보도했는데, 신문에 나온 이기헌의 혐의는 이랬다.

'국정원 경제단 소속 5급 직원 이기헌이 이른바 벤처투자펀드를 조성, 국정원 직원뿐만 아니라 정보통신부 등 타 부처 공무원을 상당수 포함시켜 여러 개의 벤처기업에 투자한 것으로 알려졌다. 이기헌은 1999~2000년 사이에 2개 벤처기업에서 시가 50억 원대의 주식 36만여 주를 받아 수십억 원의 시세 차익을 챙겼다는 것이 검찰 관계자의 설명이다.'

오늘경제신문은 벤처게이트 사건을 보도하며, 이기헌의 혐의를 구체적으로 공개했다.

벤처게이트 사건은 이기헌의 직속상관이었던 국정원 경제단장과 정치인 출신의 2차장 김만수가 구속되는 것으로 마무리되었다. 놀랍게도, 벤처게이트가 터진 몇 달 후, 이기헌은 무혐의 처분을 받았다. 검찰이 외압을 받고 이기헌을 무혐의 처분하고 벤처 비리 사건을 서둘러 봉합한 것이 아니냐는 소문이 무성했지만, 이기헌은 아무런 법적 처벌을 받지 않았다.

법적 처벌 대신, 이기헌은 국정원에서 파면되었다. 공식 파면이었다. 이기헌은 실업자가 되었다. 이기헌을 구한 것은 잘나가는 무기중개상으로 성장한 안승호였다. 안승호의 배경은 대통령의 막내아들이었는데, 그 막내아들이 결과적으로 이기헌의 손을 잡아준 셈이었다. 이기헌은 대통령의 막내아들이 벤처 펀드의 주요 투자자라는 점을 검찰에 흘렸고, 검찰은 어쩔 도리 없이 이기헌을 무혐의 처분해버렸다.

국정원에서 파면된 이기헌은 청계산으로 등산을 갔다. 이기헌은 청계산 자락의 2층 단독주택에서 김도술을 다시 만났는데, 김도술은 신세가 가련해진 이기헌에게 새 일자리를 소개했다.

"내가 자네에게 빚을 갚는다고 했지? 내가 만든 상조회가 있네. 중앙정보부에서 잘린 이들을 위해 내가 몇 년 전, 10억을 내놓았어. 전직 중정 요원들이 비밀 상조회를 만들었다고 하더군. 공식 상조회가 아니라 음지의 상조회야. 룸살롱, 골프장, 도박장 등등 돈이 되는 것은 뭐든지 한다고 하더구먼. 그 친구들도 먹고살아야 하니까. 자네 거기서 일하는 게 어떨까? 자네의 능력을 한번 발휘해보라고. 인생은 길어. 무작정 놀기에는 아직 젊지 않은가? 내 거기에 자리 하나 알아보지."

정원을 손보고 있던 김도술이 말했고, 등산복 차림의 이기헌은 고개를 크게 끄덕이며 김도술의 제안을 받아들였다. 이기헌은 늙어빠진 전직 비밀요원들이 우글대는 비밀 상조회 '정우회'의 기획팀장 명함을 얻었고, 신규 사업을 착착 기획해나갔다. 일급의 비밀요원 이기헌 덕분에 정우회의 자산은 쑥쑥 불어나기 시작했다.

*

양희석과 한정수는 원래의 자리로 돌아갔다. 골방은 아니었다. 그들은 이상락과 최수철의 도움으로 풀살롱 5층의 구석방을 얻었다. 양희석과 한정수 덕택에 약 2년을 실컷 놀았던 경마 전문가와 번역 전문가가 전면에 나섰다. 이들은 경마 정보와 섹스 정보를 휴대폰으로 볼 수 있게 한다는 신개념 콘텐츠 사업을 구상했고, 이를 실행에 옮겼다. 섹스와 술판이 난무하는 향락의 건물에서 이들은 컴퓨터 자판을 두들기며 생활비를 벌었다. 양희석과 한정수는 향락으로 꽉 찬 건물에 출근 도장을 찍지는 않았다. 이들은 최소로 일하며 최저생계비를 받았다. 이른바 '전관예우'가 양희석과 한정수에게도 적용된 셈이었다.

팔자에 없는 돈의 맛을 볼 대로 본 양희석과 한정수는 일명 '번아웃 증후군'에 빠져버렸다. 에너지가 고갈된 양희석은 여자에 더욱 집착했다. 섹스 중독자가 된 양희석은 폐인이 되어가고 있었다. 자궁 속으로 파고드는 것. 그것이 양희석의 구원이었다. 초기 알코올중독자였던 한정수는 술에 더욱 집착했고, 중증의 알코홀릭 환자가 되었다.

색골과 알코홀릭이 만났다. 양희석과 한정수는 마지막 술잔을 주고받았다. 피골이 상접한 색골로 변모한 양희석. 그는 주독으로 빨갛게 변한 딸기코가 된 한정수에게 이렇게 말했다.

"인생 첫 사정의 순간을 기억해. 중학교 1학년의 첫 등교 날이었지. 만원버스 안이었는데, 단발머리에 교복을 입은 여고생과 몸이 부딪혔지 뭐야. 아랫도리가 불끈 서버렸고 그 자리에서 사정해버렸어. 역사적인 사건이 일어난 거야. 새로운 여인을 만날 때면, 언제나 그때의 그 느낌을 상기하려 애를 써. 만원버스의 여고생. 그녀가 나에게는 평생의 발기유도제인 셈이지. 말랑말랑한 엉덩이의 촉감, 하얀 목덜미에서 풍기는 요망한 냄새가 내 가슴속에 영원히 각인되었다는 말씀."

한정수는 기도 차지 않는다는 표정으로 술잔을 비웠다. 양희석은 또 이렇게 말했다.

"나는 진정한 남자가 되고 싶어. 환멸과 냉소를 찾아볼 수 없는 남

자. 생의 막연한 불안감을 찾을 수 없는, 100퍼센트 현재 진행형의 남자. 거짓말을 일삼는 남자. 사탕발림과 거짓말과 속임수의 귀재. 하룻밤에 여섯 번 여자를 만족시킬 수 있는 초인적인 능력의 남자. 하지만 자신은 결코 만족하지 않는 절제의 남자. 언제나 추락의 지점에 발을 딛고 있는 남자. 행복에 취해 불행 속으로 돌진하는 남자. 자신의 여자를 자기 자신으로 생각하는 남자. 자신의 여자가 바뀌면 자신도 바뀌는 남자. 0.133퍼센트의 혈중 알코올 농도를 망각하고, 오직 사랑을 위해 한밤중의 고속도로에 진입해 시속 150킬로미터의 속도로 300킬로미터를 쉬지 않고 달리는 남자. 여자의 입술과 혀와 침의 맛을 감별하는 그런 남자."

한정수가 양희석의 눈을 똑바로 쳐다보았다. 과도한 음주와 더 과도한 섹스로 양희석의 흰자위는 누렇게 변해 있었다.

"그래서 어떻게 그런 남자가 될 건데?"

"박탈감과 상실감. 그 두 가지 감정이 나를 지배하고 있어. 나는 그냥 어디론가 사라져버렸으면 좋겠어. 불법체류자가 되어 따뜻한 나라를 떠돌고 싶어. 불타는 눈동자 목마른 그 입술, 아드레날린 과잉의 황홀을 만끽하며 나를 불태우는 것은 이제 지긋지긋해."

"어디로 사라지고 싶니? 네 사랑은 도대체 어디에 있을까?"

한정수가 진지하게 물었다.

"내게 지금 필요한 것은 정부야. 무덤 같은 정부의 젖무덤에 얼굴을 파묻고 헐떡이면 그걸로 만족해. 그녀의 젖가슴에서는 초저녁 여름의 향기가 날 거야. 내 사랑은 어디에 있을까? 나도 궁금해. 그녀는 열대의 작은 방에서 나를 기다리고 있을 것 같아. 황금빛 태양빛이 어른거리는 열대의 거리에서 나를 기다리고 있을 것 같다는 거야. 영광스러운 미인들이 기다리는 덥고 푸르고 붉은 나라. 열풍이 훅 하고 밀려오는 그런 나라 말이지."

"이를테면 태국?"

"아니 월남. 이를테면 월남. 야자수 아래에서 손바닥을 허리춤에 척 하니 올려놓고 기념 촬영을 하는 거지. 짝퉁 라이방 속엔 사랑이 가득한 눈동자가 반짝거리고, 거리의 여인들 모두 나를 보고 웃어주고, 새벽에도 시원한 맥주를 마실 수 있는 월남. 사이공의 구석 옥상에 방을 하나 얻어서 예쁘고 작은 여자와 매일 사랑을 나눌 거야. 그녀의 유방은 보석처럼 반짝거리지."

"제발 가라. 월남."

중증 색골과 중증 알코홀릭은 그렇게 마지막 술잔을 나눴다.

양희석은 얼마 후 월남으로 떠났다.

중증 알코홀릭이 된 왕년의 천재 문학청년 한정수. 그는 월세 30만 원짜리 골방으로 기어들어갔다. 암막 커튼으로 햇빛을 가린 골방에 누워 한정수는 세상과 소통했다. 그는 140자 한도의 스마트폰 속에서 발군의 문학 실력을 발휘했다. 세상에 새롭게 등장한 일명 스마트폰이 그의 유일한 소통 수단이었다. 한정수는 소주와 스마트폰을 벗 삼아 조잘거림에 열중했다. 문학성이 철철 넘치는 한정수의 조잘거림에 젊디젊은 소수의 처녀들이 열광했다. 21세기 문학소녀들은 한정수의 골방으로 기어들어와 밥을 지었다. 술을 사 왔다. 한정수의 생계는 전적으로 스마트폰을 통한 조잘거림 덕분이었다.

한정수의 조잘거림은 대략 이런 것들이었다.

—남은 호흡이 있다면 몽땅 사랑하는 데 쓰고 싶다.

—알라딘 램프의 개마초처럼 차라리 오늘 가장 먼저 마주치는 이에게 영혼을 후딱 팔자.

—난세는 詩의 시절이고 건설은 산문의 영역에 속한다. 난세는 달의 지배를 받아 쾌락과 폭주와 열정이 미덕이 되고, 치세는 해의 지배를 받아 근면과 순응과 반복이 미덕이 된다. 달도 해도 없는 장마철은 난세도 치세도 아닌 그냥 똥이다.

—존 스타인벡의 의뭉한 휴머니즘, 코맥 매카시의 비관적 낙관, 로버트 카파의 치열한 현장성, 앙리 브레송의 동물적 포착력, 피카소의 분해력과 기억력, 에곤 실레의 처절한 리얼리즘, 아키그래머들의 융통성과 상상력, 바흐의 계산속과 바쿠닌의 심장이여. 내게로 오라.

—죽음을 외주할 수 있는 세상이야말로 궁극의 문명이다, 이제 더 무엇을 할 텐가.

—글쓰기와 말하기에만 국한하자면 세상에는 문학적인 이와 문학하는 이들이 있는데 바람은 늘 문학하는 이들이 넣지만 정작 울림을 주는 건 문학적인 이들이다. 아, 문재도 없이 허위의식에 생몸살을 해대는 문학병자는 여기서 데끼놈! 논외하고.

—숨돌릴 참조차 주지 않는 갈증과, 숨도 쉬지 못하게 하는 구역과, 이 두 가지 현상들의 기교한 길항과. 어지간할 때는 대체로 나를 탓하나 이 지경쯤 되면 세상과 세월이 그냥 밉다.

—누가 나에게 이온음료 세 통 콜라 한 통 사이다 한 통 얼음 세 봉지만 사다 달라. 뽀뽀해줌.

—개는 웡웡 짖고 나는 망망 짖고 세월은 컹컹대고 고양이는 냥냥 대고 우주는 의연하니 이 뭐 다 좆됐다.

　—뭐래 사람 아주 송장 취급 하네 나쁜 년.

　—인간이 유독 아름답고 존엄하고 귀엽고 근엄하다는 말이 개소리라는 말을 이 오빠가 했니 안 했니.

　—마지막 술병을 빼고 마지막 울음을 운다. 내가 문명대낮에 촌스럽게 우는 건 거대한 세상, 인생에 대한 포기나 절망 따위 때문이 아니라 한 조각 유치찬란한 여기 이, 하찮은 심장 때문이다.

　한정수의 수많은 조잘거림 중에서 타인을 향한 비판과 경멸은 딱한 건이었다. 한정수가 경멸한 이는 옛날 친구였다. 유명한 소설가가 된 그 옛날의 친구.

　—그는 워낙에 타고난 재주가 뛰어났고 이런저런 비주얼베이스도 좋은 이였다. 임기응변이 감탄할 만했으며 그러니까 순발력도 발군이었다. 그는 지나치게 정치적이어서 사람을 이용해먹거나 주변 이들을 두고 편짜기에 동원하길 잘했고.

　—더불어 경멸해 마지않던 문학가의 등에 지더니 결국은 이 나라의 가장 잘나가는 소설가가 되었다. 그의 등단작이 어떻게 만들어졌는지를 내가 알고, 그 작업 과정의 부도덕함을 지적했다 다시는 안 보겠다고 하길래 그러려니 했다.

　—두어 번의 영화 같은 신이 있었는데, 한번은 어느 이름 짜한 출판사 로비에서 그와 마주쳤는데, 그의 아내가 나를 너무 반가워하며 계속 따라오건만 정작 그 남편이 끝내 얼굴을 붉히며 몸을 사리는 거다. 나한테 죄 지었나?

—내가 알기로 그는 내게 그닥 죄 지은 바 없다. 또 한번은 내가 낮술에 취해 어떤 공공 영역에서 휘청거리고 있을 때 우아를 떨다가 눈이 마주친 거다. 어? 누구 형 아니오, 이런! 했던 게 단데 콜을 불러서 도망가더라. 그 사람 소설을 내가 좋아한 바 없지만,

—얼마 전 전화를 했더니 두 마디쯤의 반가운 척에 서둘러 끊더라. 사람 관계란 게 도대체 뭔지.

—유일한 친구라며 목숨을 걸었던 적도 있고, 왜 그러나. 엊그제 뉴스에서 그의 이름을 보았고, 코웃음이 났고, 이쪽 한편은 인간적으로 아팠다. 그는 왜 그토록 저토록 살아야 했을까.

—따지고 보면 나는 사람을 원했을 뿐 그닥 사랑을 원했던 것도 아닌데 정작 사람들은 나를 사랑만 원하는 사람이라고 치부하며 노려보니 사람만을 원했던 나로서는 사랑도 사람도 다 잃게 되고 말았다. 아이쿠, 이게 뭐야.

—별 탈 없이 다정하게 잘 지내오던 이들이 요즘 왜들 그리 갑자기 싸해? 내 기억에 술 먹고 크게 실수하거나 한 것도 없고만. 왜 인간관계라는 걸 이리 복잡하게 만들어놓은 거야 대체. 젠장, 아아 휘곤해.

—지금 KBS 라디오 〈문화공감〉에서 이번 하루키 신간(제목이 도대체 뭐라는 건지 기억할 수도 없음)을 낭독해주는데, 가만히 듣고 있자니 완전 요절복통. 거대한 병신카르텔이 이 세상에 횡행하고 있다!

어이없는 한정수의 조잘거림은 가상의 공간에서 주목을 받았다. 이재에 밝은 한 출판업자가 매일 취해 있는 한정수에게 정식 출간을 제안했다. 한정수는 자신의 의지와는 상관없이 '조잘거림, 스마트폰

도 문학이 되다'라는 제목으로 얄팍한 책 한 권을 냈다. 이 책은 의외의 성공을 거뒀고, 한정수는 약간의 목돈을 거머쥐었다. 한정수는 그 돈으로 알코홀릭 병원에 자진 입원했다. 그리고 알코올과의 전쟁을 선언했다.

*

한때 이기헌의 애인이었던 이정아도 세상에 이름을 크게 알렸다. 김도술의 주요 납품처인 대기업의 미술관 책임자가 된 이정아는 승승장구했다. 국립 미술 전시회의 총감독에 임명되었고, 한 대학의 교수 자리에도 올랐다. 여기서 문제가 발생했는데, 이른바 '학력위조 사건'이었다. 미국 동부의 한 대학에서 미술학 박사를 받았다는 이정아의 학력이 위조된 것으로 드러난 것이다. 또 이정아는 정부 고위 관료와도 대형 스캔들에 휘말렸다. 언론의 먹잇감이 된 이정아는 철저하게 뜯기고 찢어졌다. 미술계의 한 원로라는 인물은 이정아의 나체 사진을 언론사에 제공하기도 했다. 이정아의 나체 사진은 '국민의 알 권리'라는 이름으로 천하에 공개되었다. 결국 이정아는 사문서 위조, 위조 사문서 행사, 업무방해, 위계에 의한 공무집행방해 혐의 등으로 구속되었다. 뭇 남자들을 노예로 만들던 이정아의 찬란한 살결과 기술은 1.8평 독방에서 약 1년 동안을 썩었다. 곰팡이가 날 정도로 썩었다. 이정아의 노예였던 많은 남자들이 그녀의 살결과 기술을 그리워했다.

이정아의 이름과 얼굴을 신문을 통해 본 이기헌은 '차라리 간첩 혐의로 엮을걸. 사문서 위조가 뭐니. 쪽팔리게'라 중얼거리며 땅을 쳤다.

　비운의 중정 부장 이유평의 아들 이상락은 '룸살롱 황제'로 등극했다. 그가 만든 환락의 5층 건물은 초저녁부터 불야성이었다. 예약을 하지 않으면 입장이 불가능할 정도였다. 이상락은 서울 강남 곳곳에 비슷한 형태의 술집을 새롭게 열었다. 궁정동 안가를 재현한 비밀 요정도 차렸다. 국정원 계약직 경호요원 조준우는 이상락의 업소에 지배인이자 기도로 취직했다. 조준우는 술버릇이 좋지 않은 취객들을 점잖게 달랬다. 조준우의 능력은 최대치로 발휘되었다. 이상락의 업소에서 조준우를 우연히 목격한 전직 국정원 요원, 이기헌은 깜짝 놀랐다.

　"보기와는 다른 놈이었네, 이 자식. 대견한데?"

　이기헌은 늙어빠진 전직 스파이들과 룸으로 들어가며 중얼거렸다.

　최수철은 은퇴한 김도술의 개인 운전기사로 재취업했다. 안승호의 무기중개 회사 바지사장직을 때려치웠다. 최수철은 은퇴한 노인의 말벗 역할을 자처했다. 최수철은 김도술을 모시고 이상락의 비밀 요정을 한 번 찾았다. 궁정동의 안가를 재현한 술집에 입장한 김도술은 깜짝 놀랐다.

　"이거 똑같군. 놀라워. 이게 안승호의 아이디어야?"

　김도술이 환하게 웃으며 최수철에게 말했고, 최수철은 이렇게 답했다.

　"그 친구, 기억력이 비상해요. 저도 깜짝 놀랐습니다. 이렇게 똑같이 만들었다니."

김도술과 최수철은 한복을 입은 여종업원의 치마폭에 손을 넣으며 정답게 술을 마셨다. 김도술과 최수철의 시중을 든 여종업원들은 깜짝 놀랄 만한 액수의 팁을 받고 행복해했다. 그녀들은 늙은 오빠들의 볼에 입을 맞췄다.

안승호는 잘나가는 무기중개상으로 우뚝 섰다. 미국과 한국을 오가며 사업을 확장한 안승호는 엔터테인먼트 사업에도 큰 관심을 보였다. 그는 연예기획사를 설립했으며, 영화사를 차렸다. 아무도 안승호의 숨겨진 능력을 알아보지 못했다. 김도술 또한 깜짝 놀랐다.

2001~2010년 사이에 일어난 일이었다.

*

세상이 깜짝 놀랄 일이 일어났다.

18대 대통령 선거를 석 달 앞둔 시점이었다. 벤처 대부이자 기부왕으로 세상의 존경을 받았던 김도술 전 주식회사 미래피아 회장이 느닷없이 일간지의 지면을 장식했다.

'벤처 대부, 먹튀가 되다, 정치 테마주에 편승해 거액 챙긴 기부 황제.'

당시 신문들은 제목을 이렇게 달았다. 언론의 보도 내용을 요약하자면, 대충 이랬다.

대한민국 벤처 1세대를 이끈 벤처 대부가 먹고 튀었다. 매출 감소에 따른 실적 부진으로 미래피아는 존폐 기로에 설 만큼 상황이 좋지 않았다. 그런데 유력 대통령 후보인 정치인과 김도술의 관계가 널리 알려지면서 미래피아의 주식이 정치 테마주로 엮였다.

유력 대통령 후보는 미래피아의 계열사에서 독립한 인터넷 보안 업체의 경영인 출신이다. 내과 의사 출신의 컴퓨터 보안 전문가. 150원까지 하락했던 미래피아의 주가가 3천 원 수준까지 급등했는데, 미래피아의 대주주인 김도술 전 회장이 자신의 주식을 전량 매각해버린 것이다. 여기에 미래피아의 현직 대표인 권준도 그리고 3대 주주인 최수철도 자신의 지분을 함께 매각했다. 대주주와 현직 경영인이 주식을 전량 처분한 것은 한국 기업 역사상 처음 발생한 사건이다. 대주주와 현직 대표의 주식 전량 처분 후 미래피아의 주가는 곤두박질쳤다. 이 사건으로 인해 다수의 선량한 개미투자자들이 큰 손실을 입은 것으로 전해진다.

이 사건 후, 김도술을 향한 원성과 욕설이 난무했다. 김도술을 욕하던 이들의 대부분은 이른바 개미투자자들이었다. 수백·수천억의 손실을 본 일명 작전 세력은 끙끙 앓고 말았다. 금융감독원 등의 당국은 정밀 조사에 착수했다. 김도술과 권준도는 비밀리에 검찰 조사도 받았다. 하지만 당국은 이들에게 아무런 혐의를 적용할 수 없었다. 그들의 주식 거래는 완벽하게 합법적이었다. 김도술은 자신이 설립한 회사를 합법적으로 팔았고, 주식회사 미래피아의 대주주는 일명 개미들의 차지가 되었다.

김도술 전 회장은 주식 전량 처분으로 약 천억 원의 현금을 손에 쥐었다. 사장 권준도와 최수철 전 부장에게도 각각 100억 원, 50억 원의 돈이 놓였다.

김도술 회장은 한동안 이 사건에 대해 아무런 입장 표명도 내놓지 않았다. 한 달 후, 권준도는 '일신상의 이유'로 미래피아 사장에서 물러났다. 김도술의 개인 운전기사로 핸들을 잡고 있던 최수철은 이렇다 저렇다 말할 필요가 없었다.

대통령 선거가 있기 일주일 전, 김도술의 이름은 다시 한 번 언론의 지면을 장식했다. 제목은 이러했다.

'벤처 대부 김도술, 다시 한 번 통 큰 기부, 전 재산 천억 기부.'

사람들은 경악했다. '역시 김도술'이라 수군거렸다. 김도술은 신문·방송사의 취재 요청에 묵묵부답으로 일관했다. 실업자가 된 권준도 전 미래피아 사장은 휴대폰 번호를 바꿨다. 최수철에게 사건 경위를 묻는 이는 아무도 없었다. 전직 비밀요원이 휴대폰 번호를 남발할 일은 없었기 때문이었다.

김도술은 주식 전량 매각으로 얻은 약 천억 원의 돈을 다시 과학기술원에 기부했다. 10여 년 만에 성사된 또 한 번의 대형 기부였다. 김도술은 이번에도 조건을 달았다. 학교 측은 단지 한마디만을 들었을 뿐이었다.

'대한민국의 미래를 이끌 과학 영재들을 위해서 돈을 써주시오. 그렇지 않으면, 이 돈을 언제라도 회수하겠소.'

김도술의 조건이었다. 과학기술원 관계자들은 돈을 쓸 계획을 세우느라 밤을 새웠다. 그들은 며칠 밤을 새웠다.

*

시간이 멈췄다. 느닷없이 멈췄다.

한정수는 패배했다. 병원을 들락거리며 알코올과 싸우던 한정수는 간경화에 따른 합병증으로 결국, 죽어버렸다. 알코올중독을 완전히 고친 것처럼 보였던 한정수는 다시 알코올과 친구가 되었다. 그는 결국 서울 골방에서 거의 모든 장기가 망가진 상태로 발견되었다. 발견 당시, 뇌를 제외한 대부분의 주요 장기가 터져 있었다. 부검 결과, 간과 신장 그리고 췌장 파열에 의한 과다 출혈이 직접적인 사인이었다.

터져버린 장기를 드러내놓고 여봐란 듯이 죽어버린 한정수. 혈관에 피에 근육에 뼈에 새겨진 천형의 상처. DNA에 새겨진 알코홀릭의 상흔. 한정수에게 내려진 천형의 주요 성분은 달콤한 향을 풍기는 싸구려 알코올이었다. 결국, 그는 알코올을 버리지 못하고 하나가 되었다.

한정수는 죽기 전, 이런 풍경을 보았다.

한낮의 산책길이 붉고 검게 보인다. 사람들이 흘린 피가 고운 모래가 깔린 길을 붉게 적신다. 인간들이 행한 악이 길가에 핀 코스모스를 검게 물들인다. 시퍼런 하늘에 태양이 하얗게 빛난다. 무자비하고 탐욕스러운 바람이 주위를 맴돈다.

한정수는 잠깐 동안 미쳐버렸다. 검은 꽃과 붉은 길과 푸르뎅뎅한 하늘과 손에 잡힐 것 같은 하얀 태양과 끈적한 바람이 그를 미치게 만들었다. 그를 진짜로 미치게 한 것은 순진함과 소심함 그리고 어쩔 도리 없는 우유부단함이었다.

그의 마지막 조잘거림은 이러했다. 죽기 3일 전, 스마트폰을 통해 외친 한정수의 마지막 말이었다.

—나는 그를 기다린다. 그는 모처럼 안 온다. 세상은 어찌하여 이토록 가혹한지. 내가 세상을 언팔할 거다.

서울 서남부 빈민가의 병원에서 한정수의 장례식이 열렸다. 한정수의 여자들이 모두 모였다. 그의 조잘거림에 열광했던 여자들. 장례식에 모인 한정수의 여자들은 서로를 물끄러미 바라보며 술을 마셨다. 젊은 여자도 있었고 늙은 여자도 있었다. 예쁜 여자도 있었고 못생긴 여자도 많았다.

영정 속의 한정수는 어색하게 웃고 있었다. 필생의 과업을 달성한 남자의 웃음이었다. 술이라는 필생의 과업.

김도술과 권준도의 화환이 연달아 도착했다. 김도술과 권준도의 화환에는 모두 직함이 없었다. 발인 전날의 새벽 시간, 이기헌이 조용히 문상을 왔다. 양복을 입은 이기헌은 한정수에게 향을 올린 후 조용히 자리를 떠났다. 그는 방명록에 이름을 남기지도 않았다. 전직 비밀요원다운 조문이었다. 술을 끊고, 사랑을 찾아 월남으로 간 양희석은 발인이 끝난 다음 날 한국으로 들어왔다. 양희석은 이 지긋지긋하며 야만적인 한국 땅에 다시는 발을 붙일 생각이 없었다. 하지만 그는 옛 친구, 한정수를 기리기 위해 5년여 만에 한국을 찾았다. 인천공항에 내린 양희석은 한정수와 즐겨 가던 강남의 실내 포장마차로 직행했다. 양희석은 한정수를 위해 술을 한 잔 가득 따랐다. 그리고 조용히 명복을 빌었다.

"술을 마시면 눈앞에 너의 얼굴이 떠오른다. 안경 렌즈 위로 불쑥 솟아난 반짝이는 검은 눈동자. 장난기 가득한 눈동자에 나는 푹 빠진 걸지도 몰라. 너, 한정수를 처음 본 순간."

양희석은 한정수의 얼굴을 생각하며 중얼거렸다. 그는 한정수를 사랑했음을 깨달았다. 그가 사랑을 느낀 것은 평생 처음이었다. 인간에 대한 진정한 사랑.

한정수의 명복을 빈 양희석은 김도술, 권준도, 이기헌에게 전화를 걸었다. 그리고 약속을 잡았다. 김도술은 양희석을 잘 기억하지 못했다. 권준도가 간단히 벤처 인큐베이팅 빌딩 시절을 설명했고, 김도술은 무릎을 치며 말했다.

"인큐베이터 속에 들어가 있던 친구야? 그럼 봐야지. 안승호와 최수철도 부르게. 술 한잔 해야지. 미숙아가 어떻게 변했을지 궁금하네. 아무도 내게 보고하는 이가 없었지. 그때 그 시절의 미숙아 친구들이 어떻게 성장했는지 말이야. 그 친구 꼭 보고 싶구먼."

약속 시간과 장소를 통보 받은 양희석은 그때 그 시절, 그때 그 사람들의 얼굴을 기억하려 애썼다. 김도술, 권준도, 이기헌, 한정수, 안승호, 최수철. 그들의 얼굴이 천천히 떠올랐다. 그들은 모두 환하게 웃고 있었다. 크고 작은 미소를 가진 남자들. 양희석은 그들의 얼굴, 그들의 걸음걸이, 그들의 숨결을 생각하며 약속 장소로 발걸음을 옮겼다. 약속 장소는 서울 강남역 뒷골목의 5층 건물이었다. 그 건물은 양희석도 익히 알고 있었다. 약속 장소는 자신이 명명한 '풀살롱'이었다. 양희석의 걸음이 경쾌해졌다.

11

"나는 굴복하지 않았어. 멈추지도 않았지. 자네들의 앞길도 그럴 것이라 생각하네. 쉼 없이 걷고 또 걸어보라고. 별이 뜰 때까지 시골길을 걸어봐. 힘들고 지치면, 술을 들이붓고 잠을 자면 되네. 꿈도 없는 혼곤한 잠이 자네의 영혼을 달래줄 걸세. 끝까지 싸우는 존재. 나는 그런 남자가 되고 싶었어. 여자, 회사, 정부, 상사, 심지어 아들놈들까지도 나에겐 싸움의 대상이었지. 승리하느냐 패배하느냐. 승패는 중요하지 않았어. 그냥 싸움 자체를 즐긴 걸세. 피투성이가 되어 시멘트 바닥에 얼굴부터 쓰러졌을 때도, 나는 속으로는 웃었어. 내가 승리자라고? 아니야. 나는 패배자야. 처음부터 패배할 것을 잘 알고 있었지. 인생에, 삶에, 돈에 승리할 수 있는 존재는 없어. 신이라고 해도 결국엔 패배하고 말지. 하지만 이건 확실해. 완벽한 패배 속에 찬란한 승리가 있고, 깊은 절망 속에 참된 희망이 존재하지. 패배 속에서 승리감을 느끼는 남자, 절망 속에서 희망을 찾을 수 있는 남자가 되고 싶었던 거야. 그걸 알아주라고."

김도술이 말했다.

"나의 친구들은 모두 내 곁을 떠났어. 권력에 희생된 이들. 잔재주가 없는 이들. 세상을 너무 사랑해 스스로를 버려버린 이들. 그들은 헌신, 진정한 헌신을 삶의 모토로 삼은 이들이야. 그런데 그들은 헌신짝처럼 버림받았어. 세상으로부터, 권력으로부터. 나는 그들을 도와줄

수가 없었지. 단지 술 몇 잔과 몇 점의 고기를 샀을 뿐이야. 하지만 그들을 진정으로 돕고 싶었지. 어떻게? 그들을 그렇게 만든 이들을 혼내 주고 싶었어. 내 나름대로의 방식을 찾은 것이지."

김도술이 말을 이어갔다.

"그래서 회장님이 상조회, 아니 정우회에 거액을 쾌척하셨군요? 저 요즘, 거기에서 아주 열심히 일하고 있습니다."

이기헌이 애정이 듬뿍 담긴 눈초리로 김도술을 쳐다보며 말했다. 김도술 회장의 앞에 앉은 권준도가 피식 웃었다.

"그런가? 나는 거기에 돈만 줬네. 푼돈이지. 아이들 학비에 보태라고 했는데, 그렇게 사업을 키웠더구먼."

김도술이 차가운 물을 들이켜며 말했다. 그는 입가에 맺힌 침방울을 손등으로 싹 닦았다.

"나보다 일찍 죽는 것들. 이를테면 동물. 나는 다 내다 버렸어. 내가 화초를 사랑하는 이유야. 사람을 취미 대상으로 삼을 수는 없지. 사람에게는 책임을 질 일이 생기니까. 사람이 내 뜻대로 움직이지는 않으니까. 나는 사람을 사실 믿지 못하네. 차라리 돈을 믿지."

은퇴한 김도술은 수다쟁이가 되어 있었다.

"그런데 그 많은 돈을 어떻게 기부하실 생각을 하셨습니까? 놀랍습니다. 그런데 저는 솔직히 존경은 하지 않습니다. 기부라는 것. 그거 고약한 거예요. 기부 문화가 확산되다 보면, 뼈 빠지게 일해서 돈 벌자는 풍토가 사라져버리죠. 일종의 부작용일 수도 있습니다."

전직 비밀 정보요원의 표정으로 이기헌이 물었다. 김도술의 양옆을 차지한 안승호와 최수철이 이기헌을 물끄러미 쳐다보았다. 한심하기 짝이 없다는 표정이었다.

"돈은 악마의 배설물이야. 악마를 숭배하는 이들도 많겠지만, 나는 돈을 숭배하지는 않았네. 오히려 돈을 배척했어. 아니, 정확히 말하자면 돈과 싸웠지. 내 싸움의 대상은 머니, 오카네, 현찰이었어. 나는 그놈에게 철저히 패배했었지. 죽을 생각도 부지기수로 했어. 하지만 악착같이 싸웠네. 총칼을 든 반역자들? 나라를 팔아먹으려는 배신자들? 돈은 그놈들과는 차원이 달랐어. 아무튼, 나는 목숨을 걸고 끝까지 싸웠네. 내 방식대로 돈에 맞섰지. 그런데 늘그막에야 깨달았어. 무언가와 싸워 이기고 싶은가? 그러면, 그 무언가를 버려야 하네. 아예 버리는 것. 이게 승리의 유일한 공식이었어. 돈을 이기는 유일한 공식. 나는 돈을 버렸네. 돈을 버렸더니 그 망할 놈의 돈이 꼬리를 내렸지. 이것이 나의 깨달음이야. 양 이사? 자네 월남에서 술집 한다고 했나? 뭐? 여자 장사 겸 술집? 그렇다면 여자를 버려. 그러면 일급의 술집이 탄생할 걸세. 한정수 이사, 그 친구 지금 천당에 도착했겠네. 술이 넘치는 천당. 술을 이기려면 술을 버렸어야지. 그것은 당연한 진리지. 여자를 이기려면, 여자를 버리면 되네. 자네들 모두 승리하기를. 인생의 마지막 날, 웃을 수 있기를."

최수철이 김도술의 술잔에 술을 한 잔 따라주었다. 김도술의 얼굴이 붉어져갔다. 김도술은 허리띠를 느슨하게 풀었다.

"오늘, 마음껏 취해보세. 이게 얼마 만인가. 인큐베이터 속에 있던 친구가 월남에서 술집을 하고 있다니. 이거야 원. 그래도 재미있구먼. 자, 월남에서 온 우리 친구. 내 술 한 잔 받게."

김도술이 양희석에게 술을 따랐다. 17년산 스카치위스키였다. 양희석은 두 손을 모아 김도술의 술잔을 받았다. 월남에서 돌아온 양희석의 외모는 확 변해 있었다. 야쿠자처럼 커다란 파마를 했고, 술집 안에서도 커다랗고 까만 선글라스를 벗지 않았다. 그는 화려한 꽃무늬로 도배된 하와이 셔츠를 입고 있었다. 끝이 뾰족한 뱀가죽 구두를 신었다. 양희석은 뒷골목의 사나이 같아 보였다. 잡기 천재에서 벤처 청년 그리고 다시 밤의 사나이. 양희석은 그렇게 변해 있었다.

술을 한 잔 더 마신 김도술이 다시 말했다.

"나는 내 직원들에게 돈을 주기는 싫었네. 아, 물론 돈을 주기는 줬지. 진탕 술을 마시든, 오입질을 하든, 명품 옷을 사 입든 모든 것을 회사 돈으로 하라고 했네. 그런데 말이야, 이거 아나? 내가 주고 싶었던 것은 돈이 아니었어. 나는 시간을 주고 싶었네. 자신들 앞에 펼쳐지는 무궁무진한 시간. 전력투구의 시간. 황금보다 반짝이는 고결한 시간을 주고 싶었어. 다들 알겠지만, 시간은 무한하지. 하지만 인간의 시간은 아주 짧아. 상대적이지. 나는 최상급의 시간을 주고 싶었어. 그 시간은 내가 돈을 주고 샀지. 다들 그 시간을 만끽했을 거야, 아마도. 그리고 그 시간을 바탕으로 잘 살고 있기를 바라네. 그러면 됐네 나는."

김도술 외에 다른 이들은 모두 입을 닫고 있었다. 김도술의 말을 끊던 이기헌도 입을 꼭 다물고 허리를 폈다.

"좋았던 시절을 함께했네. 당신들과 나 말이오. 저승이라는 게 있다면, 그때 또 만납시다. 이승에서 내가 당신들의 손을 잡았던 것처럼, 저승에서도 당신들의 손을 힘껏 잡아줄 것이오. 돈이 필요하다고? 시간이 필요하다고? 나는 당신들에게 언제나 손을 내밀 것이오. 저승에서도 말이야. 나는 사람들의 손을 잡는 것을 매우 좋아한다오."

혀가 약간 꼬인 김도술이 건배를 제안하며 외치듯 말했다.

술집의 문이 조용히 열렸다. 고급 슈트 차림의 이상락이 손에 술병을 들고 들어왔다.

"회장님! 저 이상락입니다. 제 절 받으세요. 이 술은 회장님을 위해 특별히 준비한 와인입니다. 회장님 와인 즐기시죠? 제 술과 절을 받아주십쇼."

이상락이 김도술에게 큰절을 했다. 김도술이 깜짝 놀라 일어났다.

"이 친구야. 내가 무슨 자네에게 절을 받나. 내가 이 건물 해줬다고 이러는 것인가? 사실 이 건물은 자네 아버지 덕분으로 탄생한 걸세. 내가 자네 아버지에게 몹쓸 짓을 했지. 나를 용서해주게."

김도술이 이상락에게 맞절을 하며 말했다. 그의 눈에 눈물이 글썽거렸다.

"없느니만 못한 아버지도 있습니다. 저는 아버지 얼굴도 보지 못했습니다. 회장님이 제 아버지입니다. 여기 안승호 사장님과 최수철 부장님은 제 삼촌이자 형님이지요. 저는 행복합니다."

김도술이 이상락의 손을 꼭 잡았다. 진정한 화해와 용서가 담긴 손길 같았다. 조용히 있던 양희석이 이상락을 옆에 앉혔다. 이상락과 양희석도 반갑게 손을 잡았다.

"지금 투표 마감 시간입니다. 오늘이 대통령 선거일이지 않습니까? TV 좀 켜보겠습니다."

이상락이 리모컨을 들더니 룸에 마련된 대형 TV의 전원 버튼을 눌렀다. 오후 여섯시 정각. 텔레비전에서 대한민국 18대 대통령 선거 결과를 예측했다. 당선 예상자의 얼굴이 대문짝만 하게 나왔다.

TV를 흘깃 쳐다본 김도술이 전원을 끄라고 말했다. 이상락이 냉큼 TV를 껐다.

"아……, 독재자의 딸이 대통령에 당선되었어? 허허허, 그것 참 세상일이라는 게 묘하지. 개처럼 빌빌 기면서 18년을 모신 그 옛날의 독재자, 오른팔의 총탄에 비명횡사한 독재자의 딸이 대통령이 되었다니, 이거야 원. 잘 지켜보게. 당분간 칠흑과 같은 어둠의 시간이 우리 곁에 머무를 걸세. 하지만 그 어둠은 곧 걷힐 거야. 그게 언제일지는 모르겠어."

이상락의 풀살롱, VIP 룸에 어색한 침묵이 찾아왔다. 김도술은 자신의 잔에 직접 술을 따랐다. 최수철이 김도술을 걱정스러운 눈길로 쳐다보았다.

"내 살아생전에 어둠이 걷히고 아침이 오는 그 순간을 다시 볼 수 있을까? 내 인생의 아침은 1979년 10월 말의 어느 날이었네. 중정 남산 사무실에서 마주친 빛. 나는 그 빛을 결코 잊지 못할 걸세. 그런데 말이야, 생각해보니 빛은 어둠의 양보 덕분에 탄생한 거야. 이것을 알아야 해. 우리 주위에 존재하는 찬란한 빛. 그 빛의 근원은 어둠이야. 그렇다면 말이지. 이 어둠의 세상에서 우리는 무엇을 해야 하느냐? 어둠의 양보를 무한정 기다려야 하나? 아니지. 어둠의 양보를 재촉해야지. 어둠이란 놈은 돈과 같아서, 결코 스스로 물러서지는 않더라고. 내가 어둠의 세계, 아니 음지의 세상에서 살아봐서 아는데 말이야. 음지, 어둠 속에는 죽여주는 달콤함이 있어. 한번 맛보면 결코 헤어 나올 수 없는 달콤함. 달콤함에 중독되면 그야말로 끝이지. 어둠의 양보를 재촉하기 위해서, 그러니까 빛의 탄생을 보기 위해서는 말이야. 어둠 한복판으로 들어가야 하네. 한없는 어둠, 죽음과도 같은 어둠, 그 어둠의 속에 지옥이 있다고 해도, 나는 뚜벅뚜벅 들어갈 걸세. 등 뒤로 손을 흔들며 지옥의 아가리 속으로 들어간다는 말이지. 그렇게 어둠을 겪어봐야 빛을 볼 수 있네."

김도술이 다시 술을 마셨다. 술에 취한 김도술. 혀가 꼬인 김도술. 그런 김도술을 권준도는 처음 보았다.

"빛은 어둠의 양보 덕분에 탄생한 거야. 이 얼간이들은 그걸 몰라. 찬란한 저 빛의 원천은 어둠, 완벽한 암흑이라는 거지. 우린 그 암흑을 탐구해야 해. 빛을 계속 쳐다보면 결국 눈이 멀고 말아. 눈이 멀 걸 알면서도 이 얼간이들은 그 빛을 뚫어져라 쳐다봐. 때로는 눈을 꼭 감고, 빛 너머의 어둠을 쳐다봐야 해. 완벽한 어둠. 그 속으로 들어가는 놈이 결국엔 성공하는 거야.

가난뱅이가 왜 가난을 벗어나지 못하느냐고? 돈, 오카네에 대해 비판적 태도를 가지기 때문이야. 부자? 돈을 긍정하고 또 긍정하지. 여자도 마찬가지야. 여자를 긍정해야 해. 신을 긍정하고 우주를 긍정하는 것처럼. 부정은 모든 죄악의 근원이야. 긍정만이 살 길이야. 매사에 부정적인 가난뱅이에게 내가 늘 하는 소리지. 긍정적인 부자가 부정적인 가난뱅이에게 하는 소리."

김도술의 말이 끝났다. 연설, 특별강연 같았던 김도술의 말에 모두가 감동의 눈빛을 보냈다.

안승호와 최수철이 나섰다. 그들은 전설의 중정 폭탄 투하를 위해 피나는 훈련을 펼쳤다고 공언했다. 전설의 중정 폭탄, 개다리주와 포클레인주의 시범이 이어졌다. 안승호는 나자빠졌고, 최수철은 고꾸라졌다. 모두가 낄낄 웃었다.

김도술이 벌떡 일어났다. 김도술은 개다리주와 포클레인주를 교범 그대로, 충실하게 시연했다. 안승호와 최수철의 입이 떡 벌어졌다. 룸에 모인 남자들이 말도 없이 웃었다.

폭탄주 두 잔을 더 마신 김도술은 고개를 푹 숙이고 잠이 들었다. 조준우 지배인이 여자들을 몰고 들어왔다. 김도술은 달콤한 잠을 잤고, 권준도와 이기헌 그리고 양희석과 이상락은 웃고 떠들며 술을 마셨다. 왕년의 계약직 경호요원 조준우도 허리띠를 풀었다.

술자리 중간에 양희석은 이상락에게 이렇게 말했다.

"사이공에도 이런 술집 하나 엽시다. 이거 거기로 가져가면 대박이 분명해요. 내 그건 장담합니다."

양희석의 호언장담에 이상락이 맞장구를 쳤다.

"동업? 해외 진출? 그럽시다. 해외 진출도 좀 해야지. 우리 화류계 쪽도 말이죠."

풀살롱의 여자들은 얌전히 술을 따랐다. 사장과 지배인이 동석한 술자리. 아르바이트로 풀살롱에서 일하던 여자들은 술을 따르며 고민, 또 고민했다.

'펠라 마무리를 언제쯤 할까?'

여자들의 공통된 고민이었다.

2012년 12월 19일 저녁, 서울 강남역 뒷골목, 사장 이상락의 술집이었다.

＊

조준우가 이상락에게 계산서를 내밀었다. 100만 원도 채 나오지 않은 술값 계산서였다.

"영 하나 더 붙여. 돈 많은 영감님이야. 오늘 매상 좀 올려야지."

"그래도 돼요? 이거 바가지가 분명한데. 또 오늘 함께한 분들이 여기 이사님들 아닙니까? 최수철 선배랑 안승호 선배."

"그래서 네가 멍청하다는 소리를 듣는 거야. 바가지는 친한 놈들에게 씌우는 거야. 그 원리를 지금도 몰라? 처음 온 손님에게 어떻게 바가지를 씌워? 잘 아는 인간들에게는 그래도 된다고."

풀살롱 사장, 룸살롱의 황제, 이상락이 냉정하게 말했다. 풀살롱 지배인, 조준우가 고개를 갸웃하더니 계산서에 영 하나를 더 붙였다.

김도술이 흔쾌히 술값을 냈다. 한숨 푹 잔 김도술은 술에서 완전히 깬 것으로 보였다.

그는 신용카드로 술값을 결제했는데, 한도 초과 메시지가 카드 계산기에서 울려 나왔다. 김도술은 허허 웃으며 "외상!"이라 작게 말했다. 이상락이 함박웃음으로 외상을 허락했다. 김도술의 외상 결제는 아무도 몰랐다. 하청업체들에게 현금 결제만을 고집하던 김도술이 외상을 진 것은 이번이 처음이었다. 평생 처음이었다.

양희석은 이상락에게 "한 잔 더!"라 말했다. 이상락이 싱긋 웃더니 고개를 끄덕였다. 양희석은 다시 룸으로 쏙 들어갔다. 이기헌도 양희석의 뒤를 따랐다.

다시 룸으로 들어간 양희석과 이기헌은 새로운 사업을 놓고 짧은 토론을 벌였다. 이기헌이 말했다.

"일본에서 낡은 여객선을 들여와 선박 사업을 할 것이야. 이게 완전히 돈 놓고 돈 먹기지. 인천에서 제주를 오가는 여객선이야. 1년 365일 운행되는 대형 여객선. 이게 황금알을 낳는 거위라니까. 세월이야 세월. 돈 버는 세월이 이어질 거라고."

"형님! 그 여객선 세월호라 명명하세요. 내가 카피라이터 출신 아닙니까. 풀살롱도 내가 지어낸 말이에요. 그나저나, 저는 베트남 사이공 뒷골목에 풀살롱 형태의 술집을 열 거예요. 사이공에 꼭 놀러 오세요."

이기헌과 양희석이 술잔을 부딪쳤다. 그들은 양주 두 병을 싹 비웠다.

이기헌은 양희석에게 이정아의 근황을 넌지시 물었다. 양희석이 말했다.

"이정아? 그 여자, 지금 베트남 사이공에서 란제리 사업 시작했어요. 베트콩 간부 출신 아들놈 애인으로 삼아서 홈쇼핑도 세운다던데요? 또 그 뭐냐. 봉사 활동도 하고 있어요. 내가 몇 번 봤어요. 사이공 뒷골목에서."

"몇 번 봤다고? 너 그년이랑 잤지?"

이기헌이 다소 놀란 얼굴로 물었다.

"당연하죠. 아름다운 여인을 외면하는 것은 죄악이라고요. 매우 악질적인 죄악."

양희석이 껄걸 웃으며 말했고, 이기헌은 눈물을 글썽였다.

지루해진 양희석은 이기헌을 내팽개치고 밖으로 나왔다. 양희석은 술집을 나서는 권준도와 김도술 옆에 찰싹 붙었다.

　이상락은 이기헌이 홀로 술을 마시는 룸 안에 들어오지 않았다. 술을 진탕 마신 이기헌은 이상락의 얼굴을 보지 못했다. 그는 쓸쓸히 집으로 돌아갔다.

　권준도는 비틀거렸다. 김도술이 권준도를 부축했다. 술에 취한 권준도가 말했다.

　"회장님. 오늘은 제가 모시겠습니다. 회장님 운전기사 양반, 술에 취했네요. 제 기사가 아래에서 대기하고 있습니다."

　김도술은 술 취한 권준도를 쳐다보며 허허 웃었다.

　김도술의 평생 수행비서 최수철. 그는 평생 처음이자 마지막으로, 김도술 앞에서 술에 취했다. 최수철은 정중하게 고개를 숙이며 김도술에게 말했다. "회장님. 오늘은 제가 좀 취했습니다. 옛 친구를 만나서 반가운 마음에 말이죠. 오늘은 제가 못 모십니다. 죄송합니다." 김도술은 술 취한 최수철의 어깨를 두드리며 껄껄 웃었다.

　최수철과 안승호는 어깨동무를 하고 술집을 빠져나갔다. 그들은 대기하고 있던 안승호의 승용차에 올라탔다. 김도술은 자동차의 뒤꽁무니를 향해 정답게 손을 흔들어주었다. 이상락과 조준우는 지하 1층의 주차장까지 마중 나왔다. 주차장 구석에서 은색 렉서스 LS460이 천천히 나왔다. 미래피아 주식을 처분하면서 생긴 돈으로 구입한, 권준도의 새 자동차였다.

　조준우가 렉서스의 뒷문을 열었다. 비틀거리는 권준도가 먼저 올라탔다. 김도술은 이상락의 손을 다시 한 번 꼭 잡아주었다.

"사업 잘하시게."

이상락과 조준우가 정중하게 고개를 숙였다. 어느새 나타난 양희석이 조수석에 냉큼 앉았다.

권준도의 렉서스가 주차장을 빠져나왔다. 권준도는 축 늘어진 채 잠이 들었다. 김도술은 차창 밖을 획획 스쳐 지나가는 서울의 풍경을 물끄러미 쳐다보았다. 권준도의 운전기사가 백미러를 흘깃 쳐다보았다. 권준도의 운전기사는 어느새 중년의 남자로 늙어버렸다. 출근 첫날, 엿 같은 기분으로 잠이 들었다가 혼이 난, 바로 그 운전기사였다.

운전기사는 백미러를 통해 쿨쿨 잠이 든 권준도를 바라보았다. 늙은이가 된 회장님의 얼굴도 보였다. 운전기사는 또 한 번 엿 같은 기분이 들었다. 운전기사는 평생 운짱의 운명에 절망했다. 여자가 나오는 술집을 얼씬도 못 하는 처지를 비관했다.

기분이 엿 같아진 운전기사는 가속페달을 세차게 밟았다. 10여 년 전, 새벽의 음주 질주와 아침의 악몽을 회고했다. 운전기사는 담배를 꺼내 물었다. 차창을 내리지도 않았다. 운전기사는 청계산이 아닌 반대쪽으로 방향을 틀었다. 렉서스는 한남대교로 진입했다. 맹렬한 속도였다. 운전기사는 가속페달을 끝까지 밟았다. 자동차가 한남대교의 중앙으로 돌진했다. 운전기사는 핸들을 갑자기 꺾었다. 렉서스가 난간을 뚫었다. 시속 200킬로미터의 렉서스는 우아하게 하늘을 날았다. 잠시 후, 렉서스는 검푸른 한강의 수면을 때렸다. 그리고 물 아래로 꾸역꾸역 가라앉았다.

계속 엿 같은 세상아. 계속 엿이나 먹어라.

운전기사는 속으로 중얼거리며 차가운 강물의 느낌을 만끽했다.

12

김도술은 운전기사의 돌발행동을 주시하고 있었다. 그는 당황하지 않았다. 침착함을 잃지 않았다. 비밀 정보요원의 눈동자로, 추락의 모든 과정을 처음부터 끝까지 지켜보았다.

자동차가 난간을 뚫고 허공으로 돌진하던 찰나, 김도술은 자신의 과거를, 지나온 삶을 완벽하게 복기할 수 있었다. 권준도의 렉서스가 허공을 날 때, 김도술은 자동차 문을 슬쩍 열었다. 렉서스가 검푸른 강물에 떨어지던 그 순간, 김도술은 권준도를 안고 탈출했다. 폭발 직전의 전투기에서 비상탈출 버튼을 누르고 허공으로 솟구치는 베테랑 전투 조종사의 몸짓을 김도술은 보여주었다.

술에 취해 잠이 들었던 권준도는 차가운 강물 속에 빠져 비명을 질렀다. 김도술은 권준도를 진정시켰다. 김도술은 권준도를 안았다. 얼음물 같은 강물을 헤치며 수영에 집중했다. 중앙정보부 특수훈련장에서 배운 생존 수영. 청와대 인근의 야산에 침투했다가 포로가 된 남파 공작원. 수십 년 전에 공작원에게 배운 정보부 생존 수영이 김도술과 권준도를 살렸다.

아무도 없는 둔치에 도착한 김도술은 권준도를 똑바로 눕혔다. 권준도는 밤하늘의 별을 쳐다보며 벌벌 떨었다.

엿 같은 기분으로 엿 같은 운전 실력을 뽐낸 운전기사도 자동차에서 빠져나왔다. 권준도의 운전기사는 UDT 하사관 출신이었다. 수중 폭파 전문가였다. 홀로 바다에 뛰어들어 구축함에 폭탄을 설치하는 특수훈련을 받은 자였다. 술이 확 깬 양희석은 운전기사의 어깨에 찰싹 붙었다. 양희석을 짊어진 운전기사는 헉헉거리며 둔치에 도착했다. 그는 권준도의 옆에 누워버렸다.

"운전 똑바로 하라고. 짜샤."

실눈을 뜬 권준도가 운전기사를 향해 힘없이 외쳤다.

"이 아저씨 완전 대박이네. 운전 끝내주게 하는데요?"

양희석이 더러운 물을 토하더니 중얼거렸다. 둔치에 네 명의 남자가 벌렁 누웠다.

운전기사는 죽지도 못한 자신의 처지를 비관했다. 그는 기분이 더욱 엿 같아졌다.

잠시 후, 119 구급차가 강가에 도착했다. 김도술과 권준도 그리고 운전기사와 양희석은 인근 병원으로 후송되었다.

다음 날 아침 신문은 김도술의 사고 소식을 아주 작게 보도했다. 새로운 대통령의 얼굴이 신문 전체를 덮고 있었다. 신문의 제목은 이러했다.

'중앙정보부 출신의 벤처 대부, 기적의 생존.'

한강이 내려다보이는 종합병원의 특실에 누운 김도술은 신문에 등장한 자신의 이름을 쳐다보았다. 김도술은 자신의 인생을 정확하게 되돌아보게 해준, 엿 같은 운전기사를 용서하기로 결정했다.

환자복을 입은 권준도가 슬며시 특실의 문을 열더니 빙긋 웃었다. 신중 또 신중의 권준도는 이번 사고를 겪으면서 마음먹었다. 그는 돈이 아닌 하나님을 믿어보기로 결심했다.

"회장님! 교회 같이 나가실래요? 저는 이제 교회에서 살겠습니다."

권준도의 말에 김도술이 너털웃음을 지었다.

환자복을 입은 양희석이 권준도의 뒤를 따라 김도술의 특실로 들어왔다. 죽기 직전, 양희석은 여자들의 생식기를 보았다. 예쁜 생식기, 늘어진 대음순, 매끈한 클리토리스, 거무튀튀한 회음부, 털도 없는 치골, 푹 젖은 음모, 뽀송뽀송한 소음순, 핑크빛 항문 등등이 파노라마처럼 검푸른 밤하늘에 펼쳐졌다. 희미한 별들 옆에서 온갖 종류의 생식기가 반짝거렸다. 별보다 더 빛나는, 찬란한 풍경이었다. 죽음을 코앞에서 본 양희석의 뇌수에 그토록 다양한 여자들의 생식기가 낙인처럼 찍혔다. 양희석이 경험한 모든 여자의 생식기였다. 그는 밤하늘을 수놓은 아름다움을 쳐다보며 황홀경에 빠졌다. 오로라와 무지개가 뒤섞인 듯한 그 풍경을 응시하며 양희석은 진정한 구원을 느꼈다.

또 양희석은 저리 가라 손짓하는 한정수의 얼굴을 목격했다. 그리고 한정수의 뒤를 이어 글을 쓰리라 다짐했다. 마광수와 장정일을 능가하는 섹스 소설을 쓸 것이라 한정수의 얼굴에 대고 맹세했다. 또 한정수가 남긴 조잘거림을 근사하게 책으로 엮기로 결정했다. 저리 가라 손짓하던 한정수가 남긴 부탁이었다. 추락의 찰나, 깨달음을 얻은 양희석은 술과 여자를 끊기로 결심했다.

"회장님! 저는 이제 글을 쓰면서 살겠습니다. 회장님과 사장님 이야기를 소설에 집어넣을게요. 동의하시죠?"

김도술과 권준도는 양희석의 난데없는 말을 깡그리 무시했다.

김도술이 한강 위의 허공에서 본 것은 빛이었다. 어둠 속에서 환하게 불을 밝힌 따스한 빛. 김도술이 얼음처럼 차가운 강물을 헤치며 본 것은 별이었다. 겨울 하늘에 콕 박힌 작은 별. 김도술은 빛과 별 속에서 사람들의 얼굴을 보았다. 18년을 모신 독재자, 독재자를 총으로 쏴 죽인 사무라이 부장, 벤처 인큐베이팅 빌딩을 가득 채웠던 미숙아 청년들. 생사고락을 함께한 중정 동료들과 부하들. 한정수도 별의 한구석에서 환하게 웃고 있었다.

김도술은 빛과 별에 당도하기로 마음먹었다. 김도술은 이미 빛과 별에 당도한 것인지도 몰랐다.

죽어서도 죽지 않은 사나이. 살아서 별에 간 사나이. 역경과 고난, 죽을 위기를 몇 번씩 넘기고 헤쳐나간 사나이. 김도술의 작은 웃음소리가 넓은 병실에 울려 퍼졌다.

"차라리 나를 믿게."

김도술이 권준도에게 말했다. 그는 계속 웃었다.

"어디 한번 써봐. 재미있겠네."

김도술이 양희석에게 말했다. 그는 여전히 웃고 있었다. 영원불멸의 미소를 짓고 있었다.

UDT 출신의 운전기사가 머리를 조아리며 병실 문을 열었다. 김도술이 씩 웃었고 권준도는 어이없다는 듯 웃었다. 양희석은 피식 웃었다.

죽지 못한 운전기사도 수줍게 웃었다. 그는 고개를 푹 숙이며 뒷머리를 살짝 긁었다. 단 한 번의 추락. 그 추락이 운전기사의 평생 우울증을 싹 고쳤다. 운전기사는 자신의 녹슬지 않은 탈출 및 수중 폭파 실력을 몸으로 확인했고, 아직 살아 있음에 안도했다. 그는 김도술과 권준도에게 감사의 인사를 크게 올리더니 급기야 큰절을 했다.

추락이 정답이야. 추락 속에 답이 있어.

운전기사가 중얼거렸다. 갑자기 그가 울었다. 엉엉 울더니 펑펑 울었다.

양희석이 운전기사의 어깨를 다독여주었다. 김도술과 권준도는 서로의 얼굴을 쳐다보았다. 둘은 고개를 갸웃거렸다.

두 번째 장편소설이다. 첫 번째 소설의 배경은 베트남 사이공이었다. 이번 소설은 서울 강남이 주요 배경이다.

풍경과 사람들이 파노라마처럼 흐른다. 내가 본 온갖 풍경과 내가 만난 다양한 사람들. 이 소설은 순전히 내 뇌수에 낙인찍힌 그 풍경들과 그 사람들에게서 나왔다.

K 형님께 감사드린다. 소설 속 인물 중 한 명인 주식회사 미래피아 사장의 원래 이름은 권준도가 아니었다. 취재를 위해 K 형님을 몇 번 뵌 적이 있었는데, 그는 엉뚱하고도 남다른 배포로 유쾌함과 발랄함을 선사했다. 권준도가 권준도로 나오지 못했다면, 이 소설은 완성되지 못했거나 엉뚱한 방향으로 끝났을 것이다. 내가 그를 형님이라 부르기는 이번이 처음이다.

힘들었던 시절, 아니 여전히 힘든 시절이지만, 그 시절을 함께한 이영재 형 그리고 먼저 저세상으로 간 친구 한정수(소설에 나오는 캐릭터

'한정수'와는 다른 인물이다)도 이 작품의 구상 및 완성에 큰 도움을 줬다. 한정수의 표현을 옮기자면, '그래도 그때의 우리는 아름다웠다'가 되겠다.

탈고하는 과정에서 여러 이유로 소설 전체의 구성이 확 달라졌다. 다 쓴 원고를 다시 뜯어 조립하는 일은 그야말로 고역이었다. 이 소설은 서울 연희동에서 시작되었고 결국 종지부를 찍은 곳은 동해시에 있는 '소이앤허브'였다. 원고가 완성될 때까지 자리를 마련해주고 작품을 치밀하게 읽어준 가온협동조합의 황성준 이사장에게 고마움을 전한다. 그리고 아늑한 곳에 집필실과 창작스튜디오를 마련해준 서울문화재단과 동해시에 후기를 빌려 인사드린다. 그 외 많은 분들이 응원해주셨다.

또 한 사람이 있다. 기다림과 관대함 그리고 묵묵함과 침착함으로 곁을 지켜준 그가 없었다면, 이 소설은 나올 수 없었을 게 분명하다.

2015년 가을
정민

어둠의 양보

초판 1쇄 인쇄 2015년 10월 20일
초판 1쇄 발행 2015년 10월 23일

지은이 정　민
펴낸이 이수철
주　간 신승철
편　집 정사라, 최장욱
교　정 하지순
마케팅 정범용
관　리 전수연

펴낸곳 나무옆의자
출판등록 제396-2013-000037호
주소 서울시 용산구 한강대로 109 용성비즈텔 802호(04376)
전화 02) 790-6630 팩스 02) 718-5752

페이스북 www.facebook.com/namubench9
카페 cafe.naver.com/namubench
인쇄 제본 현문자현 종이 월드페이퍼

© 정민, 2015
ISBN 979-11-86748-15-2　03810

* 이 도서의 국립중앙도서관 출판예정도서목록(CIP)은 서지정보유통지원시스템
홈페이지(http://seoji.nl.go.kr)와 국가자료공동목록시스템(http://www.nl.go.kr/kolisnet)에서
이용하실 수 있습니다. (CIP제어번호 : CIP2015025081)